大连民族大学学术专著出版资助（20170210）

丁颖 ◎ 著

都市语境与鲁迅上海创作的关联研究

中国社会科学出版社

图书在版编目(CIP)数据

都市语境与鲁迅上海创作的关联研究/丁颖著. —北京：中国社会科学出版社，2018.1
ISBN 978-7-5203-1493-0

Ⅰ.①都… Ⅱ.①丁… Ⅲ.①鲁迅研究 Ⅳ.①I210

中国版本图书馆CIP数据核字(2017)第279244号

出 版 人	赵剑英
责任编辑	熊　瑞
责任校对	郝阳洋
责任印制	戴　宽

出　　版	中国社会科学出版社
社　　址	北京鼓楼西大街甲158号
邮　　编	100720
网　　址	http://www.csspw.cn
发 行 部	010-84083685
门 市 部	010-84029450
经　　销	新华书店及其他书店
印　　刷	北京明恒达印务有限公司
装　　订	廊坊市广阳区广增装订厂
版　　次	2018年1月第1版
印　　次	2018年1月第1次印刷
开　　本	710×1000 1/16
印　　张	14.75
插　　页	2
字　　数	209千字
定　　价	66.00元

凡购买中国社会科学出版社图书，如有质量问题请与本社营销中心联系调换
电话：010-84083683
版权所有　侵权必究

目　　录

概述 ……………………………………………………………（1）

第一章　人与城的二维世界 ………………………………（1）
第一节　问题的源起与价值预期 …………………………（1）
　　一　问题的源起 …………………………………………（1）
　　二　价值生成与意义探寻 ………………………………（4）
第二节　20世纪30年代都市文学研究的四种范式 ………（5）
　　一　文化研究与海派小说 ………………………………（6）
　　二　都市空间与知识分子研究 …………………………（8）
　　三　女性、都市的双重视野 ……………………………（9）
　　四　"海外学者"的"域外"解读 ………………………（10）
第三节　鲁迅与都市上海的共生关系 ……………………（14）
　　一　城与人关系的文学表达 ……………………………（14）
　　二　历史回眸与现状扫描 ………………………………（16）
　　三　鲁迅与都市上海共生关系的探讨 …………………（20）

第二章　20世纪30年代上海的文化语境 …………………（24）
第一节　两种文明的遇合 …………………………………（24）
　　一　历史与命运的交汇 …………………………………（24）
　　二　现代上海的生成 ……………………………………（30）

第二节 "半殖民地"情形与民族主义的崛起 …………（34）
 一 上海的"半殖民地"情形 …………………………（35）
 二 "殖民地"民族主义 ………………………………（40）
第三节 中心点的南移与"文学上海"的形成 ……………（47）
 一 北京的文化优势及式微 …………………………（48）
 二 文人"没海"与中心点的重合 ……………………（55）

第三章 都市空间与鲁迅的文化选择 ……………………（65）

第一节 当空间和城市成为一种需要 ………………………（65）
 一 空间形式的引入 …………………………………（65）
 二 空间危机与文化危机 ……………………………（69）
第二节 鲁迅的空间意识与空间选择 ………………………（72）
 一 空间主义者 ………………………………………（72）
 二 鲁迅的空间选择与文化选择 ……………………（79）
第三节 中心城市的崛起与现代职业作家的诞生 …………（87）
 一 身份意识与职业选择 ……………………………（87）
 二 都市传媒与职业作家的创生 ……………………（92）
 三 稿费制度与作家的职业化 ………………………（102）
 四 自由职业者的独立品格 …………………………（105）

第四章 鲁迅上海时期的文化姿态 ………………………（110）

第一节 海上"漂流"，终生求索 ……………………………（113）
 一 "漂流"在沪，在而不属于 ………………………（113）
 二 边缘知识分子的"内面精神" ……………………（117）
第二节 战士的风姿，横站的力量 …………………………（121）
 一 叛逆的猛士出于人间 ……………………………（121）
 二 知识分子的"内战"与横站的力量 ………………（126）

第五章　殖民都市里的生存策略与表意的智慧 (130)
第一节　从"乡土中国"走来的都市审视者 (130)
　　一　知识分子的还乡梦 (130)
　　二　冷峻目光烛照下的都市 (133)
第二节　"壕堑战"与"半租界"里的生存策略 (136)
　　一　鲁迅在上海的足迹 (136)
　　二　鲁迅在上海的生存境遇 (140)
第三节　租界里的"殖民体验"与上海都市的"逆向"书写 (146)
　　一　鲁迅在上海的殖民体验 (146)
　　二　鲁迅对上海殖民时代的描写和批判 (151)

第六章　"文化上海"与作家的"释愤"和"抒情" (162)
第一节　上海"经验"与作为精神文本的杂文创作 (162)
　　一　日常生活与弄堂叙事 (165)
　　二　异化主题下的文化批判 (171)
第二节　都市语境与《故事新编》的后期创作 (189)
　　一　"物化"叙事与"物欲化"人生 (190)
　　二　"油滑"叙事与叙事"油滑" (195)

参考文献 (209)

后记 (225)

概　　述

　　历史人物之所以伟大，不仅在于其在特立独行的创造活动中所呈现出来的不同于其他人物所提供的精神现象，更在于其将思想扇面徐徐打开之后对民族的后续历史所带来的精神辐射，源源不断地与后来上路的思想者发生着无穷的精神缠绕。在糅合着心灵真实的体验与书写中，以前所未有的表达方式诉诸历史和关注历史的人们，显现其独有的丰美与深刻。鲁迅就是这样一位时代界碑式的人物，他以异常深刻的思想洞视着经验之海的幽微深邃，揭示着人生事象的常态与变态，以猫头鹰式的另类"恶"声收束着"好的故事"，毫不容情地打破既定的陈规与秩序，在浑融交织的虚妄和绝望之中坚持着生命意志的反抗。同时，始终以深沉而炽热的感情关注着民族的命运，关注着民众中弱小无告的群体。"无穷的远方，无数的人们，都和我有关。"[①]正如著名文学批评家杨义先生所言："鲁迅，是我国革命由旧民主主义转换到新民主主义的历史关头，用文学、用小说来思考时代的要求，记录时代的步音，参与和鼎助时代发展的旷代巨人。"[②]在这个中国文学史上绝无仅有的作家身上，寄寓并连带着整个20世纪的"中国经验"，蕴涵着文化转型时代中国知识分子心灵探索的"秘史"。不同年代不同文化背景的读者都不能无视这样一个精神存在，在叠加着真诚

[①] 鲁迅：《且介亭杂文末编·这也是生活》，《鲁迅全集》第6卷，人民文学出版社1998年版，第601页。

[②] 杨义：《中国现代小说史》（上），《杨义文存》第二卷，人民出版社1998年版，第157页。

与理性、利用与扭曲、尊崇与认同、污蔑与讥讽等纷纭繁杂的声音中，有关鲁迅的思想论争和精神碰撞从来没有停止过。即使在他曾经的反对者那里，也有这样意味深长的赞叹："骂他的人和被他骂的人实在没有一个在任何方面与他同等的。""我们一面能看出他的心境的苦闷和空虚，一面却不能不感觉他正面的热情。他的思想里时而闪烁着伟大的希望，时而凝固着韧性的反抗，在梦和怒之间是他文字最美满的境界。"① 关于鲁迅的存在和对他的反响的言说俨然是一条汇入历史之河的涓流，近百年来，亲证着不同历史时期精神文化现象呈现出来的多样形态，在多元立体的鲁迅映像的汇集中，同步着多灾多难的古老中国走向现代、走向世界的沧桑巨变之旅。

与鲁迅研究其他领域的发展和突破相比，都市语境下的鲁迅研究一直没有得到学界足够的重视和认真的梳理。作为极具标本意义的研究对象，鲁迅在20世纪30年代的上海迎来了他的"黄金时代"，也促使笔者将鲁迅与上海之间的共生关系作为着力讨论的对象，在更为切近的文化语境中，敞开或"照亮"不多加以言明但实质上存在的意义关联。其中最根本的理论预设是将鲁迅看作多重文化语境下多元创生并加以审视的对象，在社会历史动态变迁的源流上，加强鲁迅与上海之间或遇合或牴牾微观细部的考察，寻找一位职业作家融入都市所需面对的所有历史情境，深入探讨以都市空间、殖民境遇、文化环境为代表的上海都市语境对作家的都市写作、文化思考、精神选择的影响，深入挖掘鲁迅后期创作在思想内涵和形式艺术等方面的特殊价值，在鲁迅所提供的非主流都市文学的分析和探讨中，凸显出鲁迅作为"边缘知识分子"永不停伫而又独立不依的精神质素。本书以都市语境为背景，以鲁迅上海时期的身份转变、职业转型、生存境遇、文体意识、创作新变、文化姿态、文化选择等内部及外部关系作为切入点进行综合分析，意在说明，在鲁迅的创作和思想的扇面上，都市是一个不可或缺的精神存在，尽管它对鲁迅的影响是非决定性的，但它无疑在很

---

① 叶公超：《关于非战士的鲁迅》，《天津益世报》1936年11月1日。

多方面丰富了鲁迅，激发了鲁迅，也造就了鲁迅。它为鲁迅提供着赖以生存的物质场域，发言为声的"思想市场"，精神搏击的"壕战之所"，同时也是鲁迅后期思想的灵感来源，都市写作和反抗的对象，为鲁迅的后期创作带来了新的质素和质的递推，是鲁迅反思和反抗的思想触角不断延续和深度抵达的角隅。

第一章 人与城的二维世界

> 现代性不是一个给定的情景和概念,相反,成为现代是一种选择,一种英雄行为,因为通往现代性的道路上充满危机和困苦。
>
> ——[美]马泰·卡林内斯库
>
> 此后如竟没有炬火:我便是唯一的光。倘若有了炬火,出了太阳,我们自然心悦诚服的消失……
>
> ——鲁迅

第一节 问题的源起与价值预期

一 问题的源起

在文化哲学的视野范畴内,"文化并不简单是意识观念和思想方法问题,它像血脉一样,熔铸在总体性文明的各个层面中,自发地左右着人的各种活动。"[①] 从这个角度而言,文化不仅体现了人们自觉有意识的精神活动和价值观念,而且在某种程度上,更深刻地体现"人们未曾意识到的自发的生存模式"。所以一个适当的文化语境的设定,不仅是溯清研究对象内部关系的重要渠道,更是综合探索其外部关系

---

① 衣俊卿:《论文化转型的机制和途径》,《云南社会科学》2002 年第 5 期。

的不二法门。作为20世纪中国重要的精神文化现象,汗牛充栋的鲁迅研究成果构成了纷纭繁复的鲁迅阐释的意义之林,折射着不同年代的鲁迅研究深浅不一的历史景深,构成了现代文学史、文化史、学术史重要的表述内容。在不断延续、不断进行的精神探寻中,映入本书研究视野的是鲁迅与上海都市语境共生关系的探讨,而在学界各据要津的研究视阈下,鲁迅与都市上海这两个独特的"这一个"显然在各自的话语和发展道路上鲜有相遇。实际上,鲁迅与上海是有遇合期的,无论是正面的交融还是反向的冲突都是缠绕着问题、衍生着意义的关节点。在既有的常态理解中,20世纪30年代是鲁迅与上海的"黄金时代",是中国城市现代性发展得最为充分的历史时期,也是中国社会问题和文化问题最为纷纭复杂的年代。将20世纪30年代的上海和鲁迅放置在一起加以研究,其中最根本的理论预设是将鲁迅和上海看作多重文化语境中多元创生并可以加以审视的对象,在社会历史动态变迁的源流上,加强对二者或遇合或牴牾微观细部的考察,并对由二者所牵引出的相关理论问题加以分析总结,诸如都市空间与知识分子的关系问题,由城市文化所衍生的城市现代性、启蒙现代性与知识分子的关系问题,现代都市传媒与知识分子的写作姿态、文体特征、文化心理之间的关系问题,知识分子在城市中的生存策略和文化选择等。对这些问题的再探讨不是"旧事重提",而是意在一个更为宽阔、更为切近的文化语境中,敞开或"照亮"那些不多加以言明的,但实质上客观存在的某种渊源,以质疑那些历史延续下来的似是而非的"前理解"和主导叙事——在部分研究者和批评家的眼中,上海与其说是现代中国最大的国际性都市、贸易和金融中心,不如说是只取不予的生在中国肌体上的"赘疣",是罪恶的渊薮,是腐朽堕落的象征;鲁迅与上海之间是绝不兼容的,鲁迅到上海之后"老调子已经弹完了",鲁迅的创作力枯竭,鲁迅没有都市写作;鲁迅的杂文创作是"骂人"艺术,是"仇恨政治学",鲁迅的生命力耽溺于人事和意气之争中,在思想和艺术上并无质的推进和飞跃。这种单一向度的研究模式和理解是不利于将问题向纵深领域开拓的,也影响并囿限了两个领域因交叉互动而产生的意义补充。1986年，英国著名批评家特里·伊格尔顿在《违反意愿》一书中说出了一段发人深省的话："'解构'就是要在更为广阔的运动和结构中对意义、事件和客体进行重新注册和定位。在此容许我打个比喻，这就像是翻转一幅盛气凌人的挂毯，以便暴露这幅展现在世人面前的线脚细密的画面背后是一团毫无魅力可言的纹路凌乱的丝线。"[①] 本书的意图并不是想抹杀以往鲁迅研究和都市文学研究的成绩，而是想在二者关系研究的罅缝地带扩充历史想象的既有空间，在看似"解构"实为"建构"的过程中做一些力所能及的工作。

事实上，从1845年英国租界在上海正式设立，到1943年中国政府正式收回公共租界和法租界，在百年光景中，上海以开放的姿态承受着殖民统治的同时，也接受着"飞地"城市"被植入"的现代文明的洗礼，并逐渐攀升为国内最为繁华最具现代意味的国际性城市。作为"中国现代性文化母体的城市"（李欧梵语），到了20世纪30年代，"以上海为中心的沿海沿江城市日益明显的资本主义化进程以及由此带来的社会整体变迁，城市开始成为国家生活主体。经过数十年的发展，至1930年，上海全市人口已达314万，1933年又增至340万，按国外观察家的话来说，上海达到它由来已久的命运的顶点"[②]。同时，鲁迅在20世纪20年代末辗转于厦门和广州，屡遭革命之梦和心灵之梦的放逐，最终将生命的最后岁月留给了上海，以上海作为最后的壕堑之所，并与之发生着深刻的纠结和碰撞。寓居上海的鲁迅，生命渐临晚境，思想领域的斗争更加峻厉，文化选择、职业身份和生存面向均发生了重大的变化，作为文化和公共空间中心的上海在这其中发挥了怎样的作用？充当了怎样的文化角色？在寓居上海的十年里，鲁迅的文化选择和思想质素发生了怎样的变化？这种变化是一种跃进

---

① ［英］特里·伊格尔顿：《违反意愿》，引自［美］爱德华·W.苏贾《后现代地理学——重申批判社会理论中的空间》，王文斌译，商务印书馆2004年版，第19页。

② 张鸿声：《从启蒙现代性到城市现代性——中国新文学初期的上海叙述》，《郑州大学学报》2007年第4期。

还是一种规约后的"转向"？鲁迅怎样面对上海？鲁迅从上海那里扬弃了什么？鲁迅在上海改变了什么？保留了什么？坚持了什么？鲁迅是否有都市写作，鲁迅的都市写作与乡土写作有什么差别？反映了怎样的一种内涵和风格？在创作景观和思想内容、形式艺术等方面提供了什么新质素？鲁迅以杂文创作为主代替了白话小说的写作，是一种无奈之举还是深度的抵抗？是一种生命力的阻遏还是现代质的助推？等等。对这些问题的质询自然会涉及都市上海与鲁迅之间关系的探讨，而对这一问题的探讨的推进，也会将两个原本各自显要的对象集结到一起，碰撞出一系列相关并且极富价值的话题来。

二 价值生成与意义探寻

在现代文学研究领域，由于鲁迅自身存在意义的丰富和厚重，加之诸多历史因素的促成，对于鲁迅的研究，包括研究之研究已经相当充分和深入了，鲁迅研究因此被称作"显学"。在这个看起来已经接近饱和状态的领域中，尚有一些问题没有得到深入的清理和认识。将鲁迅与上海的共生关系作为考察对象加以分析和探讨，是对鲁迅研究领域中单一将乡土写作作为鲁迅研究"正脉"的一个质疑，同时也是对上海城市文化研究中将海派文化视为上海城市研究固有模式的一次突破。正如法国解构主义领袖式的人物雅克·德里达充分肯定文本的不确定性和无限可能性一样，上海和鲁迅之间也存在着这样的一种关系阐释，而且在都市语境下展开鲁迅上海时期创作和思想的研究，无疑是对传统文化、西方文化、海派文化等多元文化语境下的鲁迅研究和上海城市文化研究的丰富和补充。这项研究致力于将晦暗不清甚至是莫衷一是的鲁迅与都市上海之间的关系进行系统的梳理和阐释，是对鲁迅和上海深层意义的另一个层面的"照亮"。在上海城市文化语境下研究鲁迅在20世纪30年代的思想、创作，自然会牵动对20世纪30年代政治、思想、文学等一系列重大问题的思考，引起对20世纪30年代诸如京海派之争、中国社会性质的论争，以及20世纪30年代关于启蒙、救亡、革命等一系列民族国家想象和个人话语流变等问题的反思，也势必将鲁迅的创作和思想置于一个比较复杂、多变和矛盾的文化背景当中来。尤其是在与不同思想背景的作家们的上海想象和叙事的横向比较中，鲁迅在文化批判和历史思考方面体现出的巨大的丰富性，在文学表现和艺术想象方面呈现出的巨大的先锋性，在人文关怀和社会救赎方面昭示出的巨大的超越性，就比较容易借都市上海这一文化语境显现出来。由此展开20世纪30年代都市上海作为国家生活主体所呈现的多元性与丰富性，弥补鲁迅研究领域关于鲁迅与殖民都市、鲁迅与都市上海研究的缺失，切实推进鲁迅及都市文学研究的深度与广度。

第二节　20世纪30年代都市文学研究的四种范式

进入新时期以来，对现代的渴望和探求，作为20世纪中国意识领域起伏消长的思维线索，日益获得了合法性的地位，并在研究领域以一种重要的话语方式得到了广泛、深入的思考与认知，但同时也存在着因这一理论过于泛化的使用而带来的理论失据、误读以及阐释失衡的现象。"围绕着'现代性'这一核心概念，对20世纪中国文学所进行的内外兼修的系列探索和开掘，一再突破了这一学科的层层底线，推动其研究向多元化的方向发展。"[①] 中国现代性的后发性及其西方背景使这个问题的研究显现出复杂多面的特点，并相应催生出相关理论问题的分析和探讨。正如李欧梵所提及的："中国的现代性我认为是从20世纪初期开始的，是一种知识性的理论，附加于在其影响中产生的对于民族国家的想象，然后变成都市文化对于现代生活的想象。"[②] 伴随着现代民族国家想象及启蒙思潮对现代性追求的推进，催生于现

[①] 周新顺：《"现代性"的迷思——李欧梵、王德威中国文学现代性研究述评》，《文艺评论》2007年第4期。

[②] [美] 李欧梵：《中国文学的现代性和后现代性》，《文学评论》1999年第5期。

代并以文学想象表现现代的都市文学因其对现代性精神探求的通约性，愈来愈引起学界理论的兴趣和批评的热情。现代主义文学的发生与城市之间关系密切，其首要的特征便是作为一种"城市的艺术"而存在的。而在那些具有国际性意义的大的都市里，城市除了负载其物质层面的价值外，更多表现在文化上的意义。城市本身的容受力在人与城的排拒和吸引中显现出充分的张力，并为文学和艺术的产生提供着源源不断的灵感和思想。"作为中国现代化的先驱与范例，上海确是一个值得解剖与借鉴的典型。……上海提供了用以说明中国已经发生和即将发生的锁钥。"[1] 即是说上海因其城徽分明、城市文化形态多样，尤其是上海殖民都市境遇与中国近现代历史的同步性，诱发了以上海为中心的现代城市建构与城市文学及叙事关系研究的日渐升温，在巍然壮观的乡土中国、乡土文学及乡土叙事的研究之外，旁开一支。

这种研究趋向是对 20 世纪 80 年代以来重写文学史和重新界定、评价研究对象的一个有力的回声，也是现代文学研究中城市现代性、城市文本多维阐释的拓展与深入。它在无形中促成了 20 世纪 30 年代以上海为中心的都市文学研究范式和研究趋向的形成。

一 文化研究与海派小说

以文化研究为视角，借助于细腻深刻的文本细读与分析，深入探讨支配性的文化形态与文学创作之间的关系，在此基础上，以上海为中心的都市文学研究取得了丰硕的成果。首开风气的是吴福辉的《都市漩流中的海派小说》，他曾在书中直言："我谨以此书献给我的出生地。"[2] 这部被称为作者"精神返乡"的作品，建构着研究者对海派文学的生命体验和历史还原的可贵努力。作为海派文化研究的奠基之作，该书从海派文化的历史变迁、海派文化的心理和行为方式、海派小说

---

[1] ［美］罗兹·墨菲：《上海——现代中国的钥匙》，上海人民出版社 1986 年版，第 5 页。
[2] 吴福辉：《都市漩流中的海派小说》，湖南教育出版社 1995 年版，第 347 页。

文化风貌等方面，阐述了立足于都市上海的海派小说在创作思想和审美形式方面的现代质素，并从学理的角度，探讨了海派小说的文学生命和文化价值，意在说明中国现代化进程直接的文学形态在海派小说那里得到彰显，为昔日名声不佳的海派及其文本"正名"。在这一研究过程中，海派文化的"区域文化特征"得到了充分的显现，并作为一种独立的文学和文化流派获得了"史"的明证。在此基础上，李今研究员由博士学位论文而来的《海派小说与现代都市文化》一书，在后记中提到有关其写作的初衷"是缘于对当前中国都市化进程的现实的关心，缘于对现代商业城市中人的生存处境，和由此急剧产生的价值观念变迁的兴趣"[①]。所以在这部将学术研究与当下社会文明进程和历史变迁结合在一起的著作中，作者将海派文学和都市文化及其美学风貌融为一体，从历史的纵深处出发，结合历史学、城市学、文化人类学等相关学科的理论方法和成果，全面挖掘20世纪二三十年代上海都市现代化的过程及其在文学美学、价值观念、生活方式、市民意识的多样形态，并以海派的现代性作为结语，对海派和近代通俗小说的创作做了价值体系等方面的精神区分，指出海派在"整个传统的价值体系的对立面揭示出适应着都市化和资本主义的经济体系而产生的现代市民社会的价值观"[②]，并以20世纪30年代的新感觉派、40年代的张爱玲及其创作为界碑，认为他们"体现了海派小说的最高成就，也是中国现代文学史上最先锋最前卫的代表……他们的创作共同反映了从传统到现代主义的转折"[③]。李书磊的《都市的迁徙——现代小说与城市文化》，提供了现代小说城市血缘关系的脉络图景，无论是研究角度的提炼还是文本的细读，均为相关领域的研究者们提供了一个收放自如的研究视阈，由此进一步"跟进"式的研究和探索的空间亦很广阔。杨剑龙的《上海文化与上海文学》，结合上海文化由历史和现实所形成的特点，将现代通俗小说、"新感觉派小说"、刘呐鸥、叶灵

---

① 李今：《海派小说与都市文化》，安徽教育出版社2000年版，第352页。
② 同上书，第325页。
③ 同上书，第327页。

凤、章克标、苏青、张爱玲、王安忆等跨越新旧历史时期的上海文学创作纳入20世纪中国文学研究和阐释的范畴内，赋予了上海文学和文化研究以宏观视野。经过都市文化研究者不同层面的研究探索，20世纪30年代海派文化的风姿得到了全面而立体的展现，对旧有研究领域进行了"合法化"的清理，为深入细致的都市文化研究提供了理论上的声援和实际意义上的根基。

二 都市空间与知识分子研究

"在高度分化的社会里，社会世界是由大量具有相对自主性的社会小世界构成的，这些社会小世界就是具有自身逻辑性和必然性的客观关系的空间。"① 在法国社会科学家皮埃尔·布迪厄那里，空间关系尤其是都市空间的意义价值得到正视，并被广泛地应用于现代都市文学和文化的研究中，因为"历史以其黏附的空间性而逐步展开"②。在这一过程中，上海的文化场域和城市空间与知识分子的关系研究获得了长足的发展，研究者们十分重视将知识分子在城市中的生存状态、命运轨迹和文学思考结合到城市空间的分析中，凸显了城市与人共生关系的动态过程。"从都市的空间关系入手，可以打开知识分子研究的全新视野。这一研究论域因为已经拥有了多种理论框架和解释模式，以及丰厚的史料基础，呈现出令人诱惑的前景。"③ 章清的《亭子间：一群文化人和他们的事业》发表于20世纪90年代初期，该书作者以其特有的历史敏感和艺术敏感，较早关注到上海城市中"亭子间"文化人的生活及其事业。该著深入把握了"亭子间"文人共同的文化属性，并对他们所置身的文化环境加以溯源式的考察、分析，研究角度

---

① [法] 布迪厄、华康德：《反思社会学导引》，李猛、李康译，中央编译出版社1998年版，第134页。
② [美] 爱德华·W. 苏贾：《后现代地理学——重申批判社会理论中的空间》，王文斌译，商务印书馆2004年版，第26页。
③ 许纪霖：《近代中国知识分子的公共交往（1895—1949）》，上海人民出版社2008年版，第16页。

的得当使论述的从容、深入得到保证,并为同类研究课题带来了方法论上的启示。王晓渔的《知识分子的内战——现代上海的文化场域(1927—1930)》直接从上海空间关系入手,展开对置身于1927至1930年间现代上海的文化场域中的知识分子的研究,完成了从乡村知识分子研究到都市知识分子研究的转型。知识分子在20世纪30年代末发生的"内战",不仅意味着知识分子在文化选择和政治选择方面的殊异和分野,也是对现代知识分子共同体和公共交往模式的清晰呈现。这既符合20世纪30年代中国社会的历史特点,又将知识分子的研究带入一个纷纭复杂又无限广阔的天地中去。杜心源的《城市中的"现代"想象——对20世纪20、30年代上海"现代主义"文学及其与都市空间的关系的研究》明确引入"都市空间"的概念,一方面是对列斐伏尔和雷蒙·威廉斯关于空间关系理论的贯彻;另一方面,将一个原本单一的关于20世纪二三十年代上海"现代主义"的文化思潮的研究,带入对这一思潮产生的文化语境的考察和追问中去,由此引发了对都市上海历史变迁复杂层次的深入思考,综合体现了作者对中国现代主义、现代性极具问题探索又富有探本建构的认识和理解。"可以看到,著者对诸多问题有自己的涉猎和思考,并能不停留于表面的陈述,将问题推进到深层。"①

三 女性、都市的双重视野

女性文学与都市文学二维研究思路的结合初步在研究过程中得到确定,都市、女性、现代性的关系得到了全新的书写和阐释,显示了女性研究者特殊的学术眼光和认知深度。正如赵园在《城与人》中所提及的:"我不禁惊讶于我们的城市文学中'女性主题'的耀目,和女性作家对于城市文化的特殊敏感。除上文已说到的20世纪二三十年

---

① 杜心源:《城市中的"现代"想象——对20世纪20、30年代上海"现代主义"文学及其与都市空间的关系的研究》,中国福利会出版社2007年版,第3页。

代的文学,新时期的文学改革以及港台文学,都有一些作者经由女性的方面探寻城市文化,寻找对于城市文化的价值评估,将发现女性与发现城市系在一起,以至使女性形象成为城市文化的某种文学标记。"①姚玳玫博士的专著《想象女性——海派小说(1892—1949)的叙事》正是一部将女性想象和想象女性以及海派文化与叙事全面结合在一起的作品,它从城市学、女性文学、叙述学的角度,对上海都市文化背景下文学话语的性别取向问题进行了全面的思考。在荒林看来,"与其说这本书是一部对于海派小说的叙事研究,不如说更是一部通过对海派小说'女性想象'叙事研究所做的再叙事"②。而在单世联的评语中,"它在不同的时期与不同的主流男性叙事'较劲'过程中,想象了一系列不同的女性姿态,完成了从被叙事到自我叙事的转变"③,为女性文学研究和上海都市文学研究提供了一个崭新的视角。作为对上海城市研究进行同类比较的作品,王瑞华博士的专著《殖民与先锋:中国痛苦——三个女性对香港的文学解读》也是一部将女性文学研究的触角深入城市文化研究领域并取得持论均衡的新颖之作。作者在文本分析中突出香港城市被割占的历史对于香港的意义和影响,充分体现了"殖民"和"先锋"兼容并蓄式的"中国痛苦"。同时,作者有意识地将张爱玲、施叔青、西西三位不同年代的女作家的创作作为香港城市文本镜像分析的对象,从而使本书的写作同时具备了宏观审视香港百年历史和女性命运变迁的机遇。这种以都市和女性双重视角并置于研究视野的处理方式不仅增加了批评对象丰满阐释的可能性,也创生了现代都市文学研究的新维度。

四 "海外学者"的"域外"解读

作为异域的"新声",海外学者的研究为上海城市历史及文学、

---

① 赵园:《城与人》,上海人民出版社1991年版,第260页。
② 荒林:《对"女性想象"的再叙事》,《中华读书报》2004年12月15日。
③ 单世联:《想象的自由和限制》,《读书》2006年第1期。

文化研究带来了研究思路的丰富和"转向"。20世纪90年代以来，以王德威、李欧梵、刘禾、孟悦、黄子平、唐小兵等为代表的"海外学者"，作为美国"中国学"的重要分支，在前辈海外学者如费正清、林毓生、夏志清等人的影响和示范下，"他们的论著视野开阔、往往以前沿国际学术视野作参照，……这些人的批评视角、话语模式甚至是写作风格在大陆掀起了风暴"①。当然他们中也存在着"西方中心主义"的理论偏见，如杜维明提出"反汉学的中国研究"；夏志清在《中国现代小说史》中对大陆主流意识形态的解构同时又结构于另一种意识形态之中，犯了"大陆学者同类的狭隘观点的错误"②。随着理论和观念的掘进，"中国中心观"也开始兴起，聚焦于中国社会历史、经济和文化的具体实际，如柯文提出的"中国中心观"，李欧梵提出的"中国现代性"等，意在"中国发现中国的历史"。作为这股"海外学者冲击波浪"的代表，美籍学者李欧梵在2001年出版了《上海摩登——一种新都市文化在中国（1930—1945）》一书，这本得益于马泰·卡林内斯库（Matei Calinescu）的《现代性的几张脸：先锋、颓废和媚俗》（*Faces of Modernnity：Avant-Garde，Decadence，Kitsch*）的上海都市文化研究专著，同样也给中国的上海城市研究和都市文学研究者以极大的震撼和灵感。正如当年作者在《剑桥中华民国史（1912—1949年）（上卷）》中将发生在1895年到1927年的文学趋势概括为"对现代性的探求"一样，《上海摩登——一种新都市文化在中国（1930—1945）》一书也以现代性作为理论基础，从百货大楼、咖啡馆、舞厅、公园和跑马场、亭子间等城市的物化形态角度重汇上海都市文化背景，在某种程度上实现了对20世纪二三十年代都市上海所构成的历史现场的接近和还原。毛尖曾经提议读者通过四个角度来阅读此书："当小说看，当散文看，当'老上海摩登指南'，一部极其严肃的批评专

---

① 程光伟、孟远：《海外学者冲击波——关于海外学者中国现当代文学研究的讨论》，《海南师范学院学报》2004年第3期。

② 古远清：《台湾当代文学理论批评史》，武汉出版社1994年版，第173页。

著。"① 一方面言明了此书具有多元阐释的空间,在方法论上有新的突破;另一方面也将上海的城市建筑、百货大楼、咖啡馆、舞厅囊括到上海城市文化的"重构"中,与印刷文化、电影、文本一道,充分展现了20世纪30年代上海都市文化的风姿、情感和思想,反映了无处不在的文化研究理路。在当时,这种研究思路在国内学界几乎是鲜见的,对整个现代文学研究的格局和研究角度的掘进都有启发意义。它在微观细部的打量和宏观格局的审视中,将上海都市文化的分析,推向新鲜而隽永的历史天地。在上海世界主义的分析中,重点讨论了都市上海的殖民情形和中国意味的世界主义,进一步厘清了中国现代性被动嵌入的历史特点和文化形态,这无疑是将上海都市文化研究引向深入的重要提示。王德威对《上海摩登》一书做出了这样的评价:"在研究现代上海过程的著作中,此书无可比拟成就最高。李欧梵重新绘画了上海的文化地理,刻画了二十世纪三十年代上海市和租界的微妙关系。此书史实超卓,文辞优美,端的令人钦佩;本书正预示着新世纪的一种新文化评论风格。"② 另一位美籍学者史书美教授的著作《现代的诱惑：书写半殖民地中国的现代主义（1917—1937）》也颇具学术价值。这是一部在英语世界里对发生在1917年到1937年的"中国现代主义"进行全面考察的开山之作,作者充分论证了中国的现代主义发生的"半殖民地中国"的文化语境。关于这一语境的分析和提炼,不仅构成了该著新的学术增长点,更重要的是提供了审视1917年到1937年间"中国现代主义"的极富新意的视角,凸显出"民国时代对现代主义的理解呼唤了一种地区、全球语境相互交织"的多元背景,并以此作为全书的陈述和论证的线索,通过"渴望现代：'五四'的西方主义和日本主义"、"重思现代：京派"、"炫耀现代：上海新感觉主义"三个方面,综合分析了"民国时期中国文学中的现代主义"在"进化"与"半殖民化"等多重文化相遇中所呈现出的多元丰富而

---

① 毛尖：《一种摩登批评》,《二十世纪》1999年第56期。
② 引自［美］李欧梵《上海摩登——一种新都市文化在中国（1930—1945）》,毛尖译,（香港）牛津大学出版社2000年版,第349页。

又复杂深刻的样态。

  从现代社会发展进步的角度而言，乡村的城市化和城市的现代化是历史发展进步的必然趋势。"城市化是一个变传统的乡土社会为现代的城市社会的自然历史过程"，"是一个显示社会生活进步与否和现代文明程度的过程"①。随着中国社会经济生活的翻天巨变，城市化和现代化的必然趋势，由此也必然引起创作主体心灵的巨变，促成了创作文本的多元复杂。"绝不只是艺术家在寻找他的世界，艺术家也在被'世界'这位'寻求作者的永恒的人物'所寻找。当作者通过作品揭示一个世界时，这就是世界在自我揭示。"② 城市一方面以空间性的范围和形式演绎着历史推演的过程，催生一种对应性的城市文本的出现；另一方面则以文化的形态诠释着城市本身的性格，叠加着书写者自身的情感方式、生活形态和价值取向，完成一种规定与被规定、想象与被想象的言说。确切地说，在现代文化的语境中，人与城市、城市景观与文学及城市文化显然已构成了一种共生性的互文关系。在这一过程中，研究者们吸纳着近现代以来世界文化和文学中现代质素的影响，延续着上海城市现代化与民族国家现代化的纵深线索，将现代国家生活的主体——城市——悬置于思想的前台，并带入对现代性理念在城市领域生成状况的综合分析，在开拓历史参与意识和批判意识对城市文化构建的积极意义和深远价值的基础上，将城市与人之间的互动关系在新的历史环境中凸显出来。在对这些经典研究文本进行宏观梳理的时候，呈现在我们面前的是这样一个清晰的事实：中国的现代文学研究已经结束了乡土研究定为一尊、都市研究缺席的单向度。那种"在重农轻商的国度，田园诗自有几千年文学传统的强劲支撑，而城市的形象从来都是陌生、肤浅和驳杂难辨的"③ 的现象已经随着新的研究领域的敞开、新的理论意识和研究方法的介入而得到改观。虽然，在某些领域还缺乏一定的深入拓展，有些知识分子的都市镜像

---

① 隗瀛涛：《近代中国区域城市研究的初步构想》，《天津社会科学》1992年第1期。
② ［法］米盖尔·杜夫海纳：《美学与哲学》，中国社会科学出版社1985年版，第29页。
③ 吴福辉：《都市旋流中的海派小说》，湖南教育出版社1995年版，第142页。

13

描写因为既定的研究路径的囿限而鲜有道及，如鲁迅与上海之间共生关系的探讨等。但这不影响我们对现代都市文学研究的未来期许和美好愿望：在现代都市文学研究过程中，现代生活的多变丰富回馈给创作主体和批评主体的，不仅是一个摇曳多姿、意蕴无穷的艺术和思想的疆域，更是一个沉思着乡土、感应着都市、不断增生着意义和价值且无限实践着的世界，而且会在当下的生活和不远的未来中显示其别具一格的力量。

第三节 鲁迅与都市上海的共生关系

一 城与人关系的文学表达

在这样的清理和总结的基础上，另一种情形也自然凸显出来了。一方面，在这些关于城市和文学、城市与人的关系分析中，20世纪30年代的都市上海与海派、与以茅盾为代表的左翼文学，甚至与京派文学、城市文化、传媒、出版、建筑和电影等都有了相关的宏观、微观研究和理论上的阐释，尤其重视将日常现代性作为立论的主要线索，在很大程度上是都市文化、海派文化研究的深入。但另一方面，更多是以"摩登上海"、海派作家笔下的上海作为文化研究和文学研究的对象，这样自然造成了"革命"、"国家"层面的"上海遗忘"。为此，旷新年这样评论这一现象："李欧梵在《上海摩登》重绘了一幅夜晚的地图、消费的地图、寻欢作乐的地图，同时却遮蔽了白天的地图、生产劳动的地图、贫困破产的地图，用资产阶级的消费娱乐遮蔽了无产阶级的劳动创造。"[①] 同时，类似的"上海遗忘"在鲁迅与上海之间的关系中也表现出来了，鲁迅与上海之间的生成关系并没有引起人们更多的关注。比如在《故事新编》研究中，有学者就这样写道："《故

---

① 旷新年：《另一种"上海摩登"》，《中国现代文学研究丛刊》2004年第1期。

事新编》的研究者忽视了它所隐含的城市背景和氛围。《故事新编》艺术上的革命化因素应该从1925年五卅运动以后社会的'狂欢化',亦即从上海资本主义的发展和大革命引起的社会结构以及文化价值秩序的崩溃与新生中寻找说明……"[1] 客观的情况是,研究者们将更多的阐释热情放在鲁迅创作和思想的前后分期上,放在鲁迅后期创作的思想、艺术多角度的分析上。围绕着鲁迅后期创作的核心问题,如"第一,鲁迅杂文的思想和文学价值问题。第二,鲁迅杂文有无发展以及分期、各期的特点诸问题。第三,鲁迅杂文的文体本质问题。第四,鲁迅杂文是否塑造典型形象的问题。第五,讽刺、幽默与鲁迅杂文的主要特质问题"[2] 等,如"第一,《故事新编》的体裁性质以及'油滑之处'的评价问题。第二,《故事新编》的创作方法问题。第三,《故事新编》在中国现代小说史上的地位和作用问题"[3] 等,研究者们展开了系统而深入的研究探讨,并取得了丰硕的成果。与其他领域的突破和发展相比,都市语境中的鲁迅研究一直没有得到学界足够的重视和认真的梳理,依然领受着荒寒的命运。基于启蒙、救亡话语对鲁迅创作中的都市背景的历史遮蔽,囿限于上海都市文化研究的固有模式以及对都市文学研究对象的固有理解,鲁迅与都市上海之间的关系研究、鲁迅的城市经验研究、鲁迅的都市写作研究、城市空间与鲁迅的文化选择以及殖民都市对鲁迅创作、思想的影响研究等,尚无新的理论推动和进展。

探根溯源,原因是多方面的:一方面,囿于以往都市文学研究中固定的研究模式和研究视野。在学界,但凡提到上海文化、都市文化,大致以刘呐鸥、穆时英、施蛰存、张爱玲等为代表的海派文学作为上海都市文学写作的"城徽",对都市文学的内涵、城市写作的特征在理解上存在着部分的偏狭,否弃或忽略了鲁迅与都市上海之间关系的复杂存在。另一方面,一些研究认为鲁迅在留日时期已构建了系统而

---

[1] 旷新年:《1928:革命文学》,山东教育出版社1998年版,第196页。
[2] 张梦阳:《中国鲁迅学通史》(下卷),广东教育出版社2001年版,第540—549页。
[3] 同上书,第333页。

恒定的"人学"框架，鲁迅创作和思想所体现出来的独立不依的品格在都市上海时期仍在持续地体现着、贯彻着。在文化形态上，鲁迅的城市叙事和乡村叙事并没有太大的区别。此外，都市文学、文化的研究必定联系着商业文化、消费文化、大众文化等通俗文化的总体思考，谈论鲁迅与这些文化之间的碰撞和交流，似乎是对由来已久的以主流文化作为鲁迅研究中批评背景的一种消解，影响了对鲁迅思想和艺术的深度阐释。这种泾渭分明的研究视角，使得通俗文化和精英文化的某些边界问题置于一个暂付阙如的领域。因此即使涉及了对这个问题的考察，也因受发表在期刊上的论文的研究视角、理论方法及文章篇幅等诸多方面的限制而难以有实质性的推进，全面而深入地探讨鲁迅与上海关系的研究尚未出现。

二 历史回眸与现状扫描

在整个鲁迅研究历史上，对鲁迅上海十年的创作和思想加以研究的专著非常有限，仅有的几部作品中，林贤治的《鲁迅的最后十年》将更多的写作兴趣放在对鲁迅最后十年的社会政治环境的描述和评价上，突出的是鲁迅作为独立的思想者终生反抗的本色；周晔的《伯父的最后岁月——鲁迅在上海》是从亲人的角度来回忆鲁迅在上海的生活，资料性和传记性较强，从学理的方面探讨鲁迅在上海的思想状况还做得不够；李永波博士的《现代传媒视野下的现代文学》一书，在以报刊为中心的现代传媒视野下，从微观和宏观两个角度对中国现代文学的外部关系和文学本体发生等问题进行了深入而全面的探讨，其中涉及了现代传媒与鲁迅之间的关系，在文学史观念和现代文学发生学等方面有较为新颖的阐释和总结，但囿于篇幅，鲁迅与都市传媒之间的关系并没有得到系统的整体的突出；李永东博士的学位论文《租界文化与三十年代文学》引入了租界文化的概念，对租界文化对鲁迅的抑制性影响和支配性作用进行了分析和探讨，虽在研究思路上有新的提炼和突破，但囿于全文结构安排的限制，很多相关问题并没有得到展开和深入，并且强调了租界文化的支配作用，对鲁迅在租界内的创作和思想缺乏深度的挖掘。此外一些关于鲁迅与上海之间关系探讨的观点，大致是在期刊中散见，可做以下划分。

第一，部分研究涉及了鲁迅后期创作与上海都市生活之间的关系，认为鲁迅前后期创作的变化与后期移居上海关系密切。此类文章中，刘晓的《浮动的都市蜃景——试论鲁迅〈故事新编〉后期作品与上海都市生活》一文，主要从空间场景的转变、商业环境的影响以及文本的独特形态三个方面，探讨了《故事新编》后期作品与20世纪30年代上海都市生活的关系，认为"鲁迅将其敏锐新鲜的都市生活体验植入了这几篇独具特色的作品中，并且开拓了中国现代都市文学的全新形式"①。这是一篇完全从都市文学的角度评价鲁迅后期创作的论文，不啻为一个全新的评价。李永东的《人与城的对话：鲁迅与租界化的上海》，从租界文化的角度出发，讨论鲁迅晚年的生活、创作与上海之间的关系，认为"鲁迅是传统士大夫文化和租界洋派文化的中间物。置身于租界化的上海，鲁迅的生命体验'恰如身穿一件未曾晒干之小衫'，迟暮心态的他多少显得无所适从，他以冷嘲热讽的姿态持续看租界。但是，鲁迅无法逃离租界化上海的诱惑而投奔它处，始终陷入欲弃还留、欲恨还爱的复杂情境"②。该论文提出了租界文化的概念并以此作为审视鲁迅创作的窗口，牵动鲁迅研究进入一个新的领域和空间。张旭东的论文《上海的意象：城市偶像批判与现代神话的消解》通过细读鲁迅和王安忆有关上海的创作，强调对上海日常生活的具体研究，有助于"破除种种改写上海历史背后的神话统治，恢复人们对历史经验之丰富性和复杂性的感受与记忆"③。这是一个令人耳目一新的认识和理解，启发研究者从日常叙事的角度审视鲁迅的都市

---

① 刘晓：《浮动的都市蜃景——试论鲁迅〈故事新编〉后期作品与上海都市生活》，《鲁迅研究月刊》2006年第11期。
② 李永东：《人与城的对话：鲁迅与租界化的上海》，《湘潭大学学报》2006年第5期。
③ 张旭东：《上海的意象：城市偶像批判与现代神话的消解》，《文学评论》2002年第5期。

文学写作。此外，李浩在《都市憧憬与乡村羁绊——海派文化视野观照下的鲁迅三十年代文艺活动》一文中这样写道："鲁迅在上海十数年所写的杂文，不仅形式多样，而且包含了整个海派文化中的每一细小部分，共同指向求得人的个性的全面发展，以及要求提供达成这一发展的社会环境。"① 这些论述关注到了鲁迅与上海文化、租界文化和海派文化之间的关系，尤其从文本出发，结合当时的文化语境，具体分析城市文化与创作主体之间的关系范畴及分布的状态，但在深入探讨鲁迅与上海之间的共生性关系、鲁迅的文化品格和创作的先锋意义等方面似乎语焉不详，或轻轻带过。鲁迅在上海时期是"横站"的抵抗，还是规约于上海特殊的文化语境，或者二者兼有，最终的创作和思想是否达到了完全意义上的深度和成熟度，这些问题可能是囿于篇幅的限制而远远没有展开。

第二，部分研究侧重论述 20 世纪 30 年代上海的历史环境所带来的言说空间和文化优势对鲁迅造成的深刻影响。梁伟峰认为"鲁迅从不奢望身外的政治组织或政治力量能给予自己任何掩护，鲁迅也从未准备接受带有实际政治色彩的掩护。因而，他就不可避免地成为左翼文化运动中一名隐藏于租界的'散兵'"②。上海租界为后期鲁迅提供了生活和战斗的相对理想空间，成为他进行"散兵战"的"堑壕"。袁良骏先生在《鲁迅与上海——纪念鲁迅定居上海 80 周年》一文中谈到"上海分布着美、英、法等列强的租界，为了各自的在华利益，这些租界皆有巡捕房，南京政府的上海警备区和各租界的巡捕房相互配合，既镇压了共产党的武装起义，也维持了社会治安，使上海成了一座相对安定之城市。对于卖文为活的鲁迅来说，这份安定更重要了"③。20 世纪 30 年代的文学在殖民都市语境中显得尤为多元和震荡，

---

① 李浩：《都市憧憬与乡村羁绊——海派文化视野观照下的鲁迅三十年代文艺活动》，《鲁迅研究月刊》2004 年第 7 期。
② 梁伟峰：《论上海租界对鲁迅的"堑壕"意义》，《徐州师范大学学报》2008 年第 3 期。
③ 袁良骏：《鲁迅与上海——纪念鲁迅定居上海 80 周年》，上海鲁迅纪念馆：《纪念鲁迅定居上海 80 周年学术研讨会论文集》，上海社会科学院出版社 2009 年版，第 241 页。

海派文人、京派文人、左翼作家等拥有各自的"上海书写"和"上海想象",租界创作环境的相对轻松和自由无疑共时性地优化着他们的创作和思考,而作为"真的知识阶级",鲁迅面对着以殖民地、半殖民地为代价的上海都市化、现代化,自然带有更多的殖民屈辱和民族意识,他对上海这一"目睹现代性普遍的核心困境的最佳地点"抱有怎样的深忧隐痛?深入反思的范畴、程度呈现着怎样的样态,这些虽在论文中有些论述,但距离问题的核心地带尚有一定的空间。

第三,部分研究涉及了上海的传媒市场和商业文化等方面对鲁迅作为职业作家角色的确定起到的一定作用。日本学者代田智明的《1934:作为媒介者的鲁迅》[①],分别从鲁迅的"谎言"、鲁迅的"恶意"、鲁迅的"圈套"、"联结中间的游走者"四个方面,集中探讨职业作家鲁迅的境遇以及对应的策略。梁伟峰的《透视鲁迅与北新书局的版税风波》[②],切入的正是著作人和出版方之间因版税问题而闹到延请律师准备正式提起诉讼的程度,而北新书局和鲁迅之间关系密切,从北京时期到上海时期,鲁迅的著译主要由北新书局出版,北新书局的书籍出版业务也主要靠鲁迅的著译支撑。李肆的《鲁迅在上海的收支与日常生活——兼论职业作家市民化》[③]和吴建华的《鲁迅收入与消费考据》[④],以及陈明远的《鲁迅一生挣多少钱》[⑤],都关注到鲁迅在上海的收支和日常生活,进而探讨职业作家鲁迅在处理物质生活方面的态度、方式方法及其意义,意在说明"文人的市民化并非简单地指文人过着市民生活,更重要的是文学作品的生产和传播以市场经济运作模式为基础,即文学作品成为商品"[⑥]。这些论述涉及了鲁迅自北京到上海之间的身份变迁和生存选择,强调作家的职业化和市民化与上海都市文化的生

---

① [日]代田智明:《1934:作为媒介者的鲁迅》,《鲁迅研究月刊》2004年第2期。
② 梁伟峰:《透视鲁迅与北新书局的版税风波》,《鲁迅研究月刊》2007年第1期。
③ 李肆:《鲁迅在上海的收支与日常生活——兼论职业作家市民化》,《书屋》2001年第5期。
④ 吴建华:《鲁迅收入与消费考据》,《求索》2006年第9期。
⑤ 陈明远:《鲁迅一生挣多少钱》,《文汇报》1999年12月7日。
⑥ 李肆:《鲁迅在上海的收支与日常生活——兼论职业作家市民化》,《书屋》2001年第5期。

态系统之间的互动关系，但对作家生活其间的文化困惑和历史反思阐释不够。现实的生存压力和困境带给作家的不仅是扰攘和无奈，也激发着作家从启蒙大众的宏观叙事走向贴近民生的日常观察，这种嬗变的线索有待于进一步地滤清。

第四，部分研究涉及了鲁迅在都市上海的生活情况，尤其关注到了鲁迅在上海对电影的喜好及这种喜好的程度。古远清、高进贤的《鲁迅与电影》①，曾明秋、姚馨丙的《鲁迅的电影情结》②，陈卫平的《论鲁迅的电影眼光》③和娄国忠的《鲁迅与电影》④等数篇论文根据鲁迅日记、生平史料及相关研究资料，分析鲁迅在上海时期与电影之间的亲和关系，挖掘出鲁迅的部分电影意识和艺术观念，完成了鲁迅在上海时期生活及思想的某一个侧面的描述，但大部分此类文章对鲁迅与电影之间的肌理关系阐述得不够深入，有的论述显得表面化，缺乏立体感的理解和批评。

在这里，"回到现场，还原历史"，不仅是对已有的研究资料的重新理解和阐释，更是对已有的研究范式的梳理。

三 鲁迅与都市上海共生关系的探讨

基于以上对研究历史和现状的梳理和总结，本书将立足于现代上海的都市文化语境，集中探讨鲁迅与都市上海之间的共生关系，并在以下几个薄弱环节做进一步的深入研究。

第一，20世纪30年代的都市上海是一个内蕴丰富的文化语境，其政治气候、地域经济、文化环境等因素对作家生存境遇和文学表达均产生了源源不断的影响。探讨20世纪30年代都市上海的"现代"生成，"半殖民地"情形、民族主义崛起与鲁迅之间形成的对应关系，

---

① 古远清、高进贤：《鲁迅与电影》，《电影艺术》1979年第5期。
② 曾明秋、姚馨丙：《鲁迅的电影情结》，《武汉教育学院学报》1996年第1期。
③ 陈卫平：《论鲁迅的电影眼光》，《鲁迅研究月刊》1991年第8期。
④ 娄国忠：《鲁迅与电影》，《语文天地》2004年第10期。

会使鲁迅与上海之间意义关联的思考得到深入。

第二，上海作为现代中国最为完善的媒介环境，为作为职业作家的鲁迅融入都市提供了怎样的"思想的市场"，"租界"上海作为一种文化场域，为鲁迅的殖民体验和都市的"逆向"书写提供了怎样的"历史情境"，也是本书在具体论述中迄待解决的。

第三，鲁迅上海时期的文化姿态，决定了他作为启蒙知识分子的基本品质和内涵，也是鲁迅区隔于其他知识分子，提供崭新的极富创造性的"上海叙事"和都市文本的前提。这是一个本源性问题，对厘清鲁迅上海十年的文化选择和思想内涵起着重要的作用。

第四，上海作为鲁迅审视文化、审视人性最易触及、最为切近的窗口，为鲁迅进行相关的上海镜像描写提供着"历史的现场"，"上海经验"与都市语境与鲁迅的后期创作存在着怎样的关系，在都市文本中有着怎样的表现，也是本书希望进一步深入探讨的话题。

下面借本书的出版，就都市语境与鲁迅创作的关联研究结合起来的相关问题，谈一些个人的浅见，择其要者如下。

其一，20世纪30年代的上海表现在物质实存和精神蕴涵上的特殊价值，使之成为中国现代文学史和思想史上难以规避也难以穷尽的"话题"，同时也构成了"上海想象"和"上海叙事"的多重繁复。作为本书阐述的话语背景，第一章力图通过追根溯源的方法，全面梳理20世纪30年代上海都市化、现代化及殖民化形成、发展及历史演变的过程，重点讨论都市上海在20世纪30年代社会生活中的类型特征和文化内涵。其次，集中探讨20世纪30年代上海的殖民性与现代性之间的关系，意在说明20世纪30年代上海的半殖民化特征，它的现代化过程的被动性与主动性的历史交融状态，意在说明20世纪30年代都市上海在历史担当和现代转型过程中所体现出的"这一个"的特点。最后，聚焦于20世纪30年代的时代形势，充分说明20世纪30年代的上海在现代化中国形成过程中扮演了怎样的角色，起到了怎样的作用，20世纪30年代的上海为何及如何刺激着作家们的现代想象，剥离出作家们南下上海与上海作为新的文化中心的形成之间的清晰关系。

其二，当城市和空间成为一种需要的时候，现代知识分子作为城市生活和文化的主要参与者，是主宰表现其存在的价值和力量。作为"边缘知识分子"的杰出代表，在鲁迅身上，空间选择和文化选择呈现着一种彼此依存的"孪生"关系。本书结合鲁迅的生活实践和文化实践，深入探讨北京、厦门、广州、上海对鲁迅都市心态和知识分子的文化归属所带来的影响，尤其关照到20世纪30年代的上海之于鲁迅的意义，以及上海十年对职业作家鲁迅的形成及其后期的思想形态、身份意识、文化立场所带来的质的影响。在上海，鲁迅完成了学院派作家到职业作家的身份转变；在上海，鲁迅充分体现了终生"与黑暗捣乱"以及拒绝任何形式依傍的孤独执着；在上海，鲁迅从内在精神到身份选择真正发挥了"边缘知识分子"的独立品格和反叛精神。作为民族良知的表现者，鲁迅与20世纪30年代的上海"缠绕"的关系一一得到展开。

其三，20世纪30年代的都市上海是一个巨大无比的磁场，鲁迅"漂流"于海上，也以"横站"的姿态迎接着四面的敌意和各路的"围剿"。在风沙扑面、虎狼成群的时代，都市上海既承载着鲁迅在新的生存境遇中由环境压力所带来的百般无奈，同时又表明了这个时代巨子在洞察了时事、明确了责任之后的重新选择，在制约、矛盾、不平衡的状态中，成就着鲁迅文化界战士的立场，显现着鲁迅作为现代知识分子的特征和本质内涵。第三章意在广泛的意义上，借鲁迅以"漂流"与"横站"为特征的文化姿态，透视上海城市生活、文化生活的丰富与深邃，凸显着上海城市文化的多重困境，深度地揭示了鲁迅伫立于20世纪30年代的上海的生动真实的精神面影，包容着鲁迅的无奈、痛苦以及韧性的生命强度，并且在多重文化语境中，昭示着20世纪30年代鲁迅生成的意义和价值。

其四，从"乡土中国"走向都市社会，鲁迅在完成了空间选择和职业定位的同时，在都市上海多元繁杂的话语背景下，创生出独属鲁迅的上海"镜像"描写。作为特殊的空间体验，"租界"不仅是鲁迅的政治庇护所，为鲁迅提供着人身上的安全保证和言论上的自由空间，同时由"租界"所提供的政治境遇和文化语境，促使鲁迅在20世纪30年代的上海，以"租界"作为壕战的场所，在生存压力和殖民屈辱的交织中，展现着鲁迅的生存策略和政治智慧，而"亭子间"的"殖民"书写，作为一种特殊的"镜像"，无疑为20世纪30年代的都市描写提供着"逆向"书写的范例，也为鲁迅后期创作的另类气质提供着可能。

其五，文化姿态决定了作家历史参与的方式，也影响着作家创作内涵和文体的选择。20世纪30年代是鲁迅创作和思想全面成熟的历史时期，也是鲁迅以"上海经验"为基础的都市写作与"反抗"的精神文本交相辉映的历史时期。在第五章中，后期杂文的创作使鲁迅的创作深入对上海日常生活的描述，容纳了鲁迅对上海底层社会的深入观察，促使都市上海的主流叙事获得了"非主流"的色彩。同时，"异化"主题使鲁迅上海写作带有了反思批判的理性色彩，传达着鲁迅对先天不足的都市上海现代化进程中所出现的畸形、变态的一面有益的戒惕，以"逼视的目光"显现着冷然的排拒，以示作家精神上不甘沉沦的心灵坚守。通过"故"事的"新"编，鲁迅以"物化"手段坦陈常识，以"物欲化"人生反思生命，以小说形式完成城市书写。同时，鲁迅以"油滑"的手法"袭击"了历史，将"油滑"式本质体验杂糅到历史的感知和承担之中，确立了独创性的城市文本，以另类的形式完成了历史与现实的对话和反思。

第二章　20 世纪 30 年代上海的文化语境

　　对于上海而言，这是两种文明的遇合——理性的、重视法规的、科学的、工业发达的、效率高的、扩张主义的西方和因袭传统的、全凭直觉的、人文主义的、以农业为主的、效率低的、闭关自守的中国。

——［美］罗兹·墨菲

　　人对人的最有效征服和摧残恰好发生在文明之巅，恰恰发生在人类的物质和精神成就仿佛可以使人建立一个真正自由的世界的时刻。

——［美］赫伯特·马尔库塞

第一节　两种文明的遇合

一　历史与命运的交汇

　　在中国的文化地理版图中，上海历来都是一个不容忽视的存在。"几乎所有关于中国重要生活面向的严肃分析最终都必须面对上海、面对在中国的特殊地位。"① 人们不仅瞩目它辉煌的现在，更用沉思和

---

① 引自孙绍谊《想象的城市——文学、电影和视觉上海（1927—1937）·引言》，复旦大学出版社 2009、1981 年版，第 3 页。

回想的目光凝视这座城市曾经发生的过去。在它所创造的种种传奇汇聚而成的历史景深里，上海这座城市的生成过程的复杂性以及它与现代民族国家生成的同步性构成了探究的动力，而对这两个问题的探讨必将把思想的触角带入20世纪二三十年代的历史文化语境中去。进入20世纪以来，缠绕在中国人心灵深处的"意识危机"，伴随着半殖民化、半封建化程度的加重而益发强烈。伴随着西方的入侵，中国的近现代知识界在生存焦虑和思想危机中展开了旷日持久的中西之争，并且共时性地上演着古今之争。这些反思和质疑的浪潮，显现出中国的知识界对现代的渴望以及创建现代民族国家的复杂的心理动因。以上海为代表的现代城市的出现作为物质文化层面的实存，催生着这方面的要求，并作为一种提醒，暴露出这种现代性被动嵌入所带来的深忧隐痛。置身于做着老大帝国迷梦中的中国，人们更习惯把关注的目光投向那"铁板一块，广袤无边"的乡土，并在那里求得生命体验和灵魂寄托的归宿。正如鲁迅论及始发于20世纪20年代的"乡土文学"时写道："凡在北京用笔写出他的胸臆来的人们，无论他自称为主观或客观，其实往往是乡土文学，从北京这方面来说，则是侨寓文学的作者。但这又非如勃兰兑斯（G. Brandes）所说的'侨民文学'，侨寓的只是作者自己，却不是这作者的文章，因此也只是微现着乡愁，很难有异域情调来开拓读者的心胸，或者炫耀他的眼界。"① 而实际的情况是，这些现代的知识者一方面据守着魂牵梦萦的乡土记忆，另一方面必将在实际的层面上和城市发生近距离的接触与碰撞，无法离开城市生活并最终坚守城市，综合性地展开对城市的镜像描写，完成一个富有层次多维立体的城市风景的中心书写。正如斯本格勒的研究结果表明的，"人类所有的伟大文化都是由城市产生的。第二代优秀人类，是擅长建造城市的动物，这就是世界史的实际标准，这个标准不同于人类史的标准，世界史就是人类的城市时代史。国家、政府、政治、

---

① 鲁迅：《且介亭杂文二集·中国新文学大系·小说二集·导言》，《鲁迅全集》第6卷，人民文学出版社1998年版，第247页。

25

宗教等等，无不是从人类生存的这一基本形式——城市——中发展起来并附着其上的"①。现代文明的派生物——城市，除了带给世人一种错愕感、压力感、炫耀感之外，同时也以不可阻挡的现代气质，迎合着人们对现代生活的内心渴望，牵动着现代中国敏感的神经，感应着中华民族现代化进程中强劲有力的足音，并不可避免地要在乡土中国的古朴叙事外，增添一份面对现代并拥抱现代的新鲜与明丽，压力与释放，激情与焦虑，沉重与执着。在这路途中，面对西方世界的"飞地"城市上海，中国的知识阶层在"帝国主义的殖民罪恶"和"最现代的国际都市"之间经历着深刻的精神裂变：一方面将嫌恶感和鄙夷感给了这座城市，极力渲染由民族屈辱感所裹挟着的民族主义情绪；另一方面，他们作为都市空间中的知识分子的一员，领受着城市多元丰富性所集结的"魅惑"。东方与西方、传统与现代、殖民与先锋二元对抗中所显现出来的犹疑与裹足不前，核心体现了古老中国走向现代、融入世界的艰难曲折，而来自心理层面的疑惧、困惑和焦虑更是具有文化层面上的深远意味。正如这是一个必经的历史过程一样，现代上海的生成和崛起也是必然，它充分体现了近现代中国由传统走向现代所包含的莫衷一是的意义内涵，并在百年中国现代化、民族化的历史进程中淋漓尽致地发挥其特有的效应。

　　伽达默尔曾经这样写道："一个人需要学会超出迫在咫尺的东西去视看——不是为了离开它去视看，而是为了在一个更大的整体中按照更真实的比例更清楚地看它……只有这样，我们才能以这样的方式来倾听过去，使过去的意义成为我们所能听得见的。"② 爱德华·霍列特·卡尔在《历史是什么》中明确指出："历史是现在跟过去的对话，是今天的社会跟过去的社会的对话。"③ 倾听与诉说，对话与交流，这

---

① ［德］奥斯瓦尔德·斯本格勒：《西方的没落》，齐世荣等译，商务印书馆1963年版，第106页。
② ［德］伽达默尔：《效果历史的原则》，甘阳译，《哲学译丛》1986年第3期。
③ ［英］爱德华·霍列特·卡尔：《历史是什么》，吴柱存译，商务印书馆1981年版，第28页。

场有关上海城市历史的讨论就这样展开了。就像现代的产生难以回避传统一样，讨论现代上海的生成过程理应回到上海百年成长发展的最初格局，回到黄浦江畔那个最初萌生现代根苗的历史语境去，并以此溯清留存在历史河床上那些斑驳难辨的岁月淤积。这原本不是为了平复某种怀旧的情感，而是意在通过对历史场域的还原，获得某种"前理解"，在历史的汰变过程中，厘清都市上海现代化、城市化细微而深刻的历史变迁，以及这种变迁之于百年中国渴望现代、走向现代的辐射意义和心理启示。

　　黑格尔将中国看成世界东方的一个典型，为此，他写道："中国纯粹建筑在这一道德的结合上，国家的特性便是客观的'家庭孝敬'。中国人把自己看作是属于他们家庭，而且同时是国家的儿女。"① 费孝通则提出"差序格局"，指出："我们儒家最考究的是人伦，伦是什么呢，我的解释就是从自己推出去的和自己发生社会关系的那一群人里所发生的一轮轮波纹的差序。"② 这种以家族伦理为核心，以小农经济为基础，以血缘关系为纽带，以道德伦理为圭臬，以等级特权为模式的宗法农耕社会，过于仰赖和服从传统儒家有关家国同构的伦理规范，惯于在既定的模式和秩序中陈陈相因，缺乏开拓创新、锐意进取的生命活力，而这些显然是无力发展现代的工业文明的，甚至是萌生中的现代城市发展的巨大障碍。所以，到19世纪，中国城市化、都市化运动仍然进行缓慢，没有发生质的变化。"中国的都市一直伴随着历史的阵痛和扭曲而缓慢地变化"，这个结论放在上海也是合适的。"传统的农业文明使上海同其他中国土生土长的城市一样，只是城市的乡村化。"③ 到了近代社会，伴随着近现代中国社会历史的巨大震荡——第一次鸦片战争的爆发，上海经历着痛苦的蜕变和

---

① ［德］黑格尔：《历史哲学》，王造时译，生活·读书·新知三联书店1956年版，第164页。
② 费孝通：《乡土中国·差序格局》，北京大学出版社1998年版，第27页。
③ ［德］马克思、恩格斯：《马克思恩格斯全集》第46卷上，人民出版社1979年版，第480页。

转型，开始了城市发展的现代历程。

清代时期隶属于江苏省的上海，在南宋末年始设镇，到元至元二十九年（1292）正式设县，命名为上海。据王韬《瀛壖杂志》卷一记："宋末于其地设市舶提举及榷货场，百货辐辏，称为雄镇。元时遂成壮县。"① 这是最初具有史载意义的上海，已经初露商业化乡镇的特点。同时，上海在地理位置上占有先天的优势，其位于华东低地，地处整个长江流域的焦点地带②，"北航燕赵，南通闽粤，沿长江直溯九省，河网遍连江浙，外洋更可达日本和南洋"③，作为连接江南以及内陆各省市商业流通和贸易往来的中转和集散之地，到清代嘉庆年间，上海已经拥有"大海滨其东，吴淞绕其北，黄海环其西南，闽、广、辽、沈之货，鳞萃羽集，远及西洋暹罗之舟，岁亦间至。地大物博，号称繁剧，江海之通津，东南之都会"的美誉。④ 综合看来，上海在人口、位置、政治、建筑、贸易等方面具有其他内陆城市难以匹敌的优势，这些无疑为上海后天发展为国际性大都市储备了力量，同时也为西方社会将上海作为贸易通商和资本积累的目的城市，埋下了伏笔。到了晚清，朝廷时而开海时而禁海不定，帝国中心，封闭自守，上海作为港口商镇的综合潜力没有能够得到完全的发挥，上海的发展仍然囿限在传统中国固有的经济模式中。到19世纪中叶通商开港之前，上海作为一个拥有7.5万人口的"蕞尔小邑"，并没有引起更广泛意义的震动和影响。⑤ 晚清社会后期，古老的封建帝国因自身肌体的衰朽和僵化而日呈穷途末路的败亡之象。1840年到1842年，第一次鸦片战争爆发，一种被摊派而来的历史命运注定使上海走上一条不同以往又不同于其他城市的发展道路。真正意义上的现代上海历史的发生以

---

① 王韬：《瀛壖杂志》卷一，上海古籍出版社1989年版，第1页。
② [美]罗兹·墨菲：《上海——现代中国的钥匙》，上海人民出版社1986年版，第56页。
③ 陈方竞：《新兴都市上海文化·报刊出版·新小说流变——清末民初上海小说论》（上），《福建论坛》2008年第9期。
④ 朱少伟：《海派文化浅论》，见《海派文化之我见》，上海大学出版社2003年版，第6页。
⑤ 上海百货公司等编著：《上海近代百货商业史》，上海社会科学院出版社1988年版，第3页。

及上海的"被命名"也肇端于斯，上海有了自我代言的可能性，尽管这其中包含着太多的深忧隐痛和太多的身不由己。战争的直接后果是丧权辱国的不平等条约的签署，在世人皆知的《南京条约》的诸多侮辱性款项中，与上海有关的是第二条："恩准英国臣民带同所属家眷，寄居广州、福州、厦门、宁波、上海等港口，贸易通商无碍；且大英帝国陛下派设领事、管事等官员居住上述城邑，专理商贾事宜，与各该地方官公文往来。"① 1843 年 11 月 17 日，经由英国第一任驻沪领事巴富尔（George Balfour）宣布，上海作为条约中所规定的通商口岸对外开放，正式开始了开埠通商的历史。对于上海而言，这无疑是一个标志性的历史事件，推动上海进入世界范围内经济运行和发展的轨迹中，加速了上海现代化的历史进程。尽管其方式是被动且不甚健康的。作为《南京条约》入侵者利益的满足对象，上海门户洞开，西方人及其商船络绎而来。由于当时的中国人拒绝出售土地，意在安排外国侨商租地的巴富尔在宣布上海通商之后不久，即 1843 年 11 月 29 日，颁布《上海租地章程》（也称《土地章程》或《地皮章程》），首先在上海土地上辟设英国租界，在璞鼎查所规定的地基内，划定大约 43 英亩的区域，以供驻沪英国人永久租地之用。该章程还对英人在上海的租地方式、在租界的权利及义务，沪地政府及英驻沪领事同租界之间的关系一一做了规定，初步奠定了上海租界制度的基本格局，并成为外国人在租界内行事的基本法。英租界后又不断扩充，1845 年西界向外延伸，总面积已扩增为 180 英亩。到 1848 年，边界继续向西延伸至护界河，此时的英国在上海的租界总面积已经高达 470 英亩。随着 1845 年英租界在上海的正式开辟，美法两国也心羡效仿，先后在 1848 年和 1849 年在上海划设租界。1863 年，英美两国的租界合并为公共租界，至此公共租界和法租界在上海县城的北面，占地数千亩，意在发展对外贸易，最大限度地为西方人

---

① 条约正文引自《中华帝国对外关系》（H. B. Morse, The International Relations of the Chinese Empire. New York, 1918.）转引自［美］罗兹·墨菲《上海——现代中国的钥匙》，上海人民出版社 1986 年版，第 74 页。

赚取在华在沪的利益。① 租界范围经年扩增，可以窥见的不仅是西方人日益膨胀的野心，更意味着"租界拥有更大范围的具有'生产性'的土地资源，拥有了更大规模的资本回旋的领域，拥有了吸引和容纳更多的人力、物力和财力来繁荣自己的可能性"②。在随后的日子里，西方人公然破坏先前的章程规定，改变了将租界作为居留地的唯一职能，租界逐渐拥有独立的行政权、司法权、立法权，有监狱和巡捕，中国军队不得随意进出等，进而成为清政府管理缺失的"真空地带"，成为各界人士发财致富、乐业安居的栖息之所，也成为他们政治避难、寻求庇护的相对安全的场所。到19世纪60年代，清政府要想在租界内拘捕华人，必须经过外国领事核准，实质上是对中国主权的直接干预和豪夺。

伴随着异族觊觎的目光和国力衰微的事实，上海的命运随着近代社会的到来已经开始书写，其中糅合着太多身不由己的现实胁迫感，也将这座城市最富魅力的生命潜能召唤出来。这是一个民族压力空前峻急严酷的年代，也是一个将历史的年轮推向造就风华绝代的历史时期。历史按照既定的轨迹向前发展着，不偏不倚的，任何细节性的事实最终都指向这一规定性的结局。正如我们无法将责备的目光完全聚焦于晚清社会的暮景沉沉和无力衰微，中西之间的这场相遇正如殊途同归一样，自有其各自历史发展的常态和最终的必然。积淀到这里做各自的民族代言，做各自的民族反思，做各自的利弊取舍。

二　现代上海的生成

生活在上海租界的西方人按照自己的文化喜好和利益取向，移风易俗，按照西方标准，主体性、目的性地在上海建造着所谓的"人间天堂"。他们在有意或无意之间，将源自欧美的市政管理、文化伦理、

---

① ［美］罗兹·墨菲：《上海——现代中国的钥匙》，上海人民出版社1986年版，第75—77页。

② 罗岗：《再生与毁灭之地——上海的殖民经验与空间生产》，《杭州师范学院学报》2006年第1期。

价值观念、审美情趣以及生活方式一并移植到租界,将上海建设成飞地式的"国中之国",形成了中国国内最大的也是现代化程度最高的外国租界区。1853年,小刀会起义,战事的爆发,使拥有"治外法权"的租界成为最安全的地方。上海周边的富裕之户,纷纷携带着家眷及金银细软避难于租界,租界内的洋人们趁势开发房地产及金融买卖,从而促使在所有的在华租界里,上海租界最早打破华洋分居格局,实现完全意义的华洋杂处状态,使华洋各界比较直观地触摸到"舶来文化"的层次感以及极富"陌生化"的效应。就像江风无可阻挡地在租界和华界上空漂来漂去一样,来自异域文化的影响和渗透,既是平静无言的,又是细微深刻的。近代上海文士王韬青年时代初到上海,正值上海通商开埠五年,满目所见洋楼拔起,洋人往来,洋货屯集,心中很是惊讶:"洋泾一隅,别开人境,耳闻目见,迥异寻常。"① 对那些饱受圣贤书教育的士子文人而言,来自洋场社会的冲击不仅是普遍的,也是彻底的。后来王韬又撰文写道:

  四顾风景,别有天地:鲸宫贝阙,异制而同巧;蜃楼海市,殊方而合居……轻裘霞举,非列子而御风;电气霄来,不长房而缩地。其制度之奇诡,服物之焜燿,恐离朱遇而目眩,输般当之而巧夺也。②

  这里提到的是西方文化从物质层面对一个普通的上海人的影响和震荡,诉诸个人的则是一种前所未有的视觉冲击和心理效应。恰如本雅明所提及的:"一个陌生的城市对一个初来乍到者有着异乎寻常的吸引力,是因为它经验的新鲜和诱惑力,使观光客陷入一种不能自拔的沉溺状态。"③ 透过租界广为流布的西方文化以及华洋两界的

---

① 王韬:《瀛壖杂志》,上海古籍出版社1989年版,第115页。
② 同上书,第115—116页。
③ 杜心源:《城市中的"现代"想象——对20世纪20、30年代上海"现代主义"文学及其都市空间的关系的研究》,中国福利会出版社2007年版,第32页。

巨大反差,绝大多数的上海人对西方文化在态度和情感上,大都经历了"初则惊,继则异,再继则羡,后继则效"①的过程,逐步在器物、制度、文化等各个层面接受了西方文化的渗透和影响。到19世纪中叶,上海人近距离接触到了西方文化在上海华洋两界广泛扩散后,经过初步的疑虑和思考,见贤思齐,领先于全国各地,在租界内部、外部渐次运行着现代都市的基本设施:银行于1848年传入,西式街道1856年,煤气灯1865年,电话1881年,电1882年,自来水1884年,汽车1901年,电车1908年。② 上海人对外语的重视和竞相学习,与同时期其他城市相比也是相对突出的。据熊月之、张敏在《上海通史·晚清文化》中所载:"在十九世纪八九十年代,像北京等大城市针对学习外语的情形还不屑地嗤之以鼻的时候,上海的各种培训班则如鳞次栉比的店铺一样,到十九世纪末二十世纪初的时候,已经出现了进外语学校需走后门送钱的情形。"③ 这种对语言文化的学习和效仿,显现着西方文化在华洋两界渗透、交流、影响所达到的深度。作为租界人口的主体部分的华人逐渐尝试着效仿和学习西方,这两种文明的碰撞和交流,不再是停留在观念和概念的层面,而更多表现为实践层面上的短兵相接,并且经历了由浅到深,由器物、制度到文化的递进过程。"在清代社会还处在中世纪状态时,当清朝统治系统内还没有出现近代城市的管理体系时候,上海城市的近代化,就从租界移植西方近代城市的发展模式开始,逐渐完备起来。随着上海城市近代化的拓展,由租界肇始的这套近代化城市模式的影响不断地延伸。"④

城市化的过程必然与现代化、工业化相伴而生,也会刺激新的移民热潮。正如李洪鳌所预见的:"都市化所造成的社会和经济上的变动,现代化工业之发展,以及对传统生活方式态度之改变,诸此因素

---

① 唐振常:《市民意识与上海社会》,《近代上海探索录》,上海书店1994年版,第12页。
② 唐振常:《近代上海繁华录》,(香港)商务印书馆1993年版,第240页。
③ 熊月之、张敏:《上海通史·晚清文化》,上海人民出版社1999年版,第268页。
④ 唐振常:《近代上海探索录》,上海书店1994年版,第138页。

均使国内迁徙活动加剧。"① 伴随着太平天国运动的兴起，太平军和清朝军队在江浙一带展开旷日持久的拉锯战，使得难民广移，为租界带来了大量的廉价劳动力。史料记载："当是时，都人士流亡襁负而来者，络绎于道。顾地为华夷互市之区，五方杂处，重以流民，因而街市之间，肩磨趾接，居室则嚣杂湫隘，荒地亩辄百余金。"② 同时，一些大户人家一为避难之需，一是受上海租界内部日益发展起来的高消费、高品质的生活所吸引，为寻求庇护和享受，集重金寓居上海。资料显示，以苏州为例，仅1860年至1862年两年期间，大约有六百五十万两资金流入租界。③ 此外，随着近代社会士人阶层地位的跌落，谋事谋生成为势之所趋，而商业社会上海较之其他城市而言，不仅是达官显贵的"淘金"之所，也是拥有知识的士子文人发挥才智、谋求生计的"利薮"。更为突出的是，租界内部所施行的管理模式和资本制度"为企业家提供了投资的保障和中国有史以来第一次不受官僚控制的自由"，吸引了大量的民族资本在上海的投入，从而促进了内地移居上海风潮的形成。仅以1910—1927年为例，上海人口从128.9万增至264.1万，17年间翻了一番，年均递增4.3%，这种速度不仅在全国十分罕见，在世界上也是罕见的。④ 为此，上海不仅成为一个典型的中西合璧的商业城市，也成为一个人口众多、五方杂处的移民城市。这种"远悦近来"的移民潮流增加了大量的中西文化的交流与碰撞，潜在地驱动着上海城市的发展和繁荣。"在通商口岸中，上海是列强最注目的地方，上海租界所具备的行政、立法、司法俱全的政治结构，较之同类型租界最为完整有力。上海西人远多于中国其他通商口岸，西人投资最多，兴办事业最多，所谓西人利益在他们看来上海关系最大，因而西人所最着力经营者，在中国通商口岸中非上海莫属。

---

① 李洪鳘：《人口问题与经济成长》，台北中正书局1969年版，第77页。
② 《创建上海江宁七邑公所碑》，见《上海碑刻资料选辑》，上海人民出版社1980年版，397页。
③ 张仲礼：《东南沿海城市与中国近代化》，上海人民出版社1996年版，第646页。
④ 忻平：《从上海发现历史——现代化进程中的上海人及其社会生活（1927—1937）》，上海大学出版社2009年版，第30页。

其所发挥的效能最大,租界为时也最长。上海租界成了代表殖民利益的典型。"① 列文森(J. R. Levenson)曾经这样描述上海的城市发展形态:"到20世纪20年代,尤其是在上海,出现了一条世界主义的花边。"② 这同时也印证了马克斯·韦伯的"人口的增加以及他们的购买力是取决于建于当地的工厂、制造厂或销售企业而定"的"现代的类型"的说法。③ 伴随着西学东渐之风,加之上海租界华洋杂居的文化渗透与影响,上海最终以两种形态存在着:一是现代化程度最高的现代都市,被誉为"东方的巴黎"的国际型大都市,一个典型的中国传奇;二是中国最典型的半殖民地的缩影,一个民族的文化寓言,寄托着现代民族国家的诸多想象。上海在承受着殖民统治的同时,也接受着浓烈的殖民色彩的现代文明的洗礼,并逐渐攀升为国内最为繁华最具现代意味的国际性城市,"真是附庸蔚为大国,一部租界史,就把上海变成了世界的城市"④。

第二节 "半殖民地"情形与民族主义的崛起

吴福辉认为,近现代上海的文化是一种"洋泾浜"都市文化。"'洋泾浜'一词在上海方言里含义丰富,指一切不中不西,既新又旧,非驴非马的人或事,从来都是贬义的代名词。"⑤ 地理学意义上的"洋泾浜"是指地处原上海县城北郊的黄浦江支河,鸦片战争爆发后作为英国租界的南部界线以及公共租界和法租界的界河,成为广为世人所知的"夷场"。作为糅合着本土与异域、东方与西方、传统与现

---

① 唐振常:《市民意识与上海社会》,《近代上海探索录》,上海书店1994年版,第61页。
② 转引自杜心源《城市中的"现代"想象——对20世纪20、30年代上海"现代主义"文学及其与都市空间的关系的研究》,中国福利会出版社2007年版,第12页。
③ 郑乐平编译:《经济·社会·宗教——马克斯·韦伯文选》,上海社会科学院出版社1997年版,第166页。
④ 曹聚仁:《上海春秋》,上海人民出版社1996年版,第9页。
⑤ 吴福辉:《洋泾浜文化·吴越文化·新兴文化——海派文化的文化背景研究》,《中州学刊》1994年第3期。

代等多元文学形态的要冲地带,以"洋泾浜"界定上海文化充分显示着上海因异域文化的介入而产生的主体性格的模糊暧昧。胁从于华洋杂处的基本事实,多元文化异质同构的形态特点深刻地显现着上海文化的生命质素和多元风貌。一方面,上海因日益膨胀的繁荣和欧化,一跃成为古老沉寂的中国土地上的"新神话",梦一般地将物质的富足和繁华呈现在世人面前;另一方面,作为现代化的"孤岛"城市,上海的租界形式和作为通商口岸城市的特殊性,使它从中国整体的行政体系中脱离,强迫性地模仿和执行西方社会近代城市模式,"外人侵夺了当地的行政管理权及其他一些国家主权,并主要由外国领事或侨民组织的工部局之类的市政机构来行使这些权利,从而使这些地区成为不受本国政府行政管理的国中之国"①。古今、中外、新旧文化交叠扭曲,使上海最终成为"目睹现代性普遍的核心困境的最佳地点"。

一 上海的"半殖民地"情形

离开了对19世纪以来全球范围内的帝国主义殖民扩张行为的审视,就会不可避免地丧失对近现代上海"被殖民"境遇的切实理解。姚公鹤在《上海闲话》中曾经感叹道:"上海兵事凡经三次:第一次道光时英人之役,为上海开埠之造因;第二次咸丰初刘丽川之役,为华界人民聚居上海租界之造因;第三次咸丰末太平军之役,为浙江及长江一带人民聚居上海租界之造因。经一次兵事,则租界繁荣一次……租界一隅,平时为大商埠,乱时为极乐园。昔《洛阳名园记序》称天下盛衰视洛阳,洛阳之盛衰视名园之兴废,吾于上海则亦曰:'天下之治乱视上海,上海之治乱是租界,盖世变系焉。'"② 这里透视着战争作为不可抗拒的力量对城市命运的改造所起到的作用,同时也为城市历史变迁提供了一个质的规定性——殖民主义正如幽灵般牵引着城市的走向和未来,上

---

① 费正康:《中国租界史》,上海社会科学出版社1991年版,第384页。
② 姚公鹤:《上海闲话》,商务印书馆1991年版,第44页。

海由最初的蛮荒之地，发展到通商口岸之城，历经外国人永久寓居的租界到沦陷为"孤岛"中的城市，蜕尽各种文化上的、政治上的、经济上的包裹，隐约可感的仍是殖民支配和战争暴力的气息。

约瑟夫·康拉德在《黑暗的心》里这样写道：

> 对世界的征服，如果你仔细看一看，就不觉得是什么光彩的事了。它首先意味着从那些与我们肤色不同，或鼻子稍扁的人手中夺取土地。只有观念能作为托词，一种居于其后的观念；不是什么感情上的表现，而是一种观念；以及对这种观念的无私的信念——你可以把它供奉起来，向它膜拜，为它牺牲……①

这里直接显示着这样一个基本事实，即一种被视为观念形态的文化介入并不能掩盖侵略者们殖民行为的本质——对土地的贪欲进而对土地最终的征服和占领。土地既是目的又是结果，并可以将之归结为一切帝国主义行为的本质属性。在上海"被殖民"历史中，至关重要的历史事件是1845年巴富尔（George Balfour）与道台协议订立《上海土地章程》，该章程作为双方妥协的结果，使得英国人逐渐扭转了在广州备受限制的境遇（在广州，贸易期结束，外国人即需离开，不得滞留），他们不仅可以自由地贸易往来，更重要的是可以永久地租住土地，这就为殖民者后来疯狂地扩建租界以获得上海租界范畴内土地的支配权奠定了牢固的根基。根据资料显示，"上海外侨原来租借的土地43英亩，到1863年已经由于与道台达成协议而扩充为总面积2094英亩（包括法租界在内）"②。殖民地的大面积扩增，意味着与帝国侵占行为密切相关的要件——土地归属权的问题终将会露出冰山一角，成为考察西方人在上海行事目的的主要参照。马克思在《资本论》第一卷曾经这样表述过："土地要成为殖民的要素，不仅必须是

---

① ［英］约瑟夫·康拉德：《黑暗的心》，转引自［美］爱德华·W. 萨义德《文化与帝国主义》，李琨译，生活·读书·新知三联书店2003年版，第93页。

② ［美］罗兹·墨菲：《上海——现代中国的钥匙》，上海人民出版社1986年版，第89页。

未耕种，而且必须是能够变为私人财产的公共财产……每个移民都能够把一部分土地变为自己的私有财产和个人的生产资料，而又不妨碍后来的移民这样做。这就是殖民地繁荣的秘密。"① 西方人唯有通过对部分属有的土地进行空间意义上的改造，才能最终实现对被殖民属地从社会结构到文化心理上的重构，使"他性"重组衍变为"我性"。1840年英国议会讨论向中国发动侵略战争的决议案时，投反对票的保守党议员詹姆士·古拉哈姆如此驳斥主张发动侵略战争的议员："这样不义的战争，即使胜利，也不会得到任何光荣……我从不知道，也从未从哪本书上读过有这样非正义的战争，这样会永远成为不名誉的战争。刚才和我意见不同的一位绅士，谈到广州飘扬着光荣的英国国旗。可是，这面旗子是为了保护臭名远扬的毒品而飘扬的。如果现在要在中国沿海升起这样的旗子，我们一看到它就不能不感到恐怖和战栗！"② 在这个极富正义感的世界主义者眼里，一国对另一国的战争从来都不是纯粹的"共荣"行为，相反，它是权力意志和征服欲望的显示，包含着殖民主义者对被殖民世界强行介入和文化改造的终极目的。罗素（Bertrand Russell）曾经意义鲜明地做过如此的表述："除了战争，欧洲文明对中国传统生活的影响通常表现为两种方式：一种是贸易的，另一种是智力的。但这二者都依赖于欧洲的军事威望。"③ 那些因战争而对东方国度拥有较大支配权力的帝国主义者们，其殖民行为往往是雄心勃勃并蓄谋已久，"果断而不留痕迹"："我们将会在所有的事上发号施令——工业、贸易、法律、新闻、艺术、政治和宗教；从霍恩角到苏利斯海湾，甚至超过那里，如果北极有什么值得得到的东西的话。这样我们就有可能把世界上那些遥远的岛屿和大陆统统弄到手。我们要管理这世界的事情，不管它愿不愿意。世界对此无可奈

---

① ［德］马克思：《资本论》第1卷，人民出版社1968年版，第967页。
② 王瑞华：《殖民与先锋：中国痛苦——三位女性对香港的文学解读》，社会科学文献出版社2006年版，第16页。
③ ［英］罗素：《中国问题》，转引自美史书美《现代的诱惑：书写半殖民地中国的现代主义（1917—1937）》，何恬译，江苏人民出版社2007年版，第15页。

何，我想，我们也是如此。"① 军事暴力之后便是文化上的暴力，它将因战争因素而直接袒露出的粗暴蛮横的作风，变化为看似温情的润物细无声的文化渗透，诸如欧洲的市政建设、大兴西语热潮、西方人的生活方式等方面的示范效应，却以无言的方式显示出远比战争暴力更为深刻、有力的作用。人们呼吸着西方人在居留地所创造的并萦绕于上海上空的文化气息，内里的民族虚无主义部分消解了对殖民行为本身的恶感，甚至认为西方人现代性的"植入"功不可没，上海因租界的出现而由传统走向现代，改变了无史的状态并融入世界。而这种鲜明的民族文化身份认同的暧昧心境部分地透露出民族虚无主义的倾向，也是民国时期中国社会，特别是上海社会"二患并伐"中殖民掠夺和阶级压迫的心理基础。

随着中国社会状况的历史变迁，中国社会生活中被殖民的现实境遇与封建势力并置在一起的现象越来越明显了。后来毛泽东将这一特点归纳到"半殖民地半封建"社会性质的政治分析中，意在说明，"封建主义已然被打破，但任何指向资本主义的重大转变仍尚未发生。殖民主义渗透进了封建体系，但还不能完全取代封建体系。由此，社会处于一种混杂的社会形态，而这是经典的历史唯物主义者所始料未及的"②。这一特点更适用于对20世纪二三十年代上海城市境遇的分析。近代上海的城市历史基本上是在华界、英美公共租界、法租界的制衡和辖制中演进的。"四国三方"作为上海社会的一种结构模式，同时也是一种政治模式。各执其事、各自为政的结构特点，凸显的即是上海社会的"半殖民性"，一方面上海当局无从在自己的土地上获得自主独立的主权，也就无从在自己的土地上获得立言的机会和空间，另一方面，20世纪30年代的上海租界，作为"国中之国"从来都没有由一个国家单独治理过，诸国鼎立的格局很难在利益和权力上协调

---

① ［英］约瑟夫·康拉德：《〈诺斯特洛姆〉：海上的故事》，1904年版，1925年戈登：双日出版社，配支出版社重印，第77页。
② 转引自［美］史书美《现代的诱惑：书写半殖民地中国的现代主义（1917—1937）》，何恬译，江苏人民出版社2007年版，第38页。

相生，为此可以将其通盘视为理念上的"帝国主义的竞争"在20世纪30年代上海社会的践行，从而刺激了更为激烈更为严重的贪欲和暴力，后来的日本即是典型的例子。一种缺乏整体性的管制体系势必会造成各自为政、分而治之的统治模式，相伴相生的也必然是"以自我为中心"的利益标准，削弱了统一的意识形态至少在表面上所造就的系统性和延续性，从而将上海卷入了多种殖民主义所汇就的境遇中，使上海体验的不是单个国家的主权干预，而是由多个国家所代表的世界列强"分而治之"的统治压迫。

作为一个在世界范围内现代性的后发城市，20世纪上海的现代化运动很大程度上拜口岸通商所赐，也就是说，现代上海的生成与西方人在租界内最大限度赚取利益的殖民行为休戚相关。"无论是租界、法律、市政、社会组织、工厂企业、生活内容与方式等各个方面，无不由被强加而来。"[1] 这种有意为之的文化传播及塑造方式中带有明显的文化权力意识，体现出极强的先入为主性和目的性。对此英国著名作家萨克雷曾经这样尖锐地评论道："凡是对海外英国殖民地有所了解的人都知道，我们不论到哪里安家，总是将我们的傲慢、药丸、偏见、哈维酱、辣椒粉和别的看门神一股脑儿统统带上，将所到之处变成小英国。"[2] 正是这种以西方为世界、以西化为现代的既定模式先天性地预设着观念中的中国，把上海作为一个文化改造的对象，优雅且高贵地在上海的土地上播撒着"文明"的种子。没有一个在租界居住的殖民者会把这片土地作为终身相依的归宿之地，更不会为它承担任何责任和义务。他们只是探奇览胜的匆匆过客，他们是赚取财富追求资本积累的精明的商人，他们为了获得更大的政治目的而劳碌奔波，他们在他人的国家里建立"国中之国"以求本色。在日本新感觉派的领军人物横光利一的描述中，上海是一个腐败而糜烂的城市，更是一个道德、精神和肉体堕落的中心，代表着"奇异和古怪"，是充斥着

---

[1] 忻平：《从上海发现历史——现代化进程中的上海人及其社会生活（1927—1937）》，上海大学出版社2009年版，第19页。

[2] ［英］萨克雷：《名利场》，杨必译，人民文学出版社2000年版，第640页。

各种污物的巨大的"亚洲垃圾堆",是西方殖民改造的对象,是军事征服、文化殖民的最好范本。正如"他们无法表述自己;他们必须被别人表述"一样,在后殖民主义的力倡者萨义德眼里,东方主义作为一种话语,是欧洲文化霸权的产物:"每一个欧洲人,不管他会对东方发表什么看法,最终几乎是一个种族主义者,一个帝国主义者,一个彻头彻尾的民族中心主义者。"① 在他看来,"西方与东方之间存在着一种权力关系,支配关系,霸权关系",这种直言不讳的言辞陈述着这样一个事实:东方,尤其是后发中的第三世界国家是西方权力结构预计纳入的对象,无论在观念形态上还是物质形态上都存在着被"植入"和被"殖民"的可能性。在那个几乎世人皆知的立在外滩公园的"华人与狗不得入内"的醒目告示牌上,赤裸地呈示着西方强权势力主观地贱视东方、殖民东方的意图。由这个发生在租界内的微观细节,可以看出,有"西方飞地"之称的租界上海无疑是西人经济剥削和文化介入的见证,是寄生在古老中国贫弱肌体上只取不予的"赘疣",更是西方强权政治和殖民罪恶的象征。

二 "殖民地"民族主义

面对租界上海高高矗立的摩天大楼、市政大厅、灯红酒绿的不夜城、跑马场、咖啡馆,这种明显的"去中国化"的城市特点唤起的不仅仅是人们对这座城市普遍的嫌恶,更由此引发了对其"被植入"的历史屈辱感和罪恶感的品位咀嚼。正如叶文心、魏菲德所指出的那样,"对于中国知识分子来说,上海的日常生活'充满了模棱两可性',他们每天都体验着对西方文化的崇拜和对外国帝国主义的厌恶"②。郑振铎对此也深有感触:"这个大都市的上海可伤感的事实

---

① [美] 爱德华·W. 萨义德:《东方学》,王宇根译,生活·读书·新知三联书店 1999 年版,第 260 页。
② [美] 史书美:《现代的诱惑:书写半殖民地中国的现代主义(1917—1937)》,何恬译,江苏人民出版社 2007 年版,第 319 页。

是太多了。这种伤感，也并不是那一班浅薄无聊的都市咒骂者的'都市是万恶之源'一类的伤感，我们是赞颂都市的，我们对于都市毫无恶感，我们认为都市乃是近代文化的中心，我们并不敢追逐于自命清高者之后以咒骂都市。我们之伤感，乃是半由民族的感情而生，半由觉察了那两种绝异的东西文明之不同而生。"① 在这个久居上海的知识分子交织着爱恨情仇的唏嘘感慨中，一方面呈现其清明透彻的现代意识——中国不仅渴望现代，而且最终也要紧紧地拥抱现代，主体性地创造并面对现代所连带而来的一切；另一方面也杂糅着他对民族历史和上海历史不可遏制的深忧隐痛，在类似美籍学者林毓生所说的"中国人意识的危机"中，伴随着中国殖民境遇的现实化和深刻化，愈益体会着上海的现代性被动嵌入而带来的精神困惑和认同危机。郑振铎言辞间所流露出的"半半"情感也符合半封建、半殖民上海给予人们的心理诉求。半殖民都市上海的物质存在，作为一种殖民历史的提醒，自然会激发出人们的民族情绪和爱国情怀，由上海的半殖民历史催生出现代民族国家文化身份认同的求索意识。殖民地的边界衍生着民族的边界，殖民主义的情绪胶合着民族主义的情绪。正如有的学者所说："上海在刺激现代中国民族主义的兴起中起到了重要的作用。"② 英国历史学家汤因比认为："中国人的秉性，进入近代以来，已由世界主义变成民族主义。"③ 亡国灭种的政治危机以及现实境遇中中西文化的比照与对抗，使得对民族命运的思考深入到前所未有的程度，"不仅发现自己的国家不是强国，而且发现自己不是'人'——不是现代文化意义上的'人'"④。在民族灾难的促迫下，以反思批判和锐意进取为特征的近现代知识分子随之诞生。这一代知识分子将更多的思考投注到民族命运的走向，以求缓解深重的"意识危机"和"民族危机"。

---

① 郑振铎：《影戏院与"舞台"》，引自马逢洋编《上海记忆与想象》，文汇出版社1996年版，第126—127页。
② [美] 罗兹·墨菲：《亚洲史》，黄磷译，商务印书馆2005年版，第473页。
③ [英] 汤因比：《展望二十一世纪》，转引自刘再复、林岗《传统与中国人》，生活·读书·新知三联书店1988年版，第10页。
④ 刘再复、林岗：《传统与中国人》，生活·读书·新知三联书店1988年版，第12页。

"意者欲扬宗邦之真大,首在审己,亦必知人,比较既周,爰生自觉。自觉之声发,每响必中于人心,清晰昭明,不同凡响。"① 在这种参差、纵横的时代境遇里,近现代的中国知识界散溢着意兴慷慨、元气淋漓的文化气息,并带有浓厚的"精神界战士"的文化特点。在最早的一批"睁眼看世界"的知识分子中,魏源提出了"师夷长技以制夷"的思想,虽在翻用着以往大汉帝国对付周边少数民族的举措,但对长期以来以"华夏中心"自居的民族,其中所蕴涵的意义则是深远的,至少在器物层面,在对外关系上,开始了认知自我、认知世界的历程。严复的以《天演论》、《原强》、《法意》为代表的译著,传递着"鼓民力"、"开民智"、"新民德"、"自强自立"、"与天交胜"的崭新思想,明确将民众的改造与国家的兴衰际遇结合起来,使一代国人深受鼓舞和教育,助推了传统的士人社会向近现代社会的转型。到梁启超那里,面对着老大帝国中心地位的失落,在世界范围内民族间激烈竞争的形势下,建立现代民族国家已经成为拯救封建帝国的唯一途径:"今日欲救中国,无他术焉,亦先建一民族主义之国家而已。以地球上最大之民族,而能建设适于天演之国家,则天下第一帝国之徽号,谁能篡之。"② 这是一种强烈的参与历史、融入世界的情感表达,而其中较为行之有效的方式即是建立现代民族国家。1902 年,流亡日本的梁启超在横滨创办《新小说》,并以《论小说与群治关系》为题,提出了"今日欲改良群治,必自小说界革命始,欲新民,必自新小说始"③。这场对后世影响深远的"小说界革命",直接打破了千百年来小说备受冷落和偏视的境遇,但通篇最熠熠生辉的,还是提出者在最初的预设中,借助小说革命服务于群治和国强的政治理想,对民族命运的关注和热忱溢于言表。同年,梁启超示范性地创作了典型的政治小说《新中国未来记》,一脉相承地延续了前期的思路,痛惜老大帝国中心地位的失落,力欲建立新的民族中国,以求

---

① 鲁迅:《坟·摩罗诗力说》,《鲁迅全集》第 1 卷,人民文学出版社 1998 年版,第 65 页。
② 梁启超:《论民族竞争之大势》,《饮冰室合集》(四),中华书局 1934 年版,第 35 页。
③ 梁启超:《论小说与群治关系》,《饮冰室合集》(十),中华书局 1934 年版,第 10 页。

"涤除旧弊，维新气象"。在小说的楔子部分，作者破天荒地选用了孔子的生年作为公元纪年的一种，并置于以耶稣生年的纪元，阐述着民族时间融入世界时间的深切渴望。恰如李欧梵对现代时间的研究中所发现的："梁启超在中国现代史中扮演了一个极为重要的角色，他在1899年的登高一呼，在其后十年、二十年间几乎改变了中国上层知识分子的对于时间的看法。到五四以后，中国的城市已经接受了新的纪元。"① 而在本尼迪克特·安德森理论中，"时间——以及日历系统——正是现代性所赖以构建的基础。即民族主义只有在时间观念根本变更后才能被想象"②。西历和中历的并行使用，意味着世纪之初以"世纪"、"礼拜六"等为代表的西方时间观念在中国的付诸实践。西历和中历的普及化应用，反映了中国人在时间的层面上融入世界的心理欲求在现实生活中的落实。作为一种不可逆转的历史运命，世界范畴内帝国主义在上海生活中所表现出来的参与意识，以一种前所未有的历史震荡，激发出了被命名为"想象的政治共同体"——民族主义——崛起。

这种有别于"官方民族主义"的"殖民地民族主义"充分伸张了这个民族区域的模塑能力，也易于将各种历史力量汇集而来的民族潜能发挥出来，并以集体无意识的方式将同一境遇下的人们聚合在一起，"驱使数以万计的人们甘愿为民族——这个有限的想象——去屠杀或从容赴死"③。在竹内好看来，"东方的现代是西方强加的产物"。"欧洲入侵东方，东方进行反抗，自然这种反抗也作用于欧洲。即便是这样，也不能动摇把所有事物对象化对待的彻底的理性主义信念。欧洲早就估计到了东方是一定会进行反抗的，正是由于反抗使东方的命运越来越欧洲化。东方的反抗成为使世界更加完美的主要因素"④。反抗

---

① ［美］李欧梵、季进：《现代性的中国面孔》，《文艺理论研究》2003年第6期。
② ［美］本尼迪克特·安德森：《想象的共同体——民族主义的起源与散布》，吴叡人译，上海世纪出版集团2005年版，第30页。
③ 同上书，第7页。
④ ［日］竹内好：《何为现代——就日本和中国而言》，《后殖民理论与文化批评》，北京大学出版社1999年版，第444页。

加强了碰撞，碰撞也密集了交流，东方人开始走出自己的世界，在审视西方的同时，看到了自己，也看到了世界。在这一过程中，东方不会囿限在二元对立的模式中以获得解脱感，兼容并蓄的差序互补也远远不够，相反，东方所做的是深沉而严肃的反思和批评，是军事挫败和文化挫败后的振拔和进取。这些涉及的是观念和思想的革命，是角度逆转后的行为实践。这种模式同样也适用于上海，在经历着"被殖民"的同时，当西方势力在"国中之国"赚取利益享受安乐的时候，上海需要的是半殖民历史境遇下的"进化"——"戴着镣铐的进军"。白鲁恂（Lucian Pye）曾经这样谈道："民国时期上海都市文化的复杂性在于上海不仅在很大程度上是受帝国主义势力控制的半殖民城市，而且又是催生和滋育大批作家、电影人、记者、学者、律师、商人和管理人才的国际都市，这些人是构建民族话语或现代民族主义思想的重要力量。"① 上海半殖民境遇的复杂性，作为民族利益和民族尊严被胁迫的象征，激发了人们的"异己感"，继而将民族的潜能以多种样式集束地释放，促使了精英知识分子在感同身受的现实境遇中为民族复兴和国家富强努力。在近现代中国的文化领域中，尽管人们在文化选择和文化取向上存在着殊异和纷争甚至对抗，但在对历史的清理和反思过程中，愈益清晰的是这样一个基本事实：各种文化力量在借"思想文化改造现实"的初衷和愿望等方面所表现出来的惊人的趋同和一致，即"一律坚守着它们的民族国家理想"②，而这一现实正是植根于中国社会的当下所做出的应激性的回馈和反应。如果说"五四"时代是一个世界主义至上的年代的话，鲁迅等人对国民性理论的清理和深入批判的实践，胡适派的"全盘西化"到"整理国故"，周作人的"人的文学"和"平民文学"等个人主义、民本主义思想的输入，都是在建设现代民族国家的大的历史前提下，

---

① 转引孙绍谊《想象的城市——文学、电影和视觉上海（1927—1937）·引言》，复旦大学出版社2009年版，第3页。
② 吴福辉：《中国左翼文学、京海派文学及其当下的意义》，《海南师范学院学报》2001年第1期。

着眼于对中国文化传统及其形塑的人格缺欠进行深入的反思,并且引入一个中西文化比较的视野,充分显示了一代知识精英对现代性的真诚祈望,以及如何在文化批判和文化重建的基础上,将贫穷落后的古老中国迅速引到发展进步的轨道上去,完成融入现代、走向世界的历史任务。

进入20世纪二三十年代,中国的思想界深受民族矛盾和阶级矛盾并存状态的影响,"只有民族的才是世界的"成为新的历史症候,激发人们集体进入民族国家想象和创建的历史时期。如何在世界范畴内保持本民族的文化的特质和独立个性,逐渐成为缠绕在知识阶层思想中心的粗重线索。作为民族国家主体性的存在,城市尤其是上海则自然会预先融入这一历史进程中去,并且作为标志性的示范文本,充分展现出上海在中国在现代化进程中的生动面影。正如黄健所言:"二十世纪二三十年代文学中的'上海书写',寄寓了晚清以来对现代民族国家共同体的认同理念,构筑了现代文学追求宏大性的国家叙事的意义空间,成为现代中国的一种国家元叙事。"① 想当然地认为上海的现代品格和国际化都市的地位完全拜西方所赐,是一种不负责的看法。而华洋杂居的文化形态归咎于民族虚无主义的作为,则明显对发生在上海社会现代化进程中的民族情绪和意识是一种虚掷。在上海发展的历史过程中,正如霍塞所观察的那样:"这个城市不靠皇帝,不靠官方,而只靠它的商业力量发展起来。"② 这种有关上海城市发展不依凭政治和文化力量发展起来的一翼力量,无疑是对"外国租界的政治地位是上海城市成长发展的唯一重要因素"的有力驳斥。实质上,在外国人中,也有人在遥相呼应着这种声音:"把地理因素在上海城市成长过程中的重要性放在首位,认为上海的政治地位是一个次要因

---

① 黄健:《二十世纪二三十年代文学中的"上海书写"》,《上海师范大学学报》2007年第2期。

② [美]霍塞:《出卖的上海滩》,纪明译,上海商务印书馆1962年版,第4页。

素。"① 半殖民社会的现实境遇令上海尴尬屈辱，也赋予上海发展自我、强大自我的内驱力，并适时地将上海城市发展的潜能充分发挥出来。正如忻平在上海历史的研究中得出这样一个结论："外国势力的渗入，加速了中国半殖民地化的进程与速率，却未中断中国社会内部发展的'自然历程'。"② 罗兹·墨菲在他的研究中也这样提道："然而，尽管存在着外国投资，上海仍然是一个中国城市，政治上受到一小撮外国人的控制，不过经济上愈来愈由中国人维持，因为在二十世纪不断发展的工业中，除本国劳动力外，还与日俱进地增加本国的工商业资本和经营管理部门。"③ 外国学者柯文同时也认识到："尽管中国的情境日益受到西方影响，这个社会的内在历史依然是中国的。即使在上海这样西方影响最大的口岸城市中，这条奇妙的中国'剧情主线'仍然'没有被西方抢占或代替，它仍然是贯穿19乃至20世纪的一条最重要的中心线索'。"④ 这些颇有说服力的研究成果表明，在上海走向现代、融入世界的历史进程中，"飞地"城市的现实境遇不仅使西方文化在文化观念、伦理道德、生活方式等方面所表现出来的现代质素得到近距离的示范，同时，"半殖民"的社会现实以及由这现实所引发而来的生存焦虑和现实压力，触发着民族意识的觉醒、民族品格的批判反思、民族国家的认同和求索，这些连同20世纪二三十年代上海卵生于城市肌体内部的充分的文化资源和生命活力以及日益壮大成熟的现实生产力，为民族精神的凝聚和民族国家道路的探寻提供了一个鲜明突出的个案。

---

① ［美］罗兹·墨菲：《上海——现代中国的钥匙》，上海人民出版社1986年版，第101页。

② 忻平：《从上海发现历史——现代化进程中的上海人及其社会生活（1927—1937）》，上海大学出版社2009年版，第20—21页。

③ ［美］罗兹·墨菲：《上海——现代中国的钥匙》，上海人民出版社1986年版，第27—28页。

④ ［美］保罗·柯文：《在中国发现历史——中国中心观在美国的兴起》，林同齐译，中华书局1989年版，第133—134页。

第三节　中心点的南移与"文学上海"的形成

　　进入 20 世纪 30 年代，上海凭借其得天独厚的地理优势和建立在农业文明基础上的经济实力，外加 19 世纪中叶开埠通商所带来的巨大助推，在近百年的跨越性发展中，一跃成为具有世界意义的国际性都市、金融中心、远东第一大港口和商埠，以及全国最为富庶发达的城市。"1932 年至 1933 年间，在中国的 2435 个现代工厂中，有 1200 个开设在上海。在制造业中，不论是资本投资总额或使用现代机器及劳动力规模方面，上海都占有了将近全国总和的一半。1933 年，上海工业资本总额占全国的 44%，工人总数占全国的 43%，工业生产总值占全国的 50%。"[1] "1933 年，上海的工业产值已达到 11 亿元以上，超过了当时全国工业总产值的一半，一跃成为全国的工业中心。"[2] "到 19 世纪 60 年代，上海的外贸出口便超过了它的对手——中国最早的通商口岸广州。上海将这一荣誉整整保持了 120 年。"[3] 以政治或宗教权力为中心的传统社会，造就的是特权至上封闭自足的社会模式，文化的发展则更多囿限在既定的格局中，难求长久发展的后续力量。现代社会则显现出社会功能的有序分离，经济的富足和充裕创生着富有弹性和活力的物质条件，与之相伴而生的是良性的文化生态环境，滋养着文化的根苗多元勃发。上海的城市发展正符合这一基本规律，以商业经济为中心的上海高楼大厦鳞次栉比，跨国商行、商号林立，跑马场、电影院、咖啡馆比比皆是，风姿绰约的上海以其扑面而至的现代气质向世人展示了高效、富足、进取的现实精神，以无与伦比的逼人气质将实存的示范效应和非同寻常的传奇魅力延展到未曾经历的领域，最终促成了社会中心和文化中心的重叠聚合——"许多人已经忘

---

[1] 唐振常主编：《上海史》，上海人民出版社 1989 年版，第 9 页。
[2] 张仲礼主编：《近代上海城市研究》，上海人民出版社 1994 年版，第 85 页。
[3] 杨东平：《城市季风：北京和上海的文化精神》，新星出版社 2006 年版，第 3 页。

记——或许根本不知道,在两次世界大战之间,上海乃是整个亚洲最繁华和国际化的大都会。上海的显赫不仅在于国际金融和贸易;在艺术和文化领域,上海也是远居其他一切亚洲城市之上。当时东京被掌握在迷头迷脑的军国主义者手中;马尼拉像个美国乡村俱乐部;巴塔维亚、河内、新加坡和仰光不过是些殖民地行政机构中心;只有加尔各答才有一点文化气息,但却远远落后于上海"①。上海的殖民情形有别于其他城市,即"与被正式殖民的第三世界国家不同,中国从未整体地被殖民过,也从未存在过一个中央殖民政府来管理遍布全国的殖民机构"②。一方面,上海在"半殖民"的过程中自然催生了本国的民族主义,在民族挫败历史中增强了反思和发展的能力,在理论界形成长达一个世纪之久的现代民族国家探寻的思辨之旅;另一方面,上海在开埠通商之时即率先纳入了世界商业经济的体系中,城市发展得西风东渐惠及。在历史的间隙期中,上海纵深开拓着自己的发展空间,在政治、经济、文化等各个领域显现着罕有匹及的优势地位,溢散着极富现代性倾向的"另类"气质。对此柯文有过相关的评价:"在经济基础上是商业超过农业;在行政和社会管理上是现代性多于传统性;在思想倾向上是西方的基督教压倒中国的儒学;在全球倾向和事务方面是外向而非内向。"③上海将缓慢发展中的乡土中国远远地抛在后面,充分发挥着一个国际性大都市的功能特点,在城市空间,在中国文学发展的第二个十年里,迎来了文化中心由北到南、由北京到上海的历史性递进和迁移。

一 北京的文化优势及式微

作为一个历史事件,文学中心的迁移不是随意性的偶然事件,而

---

① [美] 白鲁恂:《中国民族主义与现代化》,《二十一世纪》1992年第9期。
② [美] 史书美:《现代的诱惑:书写半殖民地中国的现代主义(1917—1937)》,何恬译,江苏人民出版社2007年版,第41页。
③ [美] 柯文:《在传统和现代之间——王韬与晚清改革》,雷颐、罗检秋译,江苏人民出版社2003年版,第242页。

是多方面因素合力促成的结果。20世纪20年代，中国文化和文学的中心在北京。作为"五代帝都"的北京，承袭着古都文化的古典韵致，会通化育着世纪初肇始的新文化精神，由封建传统文化的堡垒新变为现代文化的中心地带。

> 中心便是重心，是平衡点，是交汇点。南国水乡的富饶、婉丽，北方草原的粗犷、豪放，西部大漠的苍凉、凄郁，东方沿海的热情、繁华，都各有特色，别张一面，但唯有它们的集中交汇点——北京，才能整个浑然地代表中华民族的个性和文化。
>
> 在中国，有哪个城市，哪个地方，能像北京这样把戈壁滩如云马队的剽悍与苏杭丝绸鱼米之乡的温情，最悠古的文明与最现代的气氛都凝聚于一身呢？
>
> 几千年的文明史，一百多年的近代史，近在眼前的现代史，敏感的当代史，都正在这个京都中冶炼着。[①]

五四新文化运动轰轰烈烈地发生，带给北京的是全新的文化洗礼，传统的以官本位为特征的权力意识逐渐淡出知识分子的文化视野，一批具有独立意识和自由精神的新型知识阶层迅速成长起来。他们大部分都是校园知识分子，一方面拥有渊博的传统文化教养，了解中国的历史与文化，以建立现代民族国家为理想；另一方面他们大多有留学在外的经历，具备放眼世界的胸襟和视野，易于接受新鲜的事物和观念，热衷于向国内知识界传播新的文化精神。人与城之间的这种对应关系，在较深的层次上存在着某种"规定与被规定"："如果说有哪一个城市，由于深厚的历史原因，本身即拥有一种'精神品质'，能施加无形然而重大的影响于居住、一度居住以至过往的人们的，这就是北京。"[②] 诚然，北京之所以吸引全国范围内的知识分子齐聚于此，使

[①] 柯云路：《夜与昼》（上册），人民文学出版社1988年版，第5页。
[②] 赵园：《城与人》，上海人民出版社1991年版，第3页。

之成为精英文化的大本营，原因是多方面的：安稳优裕的生存环境，自由宽松的学术氛围，生动活泼的思想空气，民主科学的时代潮流，延续着渊博厚重、本色地道的文人传统，为文化转型时代的知识分子提供着最充足的文化资源。而其中最基本的因素是，这里荟萃着全国范围内最高层次的学术机构：封建时代有国子监、翰林院，集中全国范围内代圣贤立言，学优则仕、以求闻达的士大夫阶层；现代社会有高等院校、图书馆、报馆和研究院，它们作为现代文化的策源地，为新兴的知识分子群体提供着生存和发展的空间。据资料显示，"1931年，北平的高等学校26所，几乎占全国之半，著名的国立大学有北京大学、清华大学、北京师范大学、北平大学等；私立大学有燕京、辅仁、协和、中法等。中等学校，1929年为48所，1938年为88所；初等学校，1935年为246所。北平有两个国立研究院（北平研究院和中央研究院之一部），有全国最大的图书馆、建筑、文物、文献、资料、书籍之丰，成为学术研究最便利之处，其他的专门文化机关不能悉数……"①在这其中，作为历代"太学"的正式继承者，北京大学地位显出，崇尚"学术自由"，追求"独立判断"，吸纳着各路知识精英集结、碰撞和交流，恰似一个巨大无比的孵化器，润泽着新文化知识分子特有的智慧形态，"自觉地分担时代的痛苦，并自觉地承担未来"②。那些在五四新文化运动中崭露头角的开路先锋们，如陈独秀、胡适、李大钊、周氏兄弟等，大多数都是北大的教员，他们在北大执教、供职或兼职，身体力行地为北京大学精神的丰富和提升贡献着力量。1917年1月，蔡元培出任北大校长，作为北京大学的灵魂人物，以"革新北大"、"教育救国"为目标，为寻求自由的教育奋斗不息。陈独秀不仅主编《新青年》，而且出任北大的文科学长，直接参与北大的教务和决策。胡适因《文学改良刍议》声名鹊起，堪称五四新文化运动中的领导者之一，同时他也是北大知名的教授，自认是"北大人"，一生与北大

---

① 铁庵：《北平漫话》，《宇宙风》1936年第19期。
② 赵园：《城与人》，上海人民出版社1991年版，第26页。

关系密切。他们沐浴在由北大所构造的自由、开放、独立的文化氛围中，著书立说，成立学会，编辑刊物，言传身教。1915年创刊于上海的《新青年》（第一期命名为《青年杂志》，后因上海青年会提出《青年杂志》与该会的会刊《上海青年》雷同，自第二期后更名为《新青年》）因陈独秀供职北大而将编务由上海整体地迁到北京，并从1919年1月15号出版的六卷一号起，宣布由李大钊、陈独秀、胡适、沈尹默、钱玄同、高一涵分期轮流编辑，形成了新文化运动的核心领导阵营，将《新青年》作为同人刊物的作用和价值充分发挥出来，成为向全国范围内传播新思想的辐射源。1918年10月，新潮社成立，社员以北大学生为主，初期以傅斯年、罗家伦为主任编辑、编辑，在批评封建伦理和封建文学方面，与《新青年》相呼应，产生了积极的影响。1919年1月16日，鲁迅在致许寿裳信中写道："大学学生二千，大抵暮气甚深，蔡先生来，略与改革，似亦无大效，惟近来出杂志一种曰《新潮》，颇强人意……"① 除此而外，1921年，标志着中国新文学综合实力的社团文学研究会于北京成立，它集结和影响了一大批致力于创作严肃文学的作家和读者，并在茅盾的主持下，将旧派杂志《小说月报》改头换面，使它作为文学研究会的机关刊物，发挥巨大的作用。1924年11月，语丝社成立，旨在"任意而谈，无所顾忌，催促新的产生，对于有害于新的旧物，则竭力加以排击"，主要撰稿人有鲁迅、周作人、川岛、章衣萍、江绍原、刘半农、林语堂等。同年，"现代评论派"亦创立于北京，形成了以英美派教授为核心力量的胡适集团，标榜自由主义。此外，闻名遐迩的"四大副刊"中的《京报》副刊、《晨报》副刊在新文化运动中逐渐摆脱了旧式报纸的窠臼，支持群众的爱国行为，宣传进步思想，在北京的文化界产生了广泛的影响，从而为北京成为名副其实的文化中心积聚了力量。

---

① 鲁迅：《书信·190116·致许寿裳》，《鲁迅全集》第11卷，人民文学出版社1998年版，第357页。

20世纪20年代的北京知识界,受到北京作为政治中心和文化中心的双重影响,体验着源自政治和学问之间的巨大张力,明显地表现出"做学问"与"干政治"的双重选择。那场驰名中外的五四新文化运动之所以在北京、在北大能够展开,也可以由此找到一点根据。受新文化精神的裹挟鼓荡,感受着民族危机所带来的深切焦虑,"立人"与"立国"以及争"个人自由"和"民族自由"很容易在当时的时空背景下结合起来,成为很多知识分子两位一体的价值取向,并在很多时候通过文学创作表现出来。20世纪20年代初期郭沫若在《凤凰涅槃》中高蹈着打破传统、渴望现代的无畏姿态,在"绝端的自由和绝端的自主"中,爆出的是一代赤子纠结着"民族的郁积"和"个人的郁积"的心灵呼声。《沉沦》如果只是单纯表现一个游学在外的"零余者"凄凉悲惨的孤独境遇和自我沦落,而缺乏对祖国命运和个人命运的连带思考,必定会使读者内心的共鸣大打折扣。在文学理论和创作领域,新文化界率先拉起了批判以"鸳鸯蝴蝶派"为代表的旧派文学的大旗,反对"将文学当作高兴时的游戏或失意的消遣",着力反抗媚俗功利的商业贩卖,提倡疏离于政治的"独立"创作,致力于将文学创作与严肃真诚的人生结合起来。据鲁湘元的研究,从1918年起,《新青年》杂志有意宣布取消稿酬,以此与那些过分依赖文学市场的"游戏的"、"金钱的"的文学观相区别,一时间不要稿酬成为新文化的风尚,引得《每周评论》、《少年中国》、《新潮》等刊物纷纷仿效①,甚至形成了这样的判断标准:"判断哪一份报刊是否是新文学报刊,哪一个作家是否是新文学作家,无须看作品内容,只要看这份报刊给不给稿费,这个作家要不要稿费便一目了然了。"② 这种遵奉"思想自由"和"独立判断"的批评原则是对五四新文化精神的延续和坚守,也是校园文化所提供的稳定优裕的物质生活催生而来的结果。作家和批评家们大多任职于校园,有固定的收入,无过多的衣食之虞,自

---

① 鲁湘元:《稿酬怎样搅动文坛》,红旗出版社1998年版,第188—194页。
② 同上书,第192页。

然形成了北京文化圈既远离商业功利又区隔于反动政治的独立性，"而他们又为整个20年代新文学酿造了基本氛围，从而成就了它'勇敢天真'气质"①。20世纪20年代早期的新型知识分子，围绕着一个大学——北京大学，一个刊物——《新青年》，协同着其他社团、报刊和文学力量，提倡"思想自由"、"兼容并包"，将"积学与热心"、"道德与文章"并举，发扬以"科学"、"民主"为主题的时代精神，以强烈的批判精神和重建意识面对传统，真诚地传达着一代精英知识分子的主体意识和价值理想，开辟着以校园文化为主体的北京文化的历史空间。

正如事物的发展总是连带着艰巨曲折的运行过程一样，五四新文化运动的巅峰时代由于政治季候的变化及同一营垒内部愈见明显的差异、分歧，随着陈独秀被捕，《新青年》停刊及迁移到上海后由刊物内涵所引发的纷争，新青年团体走向分裂。新文化运动很快由高潮进入低潮。正如鲁迅所言："在北京这地方，北京虽然是'五四运动'的策源地，但自从支持着《新青年》和《新潮》的人们，风流云散以来，一九二〇至二二年这三年间，倒显着寂寞荒凉的古战场的情景。"②随着中国社会革命的进一步深入，反动军阀因忙于权力和利益分割而带来的暂时性的政治宽松因社会政局跌宕起伏而逐渐消失，20世纪中期以来的北京不再平静。震惊中外并席卷全国的"五卅"运动迅速助燃了北京的反帝反封建的爱国热潮，反动政权与进步文人及爱国群众之间呈现出张力的关系形态，压迫中激荡着反抗的声音。1926年"三一八"惨案在北京爆发，在这场旨在"反对八国通牒，驱逐八国公使，废除一切不平等"的反帝爱国请愿活动中，爱国学生和群众受到了段祺瑞政府反动军警的残酷迫害。鲁迅把这一天称作"民国以来最黑暗的一天"，并因鲁迅在女师大风潮中支持并参与了反对校长杨荫

---

① 张林杰：《文学中心的迁移与30年代文学的都市生存空间》，《北京大学学报》2000年第6期。

② 鲁迅：《且介亭杂文二集·〈中国新文学大系〉小说二集·序》，《鲁迅全集》第6卷，人民文学出版社1998年版，第245页。

榆事件，被当时的教育总长视为眼中钉，非法免去了他在教育部的佥事一职。1926年4月，北洋军阀张作霖打败了冯玉祥的国民军，荷枪实弹的直奉鲁豫联军一举占领了北京，以屠杀的形式加强对革命的镇压，先后以"宣传共产赤化"的罪名杀害了《京报》主编邵飘萍和《社会日报》报社社长林白水。1927年4月18日，张作霖钦令绞杀了以李大钊为代表的共产党员21人。野蛮恐怖的气氛笼罩着北京。1927年7月，章士钊复刊文言刊物《甲寅》这个在五四新文化运动遭到围攻批判的旧刊物，影响恶劣，使爱国进步的知识界甚为失望。1927年10月，《语丝》被反动军阀张作霖查封，《现代评论》等刊物也被迫停刊。在反动政权高压一切的年代里，知识分子的言论和思想自由被禁锢至尽，依靠教薪的稳定优裕的生活时常被打破，文人和作家们的物质生活因北洋军阀政府财政资源的困窘和枯竭而受到波及，"北平的国立八校经常在闹'索薪'风潮，教员的薪俸积欠经年，在请愿、坐索、呼吁之下，每个月也只能领到三成薪水，一般人生活非常狼狈，学校情形亦不正常，有些人开始逃荒，其中一部分逃到上海"①。用"逃荒"二字来形容高校教员的生活委实透露出知识分子不堪的境遇。李璜在《学钝室回忆录》中这样写道："当民国十四至十五年，北洋军阀已是强弩之末，段祺瑞的执政府在这一年里中，可说是苦撑待变，毫无作为，而且虽号称中央政府，但穷得要命，对于北京各国立大学的教职员薪水都大打折扣，甚至只发二成，那就令人无法生活，非闹事不可了！"② 政治上的不自由和经济生活的困窘与落魄，很容易将文人的那份自适在校园文化里的恬淡、从容压制到更狭小的区域里，是离了"象牙之塔"走向"十字街头"，还是"在十字街头造起塔来住"，文化选择与生存选择痛苦地交织在一处，胁迫着人们从中做出取舍，做出回答和选择。所以，当茅盾阅读叶圣陶以1925年到1927年社会为背景所写的长篇小说《倪焕之》后，情不自禁地发出了现实

---

① 梁实秋：《忆新月》，《新月派评论资料选》，华东师范大学出版社1993年版，第12页。
② ［美］章清：《亭子间：一群文化人和他们的事业》，上海人民出版社1991年版，第13页。

的感慨："'五四'壮潮所产生的一些'风云儿'也早已历尽了许多变幻！……形形色色，都在历史先生的眼前暴露了本相了。时代的轮子，毫无怜悯地碾毙了那些软脊骨的！只有脚力健者能够跟得上，然而大半还不是成了outcast（被遗弃者）。"① 同时，南方革命呈现出一片热烈高涨的气氛，广东策动着此起彼伏的革命高潮。1926年7月，广东国民革命军誓师北伐，形成了历史上第一次国共两党的合作，讨伐目标即是以北京为主的北洋军阀。北京内外交困的历史境遇，文人赖以生存和言说的文化生态环境被极大地破坏，民族矛盾、阶级矛盾集中突出，中国文坛的基本格局在时代峻急的历史变迁中随之发生着巨变。

二 文人"没海"与中心点的重合

1927年4月，南京国民政府定都南京。北京易名为北平，暮霭中的帝都王气黯然，政治中心和文化中心的地位没落，地缘因素在整体的文化地理格局中式微。"不但不是国都，而且还变了边塞。"② 与之相对应的是，上海在地理位置上具有"绾毂南北"、"屏蔽首都"的特殊优势，在全国经济秩序中具有龙头示范的引航作用，在自身历史的发展过程中孕育着深刻的革命。"城市自身发展出了推动社会改革的力量"，从而"弥补了前现代城市中所缺乏的动力。"③ 1927年7月，上海被设为特别市，完成了"蕞尔小邑"到通商口岸再到特别市的身份转变，在社会中心与经济中心之外，又因历史的风云际遇被赋予了政治文化的关注。蒋介石在上海特别市成立大会上这样说道："上海特别市乃东亚第一特别市，无论中国军事、经济、交通等问题无不以上海特别市为根据。若上海特别市不能整理，则中国军事、

---

① 转引自［美］章清《亭子间：一群文化人和他们的事业》，上海人民出版社1991年版，第7页。
② 周作人：《北平的好坏》，生活·读书·新知三联书店1992年版，第17页。
③ ［美］吉尔伯特·罗兹曼主编：《中国的现代化》，江苏人民出版社1988年版，第490页。

经济、交通则不能有头绪……上海之进步退步，关系全国盛衰，本党成败。"① 在政治、经济、文化等方面，上海的发展一度呈现出综合的态势。作为"现代文化的策源地"的文明社会，上海的都市生存空间和文化空间得到了前所未有的开拓。

澳大利亚学者蔡尔德提出了表明城市文明到来的十条鉴定标准：大型居住区，财富集中，大规模公共建筑，出版物，表演艺术，科学知识，对外贸易，从事非生产劳动的专业人员，阶级社会，以居住区而不是亲属关系为基础的政治组织。② 而在这其中，衡量城市的文化质素和性格内涵的则是它的容受力、它的移民程度及聚合城市的建构者——知识分子——的机制和能力。对于上海而言，"众多的移民，培养了上海城市文化的吐纳百家包容万象的气度。文化来源的广泛，使此地的出版物，包罗万象，花团锦簇；文化气度的宽容，使此地的报刊书籍中西并举、异质杂存；而文化联系的广泛，则使此地的出版文化人慧通四海，智达三江"③。据不完全统计，1936 年上海中小学教职员与新闻记者达 3 万人，1946 年自由职业者达 53584 人。"1950 年上海从事文化性质的知识分子（不包括在经济及社会其他部分从事文化活动的人和所有受过高等教育的人）达 142942 人。"④ 伴随着 20 世纪 20 年代末期中国社会政治格局的巨大变迁，原本就具有浓厚的"移民"历史的上海迎来了再一次的移民高潮，而这次较为集中的群体位移，创生了 20 世纪 30 年代中国文坛最为显赫的文学力量。根据章清和忻平的研究，由于政治和经济的原因，1927 年前后是全国文人集中迁居上海的时间，在这浩浩荡荡的迁移过程中，"有以鲁迅为代表的左翼作家或进步作家，包括南昌起义回上海的郭沫若、阳翰生、李一氓；从武汉来沪的茅盾、蒋光慈、钱杏邨、孟超、杨邨人、宋云彬、汪原放、孙伏园、林语堂；从日本留学归来的夏衍、冯乃超、李初梨、

---

① 唐振常主编：《上海史》，上海人民出版社 1989 年版，第 651 页。
② 杨东平：《城市季风：北京和上海的文化精神》，新星出版社 2006 年版，第 42 页。
③ 李白坚：《中国出版文化概论》，广西教育出版社 1999 年版，第 164 页。
④ 邹依仁：《旧上海人口变迁的研究》，上海人民出版社 1980 年版，第 109 页。

朱镜我、彭康、王学文、傅克兴、李铁声、沈起予；从法国留学回来的徐霞村、巴金，从南洋流亡归来的洪灵菲。此外柔石在家乡参加农民暴动失败后来到上海，刘呐鸥从台湾返回上海，李璜从重庆来到上海，李晓峰等从北京逃到上海。除了这些不期而至的客人，当时的上海已经居住着大批知识分子：张元济、蔡元培、朱经农、王云五、高梦旦、徐新六、汪孟邹、周建人、叶圣陶、夏丏尊、赵景深、郁达夫、张君劢、张东荪、施蛰存、戴望舒等"①。众多的知识分子和作家南移上海，造就了20世纪30年代的上海举世瞩目的群星荟萃的活力和繁盛，这是一个不多见的文学现象。"上海是现代中国的引擎，同时也是中国现代文学的中心。在某种意义上，当我们说30年代文学，几乎实际上就是指30年代以上海为中心发生的一些文学事实。"② 20世纪30年代不同思想倾向的作家们在其作品中所流露出的"上海经验"，应该和这场较为集中的上海记忆有着关系。聚散离合中显现着上海城市特殊的魅力，上海的召唤性和隐喻功能得到了前所未有的开发，上海成为国家政治、经济、文化生活的主体。

　　文人"没海"，自是为了寻找适宜之地。城市空间的变异必然引起文化生产方式的变化。北京时期的知识分子所置身的文化体制建立在政治权力的基础之上，这一前提决定了他们从事的是国家体制内的知识生产，创作本身与生产和利益关系不是十分密切。到了上海，这种体制内的知识生产已经失去了作为"场域"的外部环境，从而逐渐打破了作家—作品之间传统的写作关系。作家不仅要关注创作主体与作品之间的内部联系，在接受的层面，会出现"拟定"的读者，并且要将他们作为衣食父母，作家的职业化成为势之所趋。"由古城中单一的公职人员变成了新城市中的自由职业者，中国文人的这种人生迁徙是一次深刻的身份革命。"③ 在近现代知识分子逐渐职业化的过程中，上海本身作为成熟的文化市场，为20世纪30年代的知识分子提

---

① 章清：《亭子间：一群文化人和他们的事业》，上海人民出版社1991年版，第13页。
② 旷新年：《1928：革命文学》，山东教育出版社1998年版，第284页。
③ 李书磊：《都市的迁徙——现代小说与城市文化》，时代文艺出版社1993年版，第35页。

供言说和表达的空间，对文人和学者既有吸引的魅力，又有养育的功勋。"对文学而言，都市在物质和制度方面的建构，最明显直接有力地表现在出版方面，以书报、期刊为样式的现代文学生产、传播方式，开启了现代都市在文化领域对中国传统社会的重新书写。"① 对上海而言，这一极具媒介效应的"场域"的形成与上海开埠通商的殖民历史关系密切。19世纪中叶以来，西方人看到了作为移民城市的上海是一个充满着无限商机的巨大市场，在经济领域加大投资和通商外，同时在文化领域加强思想渗透和宗教言说的密度，以获得文化上的殖民认同与传播利润。一个英国传教士在通信中这样写道："别的办法可以使成千的人改变头脑，而文字的宣传则可以使成百万的人改变头脑。"② 西方人先后在上海创办各式印刷机构、出版集团及影响深远的报纸杂志，如1843年英国传教士麦都思在上海创办了最早的墨海书馆，同时也是近代重要的翻译外国著作的机构。1887年上海最大的书报编译印刷机构同文书会成立，在甲午海战中引起轰动影响的《万国公报》以及中国报业历史上最富现代意义的报纸《申报》等也先后创办，这些商业气息和文化色彩兼具的传教士出版机构和报纸宣扬着现代西方的思想和观念，同时也将现代的出版手段和技术作为"洋务"之一传到上海。1843年，有中国"新出版第一人"之称的近代文士王韬在墨海书局做编辑时，第一次见到机械印刷机，颇为感叹西方印刷机的惊人速度："车轴旋转如飞，一日可印数千番，诚巧而捷也。"③ 1896年8月9日，梁启超偕同黄遵宪、汪康年于上海创办了中国人的第一份报纸——《时务报》，在创刊号上梁启超发表了《论报馆有益于国事》，提出："去塞求通，厥道非一，而报馆其导端也……其有助于耳目、喉舌之用，而起天下之废疾者，则报馆之为也。"④ 在这种严

---

① 杨扬：《城市空间与文学类型——论作为文学类型的海派文学》，《学术月刊》2008年第4期。
② 江文汉：《广学会是怎样的一个机构》（上），《出版史料》1988年第2期。
③ 王韬：《漫游随录》，陈尚凡、任光良校点，岳麓书社1985年版，第58—59页。
④ 梁启超：《论报馆有益于国事》，《饮冰室合集》（一），中华书局1934年版，第100页。

肃明确的启蒙理念关照下,加之运转得当的经营理念,《时务报》发展迅速,影响达至全国,发行量从4000份增至1.7万份,创历史最高纪录。后梁氏又在上海开办了大同译书局、在日本横滨创办了《新小说》(后移至上海),为近代翻译事业及现代小说的发展做出了巨大贡献。这些均为上海成为现代文化中心奠定了较为雄厚的物质基础。同时,上海作为最大的移民城市,得风气之先,加之江南文化的孕育滋养,创生出近现代上海社会中具有鲜明现代意识的新市民阶层,他们是上海社会最为集中和忠实的文化消费群体,从而为上海成为最大的现代文化消费市场提供着持之有续的人力资源。他们的消费取向刺激着现代传媒的基本走向,现代传媒市场的文化产品引导并满足着他们对新的现代生活和人生的渴盼。正如李欧梵在《剑桥中华民国史》中所分析的那样,"在1917年'文学革命'之前,至少已有20年,都市文学刊物——半现代化的'民众文学',已经为日后新文学的作家们建立了市场读者"①,同时,那些学贯中西、思想新锐、见多识广的知识分子为上海的文化市场倾力输入新鲜的血液。随着作家们的集中迁入,他们也注意对"思想的战场"的引入和辟设。原本创办于北京的《语丝》在北京出版了三年之后,被张作霖政府查封,于1927年12月,迁至上海出版,由鲁迅主编,继续发挥着语丝同人真诚勇猛、泼辣犀利的论战风格,给上海的文化空间带来强有力的影响。随后《奔流》、《前哨》、《北斗》等进步刊物相继诞生,成为宣传新思想新观念的理论阵营,也显示出鲁迅对"思想市场"的适应和重视。1924年创刊于北京的《现代评论》,提倡"独立精神",养育着现代评论派为主的文人学者。杂志共计出刊9卷209期,终刊地点在上海,其生命流程与现代评论派的编辑群体的地域选择休戚相关。由"聚餐会"演化而来的新月社1923年成立于北京,取址于北京松树胡同7号,集结了一批受欧美近代自由主义思想熏陶和影响的学院派文人,自1926年下半年始,随着北方文人大部南迁潮流的涌动,新月社的骨干成员也先

---

① [美]费正清:《剑桥中华民国史》(上卷),中国社会科学出版社1994年版,第444页。

后来到上海。为实现个人价值并发挥群体影响，胡适和徐志摩倡议成立了新月书店，并配合出版了《新月》月刊和《新诗刊》等。这些自由主义文人虽最终难以兼容于探奇览胜、众声喧哗的洋场社会，20世纪30年代初纷纷离沪北上，但初步显示了新月同人在上海时期弄潮海上、搏击现代媒体市场的生动面影。20世纪30年代的上海文坛，一些新的文学团体和刊物层出不穷地出现，扩大着上海作为文化出版中心的领域和阵容。大上海的包容性和历史传承下来的文化生产空间遇合着现代知识分子的职场需求，并为他们的言论提供着"思想的市场"。在报人、作家、读者深度遇合的基础上，商务印书馆、北新书局、泰东图书局、开明书店、亚东图书馆、光华书局、中华书局等众多的知名出版机构苦心经营、着力进取，至20世纪30年代，上海的出版业以势如破竹的发展态势，进入了前所未闻的黄金时代。据1931年《上海商业名家》中记载："在沪出版社136家，报社48家。到20世纪30年代包括商务印书馆、中华书局、世界书局等大型印刷企业均在内的80%的印刷企业均在上海，全国90%的图书、80%的报刊出自上海。"[1]

文人"没海"，也是为了寻求安全之地。上海租界作为"国中之国"，拥有立法、司法、行政一应俱全的市政管理机构，特殊享有"法外治权"，不允许"在任何方面影响公共租界的地位，任何中国地方当局均无权干涉公共租界的自由"[2]。租界有自己的警察和武装——万国商团，有自己的立法机关——纳税人会，有公部局，法租界称为最高的行政机关，还有自己的领事公堂、领事法庭和会审公廨等司法机关。租界还有各母国政府和军队的撑腰，随时可以护侨等名目遣军队赴沪租界，1927年4月间，各国在沪租界的军队有四万余人。[3] 这些因素一定程度上促成了租界相对"自治"、"独立"的政治形态，从而成为政治流亡人物的庇护之所。1903年那场震动朝野的"苏报"

---

[1] 张树栋：《百年回首话印刷》，《中国图书商报》2001年5月15日。
[2] 上海社会科学院历史所编：《辛亥革命在上海史料选辑》，上海人民出版社1981年版。
[3] 台湾民国史料研究中心编：《中华民国史事纪要》，1984年版，1927.4.17条。

案，即是发生在上海租界里，并在"国中之国"内经过了七次公开审理。清政府为控告方，两位手无寸铁但"志在流血"的书生，即《苏报》主笔章太炎及《革命军》的作者邹容为被告方。这场晚清社会最大文字狱在租界当局看来，"此租界事，当于租界决之，为保障租界内居民之生命自由起见，决不可不维持吾外人之治外法权"①，故清政府引渡重办章邹二人的企图告败，颟顸昏昧的清政府在自己的势力范围之外丧失了老大帝国的权威和尊严。新闻史家胡道静在《上海的日报》中说："苏报案在历史上的意义很大的……以后的上海言论界、出版界多数集中在公共租界，这件事有莫大的关系。"② 1898 年戊戌政变后，黄遵宪避难于上海而免于清政府的迫害，为此蔡元培分析道："盖自戊戌政变后，黄遵宪逗留上海，北京政府欲逮之，而租界议会以保护国事犯自任，不果逮。自是人人视上海为北京政府权力所不能及之地。演说会之所以成立，《革命军》、《驳康有为政见书》之所以能出版，皆由于此。"③

北京政治高压愈益浓重，上海租界作为清政府统治的薄弱地带则引发了北方文人的"向往"之心，胡适、罗家伦、傅斯年半是愤怒、半是解气、半是无奈地说道："把北大迁到上海租界去，不受政府控制。"④ 1927 年 9 月 27 日，鲁迅携许广平定居上海，他们在上海的第一个落脚的地方"共和旅馆"即在租界范围之内。此后 10 年间他们先后有过三个寓所，即景云里 23 号、拉摩斯公寓和大陆新村 9 号，均属于真正意义上的租界化区域，包括后来的避难之所也均是租界和半租界，所以有《且介亭杂文》和《且介亭杂文二集》，以及《且介亭杂文末编》等"半租界"之作。上海不仅是全国范围内各界人士安身立命之所，同时也是国际流亡人士的保护伞，"在两次世界大战之间

---

① 张篁溪：《苏报案实录》，《辛亥革命》第 1 册，上海人民出版社 1957 年版，第 384 页。
② 杨光辉：《中国近代报刊发表概况》，新华出版社 1986 年版，第 331 页。
③ 蔡元培：《蔡元培全集》第 1 卷，中华书局 1984 年版，第 400 页。
④ 沈尹默：《我和北大》，全国政协文史资料研究委员会编《文史资料选辑》第 61 辑，中华书局 1979 年版。

的年代里，上海由于它作为一个远离欧洲政治和种族问题的国际绿洲的暧昧政治地位而成为中外人士的避难所。首先到上海来的是逃避布尔什维克革命的俄国难民，从1919年到1930年每年移入将近一千名。1933年后，逃避纳粹德国的难民发现上海是世界上唯一可以不持有护照而被允许进去居住的口岸"①。上海这种特殊的空间意义使现代文化人和政治人士拥有了生息和创造文化事业和革命事业的缓冲地带，它既是产生现代文明的洋场社会，又是中国近现代社会革命的策源地，还是现代文化多样化创生的摇篮。它比其他任何一个城市更具有文化的兼容能力和现代文明的生命质素，比其他任何城市都符合现代都市文明发展的自然形态。正如"城市化是现代化的基本标志"所陈述的，现代的文化也必然由庙堂书斋走向稠人广众中去（郁达夫语），由封闭自守走向开放现代，由异质和另类走向同构与认同。20世纪30年代，"上海，因着它的中心地位，在国内成为南北关系的焦点，在洲际成为东西关系焦点……"②，"上海特定的政治、经济、文化形态和地位，决定了中国现代文学的气息、风貌和特质。上海作为中国现代文学中心的基本意义，在于它体现着一定时段中国现代文学的主体生态，代表着一定时段中国现代文学的发展路向，反映着一定时段中国现代文学的生命基质，这些特定的因素使得走向现代化的中国新文学呈现除了它所特有的自然质地、基础形态和发展模式"③。作家在文化与文化之间、城市文化与城市人之间，上海及其城市知识分子之间产生的文化交往和融合、冲突与矛盾，深度地寄寓了现代中国"现代性"发展道路上独属自己的文化信息。

20世纪30年代的上海以宽容、开放的胸襟，容纳着形形色色的人们，也吸引着不同的文学力量在都市上海集结，形成了20世纪30年代上海多元共生、众声喧哗的"话语场"，形成了不同的文学力量对上海的"叙事"和"想象"。从某种意义上而言，上海是现代中国

---

① ［美］罗兹·墨菲：《上海——现代中国的钥匙》，上海人民出版社1986年版，第25页。
② 李天纲：《文化上海》，上海教育出版社1998年版，第19页。
③ 朱寿桐：《论作为中国现代文学中心的上海》，《学术月刊》2004年第6期。

的象征，更是中国现代性困境表达的核心地带。20世纪30年代影响深远的关于中国社会性质的分析，从某种意义上说，也是基于对上海社会的纵深理解而展开的对整个中国社会走向及相关问题的思考。在"京派文学"、"海派文学"、"左翼文学"所形成的20世纪30年代文坛的主体格局里，上海往往成为绕不过去的"想象源"，也是"影响源"和"辐射源"，是作家们灵感的源泉，是他们纵深思考中国、思考世界的起始。"城即人。只有在文学发现了'人'的地方，才会有'城'的饱满充盈。"① 都市上海为知识分子的文化生产和传播提供着情感的依托和物质的保障，都市知识分子的存在则增添了城市的生机和魅力，建构了城市的丰盈与深邃。同时，知识分子与城市之间逐渐明确了这样一种关系——既融入又疏离，城市成为他们难以摆脱的宿命，一旦进入就难以脱离。"人是有情的，城市是无情的；人是有声的，城市是沉默的。人因为是有情的所以才是软弱的，因为是有声的所以才是无力的；而城市的无情和沉默则蕴涵着一种不可抗拒的力量。"② 这句话强调了都市空间与作家之间的对接关系以及微妙的互文关系，它们相互依存着，补充着，也互相影响着，改变着。关于这一关系的体验和理解，则构成了不同作家和文人主体意识中的"上海"。

鲁迅后期创作的杂文、《故事新编》中的部分作品，茅盾笔下的《子夜》以及都市女性系列，刘呐鸥、施蛰存、穆时英所代表的"海派叙事"，沈从文对"都市人生"和"衣冠社会"的理解，丁玲塑造的梦珂和莎菲很明显地代表着都市女性的特征，她们的遭遇和体验是都市女性成长的历史，也是对都市化、现代化城市的言说，从而形成了不同层面的对于上海城市的发现和表达，构成了一个立体的多维的但同时无从整合的"上海形象"。无怪乎赵园在《城与人》中这样写道："文学的上海就是这样支离破碎，无从整合。不同作家笔下的北京是同一个，连空气也是一整块的，不同作家笔下的上海

---

① 赵园：《城与人》，上海人民出版社1991年版，第256页。
② 李书磊：《都市的迁徙——现代小说与城市文化》，时代文艺出版社1993年版，第31—32页。

却俨若不同世界以至不同世纪。即使在同一位作者那里,上海却是大拼盘,不同质料的合成(而且非化合而成)物,自身即成'时空交错'。"① 上海,既让世人唏嘘感慨,痛心诅咒,又让人痴迷不已,难以忘怀。上海成为了解中国社会的钥匙,更是20世纪30年代作家和文人们生存的空间,激情倾注的对象,思想出发的地点,是反思知识分子与城市关系的参照,是20世纪30年代文学创作的元叙事。这是一个确切的文学事实,其价值必将指向过去和现在,也遥指不远的未来。

---

① 赵园:《城与人》,上海人民出版社1991年版,第245页。

第三章 都市空间与鲁迅的文化选择

一个生活的真正研究者无权当定居者。

——[俄]列夫·舍斯托夫

二十世纪强调的是与早期变化的艺术相对立的并置的艺术。

——[美]罗杰·夏塔克

第一节 当空间和城市成为一种需要

一 空间形式的引入

"在任何情况下,我相信我们时代的忧虑就本质而言与空间有关,毫无疑问,这种关系甚于同时间的关系。也许在我们看来,时间仅仅是各种各样分布作用的其中一种,这些作用对展现于空间的诸种因素来说是可能的。"① 在这里,福柯对 20 世纪作为"空间时代"的崛起作出了精彩绝伦的前瞻性理解。对空间作为陈说中的"僵死的、刻板的、非辩证的和静止的东西"进行了具有革新意义的"起死回生"。在哲学家和社会学家传统的研究路径中,空间已被哲学家和社

---

① [法]米歇尔·福柯:《明辨是非·关于其他空间》,转引自[美]爱德华·W.苏贾《后现代地理学——重申批判社会理论中的空间》,周宪、许钧主编,商务印书馆 2004 年版,第 28 页。

会评论家贬值了好几代人的时间。① 城市作为空间方位之一种，首先是以物质实存的形式，沉默地昭示着存在的客观性，同时，作为空间形式的城市会随着人的介入将其文化层面的意义一一敞开，传达着城市的气息、风度和情绪。于是，城与人之间就有了搭界，有了交流、摩擦和碰撞。对个体生命而言，时空范畴是以客观实存的形态贯穿于生命始终的过程。生命的展开和终结作为两极状态使这一范畴绵密的延展性得以凸显。空间不再是单面的存在，它不仅仅表现为人们实际感觉中的物质空间，也反映出精神层面的空间内涵，空间甚至成为现代生活的本质。雷蒙·威廉姆斯（R. Willianms）评论《尤利西斯》时曾这样说道："外部力量变成了内心的波动，仿佛那里不再存在城市，而只有一个正在穿过它的人。"② 1945年美国著名文学批评家、普林斯顿大学比较文学教授约瑟夫·弗兰克提出了"空间形式"一说，初步建立了新的小说理论范式，在他看来，"所谓'空间形式'就是与创造艺术所体现的发展相对应的文学补充物，二者都试图克服包含在其结构中的时间因素"③，进而将"沉湎于历史"的19世纪结束在时空关系中以"并置"与"异位"为特征的20世纪。尽管"这一情形到19世纪末还未终结，尚未完全为思维和经验的空间化所取代"④，但一个无须质疑的事实是，空间以及空间关系的地理学和文化学的意义，在与历史的交互作用下逐渐明朗起来。

中国人素有的空间时序理解早在先秦时代就已经萌发了。"天尊地卑，乾坤定矣。卑高以陈，贵贱位矣。动静有常，刚柔断矣。方以类聚，物以群分，主凶生矣。在天成象，在地成形，变化见矣。"（《周

---

① ［法］米歇尔·福柯：《明辨是非·关于其他空间》，转引自［美］爱德华·W. 苏贾《后现代地理学——重申批判社会理论中的空间》，周宪、许钧主编，商务印书馆2004年版，第31页。

② 转引杜心源《城市中的"现代想象"——对20世纪20、30年代上海"现代主义"文学及其都市空间的关系的研究·导言》，中国福利会出版社2007年版，第3页。

③ 周宪主编，［美］约瑟夫·弗兰克等：《现代小说中的空间形式》，秦林芳编译，北京大学出版社1991年版，第2页。

④ 周宪、许钧主编，［美］爱德华·W. 苏贾：《后现代地理学——重申批判社会理论中的空间》，王文彬译，商务印书馆2004年版，第10页。

易·系辞上》)在《周易》这本蕴涵着古老智慧的哲学经典里,初民时代最为朴素的空间观念已经被表达出来了。"位序"关系在这里得到了充分的重视,暗合于《中庸》中所提到的"致中和,天地位焉,万物育焉"。在传统文化语境下,空间结构中的天地人关系井然有序,人行走于天地之间,在"天行健"和"地势坤"的地理、伦理格局中,难以有所超越。空间的既定性决定了人的无力和被动的状态。空间结构刻板、既定,不可更替,井然有序。它既广袤无垠,具有延展性,又无迹可寻,具有统摄性。所以在很多的情形下,人们将时间看作是在人人面前均等的具有相同刻度的存在,它虽然难以把握和触及,却让人们比之空间表现出更为锐利的敏感和热情,在时间的流逝中体会并叩问着人生的有限性和命定性。陈子昂的《登幽州台歌》抒发着兀立于天地之间的士子文人千古如斯的旷世孤独,曹操的《短歌行》篇中英雄豪气干云、志在四方,肝胆披沥中不自觉间挥洒的是朝露般倏忽而逝的人生况味。"不论是文化,还是民族和人,都是在其特定的时空结构中显示其存在的价值和意义的。脱离开特定的时空结构,它们的价值和意义就将是模糊的,游移的,不确定的。"①

进入近现代社会,随着西方资本主义"黄金时代"的到来,异族人将觊觎的目光投射到古老衰朽的封建帝国。在屡次的军事挫败面前,中国人由"种族集体无意识"所形成的"天朝心态"遭遇了前所未有的危机。从某种意义上而言,失败比之成功,厚赐于人和民族的也许是一种更深沉、更持续、更容易找到自己的力量——比如自省精神、批判精神、反思精神以及更为勤苦执着的反抗精神、奋斗精神。而这些东西往往是一个以乐感文化为特征的民族所缺失的。李怡先生在《日本体验与中国现代文学的发生》中有过相关的分析:"中国知识界在近代的一切思想的变迁都可以追溯到鸦片战争的失败,而鸦片战争的失败带给中国知识分子的最直接冲击就是表现在地理空间观上的。"② 失

---

① 王富仁:《时间·空间·人——鲁迅哲学思想刍议之一章》,《鲁迅研究月刊》2000 年第 1 期。

② 李怡:《日本体验与中国现代文学的发生》,北京大学出版社 2009 年版,第 31 页。

败的境遇也催生出中国第一批"睁眼看世界"的知识阶层,在中国近现代史上开始了由器物层面到制度层面再到文化层面学习西方的历史进程。与此同时,中国人由来已久的地理学意义上的观念,比如"天朝"、"四海"、"天下"等旧有的对世界的模糊的单方面的理解逐渐地发生着变化,中国人意识深处根深蒂固的地理观念也在悄然发生着变革——中国之外,还有一个世界。在这个过程中,对西方地理学的学习、介绍和翻译起到了触媒作用。如林则徐编译《四洲志》、谢清高撰《海录》、魏源著《海国图志》、姚莹写《康輶纪行》,这些知识分子纷纷征引《地球图说》、《外国史略》和《瀛环志略》等历代史志,注重对西方地志、图志、志略的介绍,详述世界各国的地理、文化、经济、政治等情况。据邹振环《晚清西方地理学在中国》一书的记载,20世纪初,留日中国知识分子掀起了日书翻译的高潮,其中地理学方面的著作占有相当的比重,《世界地理》、《世界地理志》等书籍在中国知识界广为流布。[①]这样做的目的是在了解世界的基础上"制夷",同时也完成了地理上的"大发现",在这个"千古之未有之变局"中,在巨大的不可抗拒的转型和裂变面前,重组和革新国人既定的对中国、对世界的空间理解和文化观念。同时,西方世界作为一种客体存在,自然成为中国知识分子"地理想象"和"文化想象"的对象,他们纷纷远渡重洋,负笈海外,在20世纪初形成了以英、美和日本为代表的两支阵容强大、人数众多、影响深远的留学生群体。通过他们的介绍和实际的生存感受,原本停留在地理文化学想象层面的"西方"和"世界"变为言之有依、持论有据的现实,催生着多样化的艺术和多样化的历史反思。结合着实际的空间体验和现实的冷静思考,在中国早期的留学生群体中出现了对空间地理学深入探索的智慧之果,梁启超无疑是其中突出的"这一个"。1902年,梁启超在《新民丛报》上连续发表了《亚洲地理大势论》、《中国地理大势论》、《欧洲地理大势论》、《地理与文明之关系》、《论中国学术思想变迁大势》

[①] 邹振环:《晚清西方地理学在中国》,上海古籍出版社2000年版,第244页。

等重要文章,成为留日中国学界中最早系统阐述文化地理学思想,并以此展开中国文化地域性研究的第一人。① 对此王富仁做了进一步的阐释,以时空观念的差异来标识传统知识分子和近现代知识分子:"中国近现代知识分子是在一种极为特殊的条件下形成自己的时空观念的。不是时间观念的变化带来了他们空间观念的变化,而是空间观念的变化带来了他们时间观念的变化。我们知道,正是由于鸦片战争之后中国的知识分子发现了一个西方世界,发现了一个新的空间,他们的整个宇宙观才逐渐发生了与中国古代知识分子截然不同的变化。"② 这里言明的正是文化转型时代对人思维意识的巨大冲击,空间对人们的意义重大,它绝不仅仅表现为一种背景性的存在,而是激发人们生存意识、生存价值的目的性存在。这与广泛意义上的中国社会在世界范围内生存危机所连带的空间危机和文化危机密切相关。

二 空间危机与文化危机

空间形态和空间关系的引入,加强了个人、社会以及历史之间的关系,也带来了他们之间阐释的平衡。五四以降,生存危机和精神困境随着中国社会历史形势的巨大变迁而愈发凸显。这是一个充分调动人的自我意识的时代,也是一个完全意义上背叛过去、创造现代的时代,有凤凰涅槃式的欣悦和欢喜,也有"抉心自食"的惨烈与痛楚。属于人的自我的独有的体验和思考在这里一一得到呈现,属于人与周围的环境、世界的碰撞和交流纷纷登场,"一切坚固的东西都烟消云散了"。斗转星移中,传统与现代之间不再仅仅是时间上的简单分歧,在空间位置上也因文化转型所带来的突变性格局而有了泾渭分明的区别:"传统社会是一个以时间为脉络的社会,传统的血缘、地缘关系其根源无不在历史之中,个人的自我认同是在寻找历史

---

① 李怡:《日本体验与中国现代文学的发生》,北京大学出版社 2009 年版,第 40 页。
② 王富仁:《时间·空间·人——鲁迅哲学思想刍议之一章》,《鲁迅研究月刊》2000 年第 1 期。

的脉络感中实现的。相比之下，现代社会则更多的是一个以空间为核心的社会。"① 在城市化和现代化的巨大趋势下，现代知识分子将原有的关于"亡国灭种"的民族危机、生存危机具象为空间危机和文化危机。在现实人生的体验中，他们对空间的敏锐度逐渐加强，并从乡土世界"铁板一块"的地理风貌中脱出，形成了都市空间与都市知识分子之间的共生关系。萨义德在《知识分子论》中讲道："知识分子像遭遇海滩的人，他应该学着与土地生活，而不是靠土地生活，他不能像鲁滨逊把殖民这个小岛看作自己的目标，而应该像马可波罗一样，怀着惊奇感，是一个生活的过客，而不是寄生虫或征服者。他应该建立起双层或多层的视角，不以孤立的方式来看事物。这些事物这些足迹是在传统的那个舒适的环境里所看不到的东西，也就是在参照中了解习以为常的东西的非常态。"② 社会繁复多重的内涵通过城市实现了对空间的投射，在都市空间里，作家和知识分子们深度地感受着前所未有的生活，在生存体验和理性思考中完成了对社会、对历史的双重书写和审视。为此，围绕着空间属性和知识分子的性格特点，历史学教授许纪霖对传统知识分子和现代知识分子进行了截然分明的划分："传统的乡村知识分子是自然的、草根的、本土的，与土地有着无法割舍的关联，他们是地方的、封闭的或半封闭的，以血缘和地缘的时间脉络为其历史的根源。但城市知识分子是流动的，经常在不同的城市、不同的空间自由行走，历史感淡薄，空间感敏锐。"③ 这种以空间场域作为衡量现代知识分子成长历史的外部景观，无疑将城市在现代生活中的意义突出来："在某种意义上说，现代化就是城市化。城市提供了观察时代的一个最迫近、最鲜明的视角，而城市形态本身也即构成为现代社会的主要内容。"④ 城市几乎成为现代生活的本质，是孕

---

① 许纪霖：《都市空间视野中的知识分子研究》，《天津社会科学》2004 年第 3 期。
② ［美］爱德华·萨义德：《知识分子论》，单德兴译，生活·读书·新知三联书店 2002 年版，第 301 页。
③ 见王晓渔《知识分子的"内战"——现代上海的文化场域（1927—1930）·总序》，上海人民出版社 2007 年版，第 11 页。
④ 林贤治：《鲁迅：四城记》，《书屋》2007 年第 4 期。

育现代知识分子巨大无比的孵化器。美国最后一位伟大的公共知识分子路易斯·芒福德则认为，"城市就是社会活动的剧场"，至于其他所有的东西，包括艺术、政治、教育、商业，都是为了让这个"社会戏剧更具有影响，精心设计的舞台能够尽可能地突出演员们的表演和演出效果。"① 事实上，现代知识分子大多生活在都市，他们的思想状态和价值理想是在城市的环境中稳定下来的，受到城市生活场域的辐射和影响而呈现出"在场"的特点。"在二三十年代，大多数作家都主要生活和活动在文化中心城市中，文学出版机构的运作、文学活动的组织、文学潮流和时尚的发源，都与这一空间密切相关。"② 此外，巨大的读者群和市民阶层，使城市写作和生产成为可能。几乎世界各国文学的兴起和发展都与城市有着密切的关系，巴尔扎克、波德莱尔笔下的巴黎，陀斯妥耶夫斯基笔下的卢森堡，几乎达到了人城共体的状态。苏格拉底曾经饱含深情地这样说过："乡村的旷野和树木不能教给我任何东西，但是城市的居民却做到了。"③ 作家浪漫的遐想和智慧的思考律动着城市的节奏和气息，城市也在作家的目光和笔下充分性格化了。为此我们不妨看看意大利小说家和文化学者伊塔罗·卡尔维诺在《看不见的城市》中对卓地城的"建城神话"的描绘：

> 不同国家的男人都有一个相同的梦。他们看到暗夜中一个女人在无名的城市里奔跑。他们看到她长发裸体的背影，梦想能追上她，在曲折多变的路上，所有男人都丢失了她的背影。梦醒之后，他们动身去寻找梦境中的城市，但除了发现彼此都在寻找以外，他们一无所获。于是，他们决定按梦中的样子建

---

① 路易斯·芒福德：《城市是什么》，张艳虹译，江苏人民出版社2006年版，第191页。
② 张林杰：《文化中心的迁移与30年代文学的都市生存空间》，《北京大学学报》2000年第6期。
③ 转引自［美］乔尔·科特金《全球城市史》，王旭等译，社会科学文献出版社2006年版，第42页。

造一座城市……这就是卓见地城。①

在这里,城市本身已经被赋予了与情感、梦想、性格、女性和美相关的修辞,它成为现代社会发展历程中的一个目的和追求。"在大量有关上海的都市小说里,这座城市已经不仅仅是一种环境,而是成为了一个主体。"② 作为20世纪主要的文学形态和社区形态,都市上海的主体地位显然是确定无疑的,而这种主体性明显地遇合着都市文学者表达的欲望和言说的冲动。美国著名的城市学家R.E.帕克曾经这样写道,"城市是人性的产物"③,而且"城市改造人性","城市环境的最终产物表现为它所培养的各种新型人格"④。城市与人之间的相遇不仅催生着多元丰富的新文学形态,也为城市的发展、演变注入了神采和思想,对"文学城市"和都市文化身份的建构与型塑成为理论界思考和探索的目的之一,现代性批评话语具体多元的能指功用相应得到了进一步的彰显。

第二节 鲁迅的空间意识与空间选择

一 空间主义者

1939年,弗吉尼亚·伍尔芙发表《一间自己的房间》,这篇素有"女性主义宣言书"之称的著名讲稿,引起了英国文坛强烈的反响和震动。"一个女人如果想写小说一定要有钱,还要有一间自己的

---

① [意] 依塔罗·卡尔维诺:《看不见的城市》,转引自《〈想象的城市〉——文学、电影和视觉上海(1927—1937)》,复旦大学出版社2009年版,第120页。
② [美] 史书美:《现代的诱惑:书写半殖民地中国的现代主义(1917—1937)》,何恬译,江苏人民出版社2007年版,第298页。
③ [美] R.E.帕克、E.N.伯吉斯等:《城市社会学》,宋俊岭等译,华夏出版社1987年版,第43页。
④ 同上。

房间"①。在作者开宗明义的宣言中,人们看到更多的是女性解放的前提是经济独立权的获得,正如鲁迅当年在北平女子师范大学发表的演讲《娜拉走后怎样》中明确提到的:"所以为娜拉计,钱——高雅的说罢,就是经济,是最要紧的了。自由固不是钱所能买到的,但能够为钱而卖掉。"② 而"房间"——其作为物质存在的空间意义得到了前所未有的敞开——不仅是女性经济独立的象征,更是女性生存空间、心灵空间的绝好隐喻。当我们把会心的目光从西方世界慢慢转移到中国的土地上,较之伍尔芙,北京城 S 会馆里有关"空间"的一场深刻的驳诘和带着苦味的痛苦反思已经发生:

> 我懂得他的意思了,他们正办《新青年》,然而那时仿佛不特没有人赞同,并且没有人来反对,我想,他们许是感到寂寞了,但是说:
>
> 假如一间铁屋子,是绝无窗户而万难破毁的,里面有许多熟睡的人们,不久都要闷死了,然而是从昏睡入死灭,并不感到就死的悲哀。现在你大嚷起来,惊起了较为清醒的几个人,使这不幸的少数者来受无可挽救的临终的苦楚,你倒以为对得起他们么?
>
> 然而几个人既然起来,你不能说决没有毁坏这铁屋的希望。③

这场发生在补树书屋里的在鲁迅和钱玄同之间展开的对话,影响深远,它直接促成了一个杰出的小说家的诞生。同时,"在补树书屋这番历史性谈话中,我们看到一个即将挺身而出的文学巨人是如何严肃地思考民族的苦难和民族的前途的。他并不乐观,他的谈话反

---

① [英]弗吉尼亚·伍尔芙:《论小说与小说家》,瞿世镜译,上海译文出版社 2000 年版,第 61 页。
② 鲁迅:《坟·娜拉走后怎样》,《鲁迅全集》第 1 卷,人民文学出版社 1998 年版,第 161 页。
③ 鲁迅:《呐喊·自序》,《鲁迅全集》第 1 卷,人民文学出版社 1998 年版,第 419 页。

映着在民族灾难重重的时期,一个最清醒而又最深刻的头脑的浓重忧郁情绪"①。在作家发出那"聊以慰藉那在寂寞中奔驰的猛士,使他们不惮于前驱"的第一声呐喊之前,竟然是对这极具形象色彩的"铁屋子"的思考。而且,在笔者看来,这是鲁迅跻身于文坛之前,用前半生长达十年之久的痛苦和寂寞发酵出来的心灵结晶,并且作为一种创作的无意识和原型体现在他的各个时期各个文体的创作中。它或者幻化为S城里的"鲁镇",或者变身为无边的旷野和荒原,或者演变为"半租界"里的"亭子间"。在这独擅的空间体验和空间描述中,张扬着独属鲁迅的空间意识。"由于把心灵看作是无时间的,我们发现心灵很了解空间……因为客观世界对我们来说非常有用,因为可能成为同一事物的东西对我们来说显得非常'美好',极富意义,简而言之,它将会极现实地进一步发表意见,所以我们需要一个与时间截然不同的空间。"② 换句话说,心灵首先是将空间作为客观世界的目的物之一,它既来自外部世界,显现着内倾化的特点,也反映着外部世界,发挥着外化世界、改造世界的作用。其敞亮也好,闭塞也好,直接受制于空间,与空间的大小和状态密切相关。在沉默与开口之间,一方面蕴涵着对启蒙事业的不安和深度怀疑;另一方面,他更多看到的是铁屋子"绝无窗户而万难破毁"这一冷冰冰的现实。这一现实缠绕着他的一切思考,表达着鲁迅对黑暗中国的本质体认,透彻着鲁迅"惟黑暗与虚无乃是实有"的心灵真实,预示着中国文化启蒙的艰难道路以及终不可得的悲惨结局。"其如铁一般坚不可摧的性质指示着文化与国民之间的真实关系:……人们真诚地拜服和侍奉着传统观念和传统规范,而使他们得以长存。因此破毁铁屋子的希望存在于国民指明他们拥戴的一切实际含着扼杀人性的效果,使国民逐渐醒悟并摆

---

① 杨义:《中国现代小说史》(上),《杨义文存》第2卷,人民出版社1998年版,第159页。

② 周宪主编,[美]约瑟夫·弗兰克等:《现代小说中的空间形式》,秦林芳编译,北京大学出版社1991年版,第91页。

脱传统观念的束缚,解放自身。"① 1934年2月3日鲁迅发表的《京派与海派》一文,援引了孟子"居移气,养移体"之说,认为"居处的文陋,却也影响于作家的神情",并且指出:"北京是明清的帝都,上海乃各国的租界,帝都多官,租界多商,所以文人之在京者近官,没海者近商,近官者在使官得名,近商者在使商获利,而自己也懒以糊口。要而言之,不过是'京派'是官的帮闲,'海派'是商的帮忙而已。"② 在热络的京海派论争中,人们更热衷于鲁迅对"京派"、"海派"卓见独识的理解,而往往忽略了产生两派本质性区别的根源——地缘因素——在其中所起到的作用。这同时也是一个直白,坦陈着鲁迅的创作中空间因素所体现的决定作用。正是在类似于"铁屋子"的S会馆,鲁迅"沉于国民中","回到古代去",正是在S会馆里的三间屋,鲁迅体验着"如大毒蛇,缠住了我的灵魂了"③的孤独寂寞,体会到了"独有叫喊于生人之中,而生人既并无反应,既非赞同,也不反对,如置身毫无边际的荒原,无可措手"的悲哀痛苦。正如瞿秋白在《鲁迅杂感选集·序言》中所说的:"他是经历了辛亥革命以前直到现在的四分之一世纪的战斗,从痛苦的经验和深刻的观察之中,带着宝贵的革命传统到新的阵营里来的。"④ 确立了这位以"文学参与历史"的伟大智者的生命底色——"以'忧'来思索着浩大的人间世界的悲哀,又以'愤'来反抗着悲哀深处隐含的绝望"(杨义语)。日本学者竹内好在对鲁迅生平资料的考查和研究中,将其中一个"最不清楚的部分",即蛰居绍兴会馆的时期视为"鲁迅原点"的发生期,视为"鲁迅的骨骼形成的时期",以此确立了竹氏鲁迅研究的范式。竹内好是这样看待这个时期的:

> 他还没有开始文学生活,他在会馆的"闹鬼的房间"埋头于

---

① 薛毅:《无词的言语》,学林出版社1996年版,第19页。
② 鲁迅:《"京派"与"海派"》,《申报·自由谈》1934年2月3日。
③ 鲁迅:《呐喊·自序》,《鲁迅全集》第1卷,人民文学出版社1998年版,第417页。
④ 瞿秋白文集编辑委员会:《瞿秋白文集》第3卷,人民文学出版社1953年版,第997页。

古籍之中。外面也没有出现什么运动。"呐喊"还没有爆发为"呐喊"。只能感到酝酿着他的郁闷的沉默。我想，在那沉默中，鲁迅不是抓住了对于他一生可以说是具有决定意义的回心的东西了吗？①

一读他的文章，总会碰到某种影子似的东西；而且那影子总是在同样的场所。影子本身并不存在，只是因为光明从那儿产生，又在那儿消逝，从而产生某一种暗示存在那样的黑暗。②

主观的情感与客观的物象构成了激发创作者的主体意象，它往往在作家的精神世界里占据着重要的位置。"闹鬼"的房间与"总是碰到某种影子似的东西"、"而那影子总是在同样的场所"这几个意象组织起来，形成了围绕着"铁屋子"的心灵黑暗，联结着那"无地彷徨"的影子，真实地呈现着那作为本源性的存在。它永恒性地伴随着生命的始终，存在的位置，历史的过程，就像那"影子"一样，既不乐意去"天堂"，也不愿去"地狱"，既无法生存于黑暗，也无法生存于光明，无法从过去、现在和未来找到与自己对应的位置，只能在空间化的虚妄中领受着没有生机的"无地彷徨"和"独自远行"。对鲁迅而言，这些意象比附着一种生命的存在，是一种承担，也是一种命运。在生命的体验和历史的感知中，"心事浩渺连广宇"的伟大智者和永远的行动者，完成了一个关于"铁屋子"的文化隐喻。在这文化隐喻中，我们看到了在他博大的感情世界中，空间场域占据着何等显要的位置。正如许寿裳在《亡友鲁迅印象记》中提到过鲁迅的关于中国文学史的研究方法，启人深思一样。③鲁迅曾经有过编写中国文学史的计划，并拟定过章节，且把其中的大意说给许寿裳听过，其中六朝文学的一章即定名为"酒·药·女·佛"，在这提纲挈领的文学发现和总结中，透彻着王瑶先生曾经特别强调文学现象的"典型"和艺

---

① ［日］竹内好：《鲁迅》，李心峰译，浙江文艺出版社1986年版，第44页。
② 同上书，第46页。
③ 许寿裳：《亡友鲁迅印象记》，人民文学出版社1953年版，第52页。

术规律探索之间的内在联系:"文学史要求通过对大量的文学现象的研究,抓住那些最能体现这一时期的文学特征的典型现象,从中体现规律性的东西。"① 在鲁迅的世界里,空间显示不仅仅局限于作为一个物质性的存在和文学表现的对象,而成为作家"不自觉的心理习惯的,反复出现的观念(包括范畴)、意象,凝聚着作家对于生活独特的观察、感受与认识,表现着作家独特的精神世界和艺术世界,它们打上了如此鲜明的作家个性的印记,以至于可以在其上直接冠以作家的名字,称之为'×××的意象'、'×××的观念',从而构成了我们所要紧紧抓住的最能体现作家个体本质的典型形象"②。

  空间是鲁迅个体存在的依据,空间蕴涵着鲁迅的生存意志和文化价值的取向。空间体验和思考以及生命意志的实现如影随形地伴随着鲁迅生命的始终,是具体把握作家的精神世界和艺术世界的重要媒介。作为一种"蛊惑"性存在,作为实体意义的空间和作为心灵境遇的空间,同样吸引着研究者探究的目光。李长之即是其中之一。在他那本不足十万字却是鲁迅研究史上第一部自成体系的专著《鲁迅批判》中,曾多次提到了环境和空间与作家之间的作用与反作用:

> 环境把鲁迅的性格和思想的轮廓绘就了,然而他自己,在环境里却找到他的出路了,负荷起使命。无疑他是中国文学史上划时代的期间的人物中最显赫的一个代表者,他呼吸着时代的气息,他大踏着步向前走。
>
> 但我们从鲁迅的生活和他的精神进展上看出一件事情来,就是:一个人的环境限制一个人的事业。但一个人的性格却选择一个人的环境。其间有一点神秘,这神秘我们可以鲁迅为代表。③

---

 ① 王瑶:《关于中国现代文学研究工作的随想——在中国现代文学研究会学术讨论会上的发言》,《中国现代文学研究丛刊》1980年第4期。
 ② 钱理群:《心灵的探寻》,北京大学出版社1999年版,第11页。
 ③ 李长之:《鲁迅批判》,北京出版社2003年版,第6页。

研究者的眼光是敏锐的，认识也是深刻的，并且在会通着作家的人生、精神之旅的过程中，融合着个人的理解和识见，并在某一范围的某一层面、某一深度行走着沟通的路。王富仁的研究也可以做如是观，他对空间因素、环境因素在鲁迅创作中的意义和地位有着这样的见解：

在《呐喊》与《彷徨》里，人物重要还是情节重要？应该说：人物重要。情节的设置是服从于人物性格的塑造的。但人物与环境相比则环境更重要，环境表现是第一位的。重视环境展现，把环境的展现放在小说创作首要位置，是《呐喊》、《彷徨》的一个重要艺术特征。①

……严格说来，鲁迅所选取的人物典型主要不是以自身存在价值的大小和自身行为的优劣为基准的，在很大程度上他们只是封建思想环境的试剂，谁能在更充分的意义上试出这个环境的毒性，谁就有可能进入鲁迅小说人物形象的画廊。②

这一番对鲁迅小说环境因素的重要性（包括地理环境和文化环境）的议论里，很明显地蕴涵着打破传统的"人物、情节、环境"中环境从属地位的倾向。环境的重设不仅标识着鲁迅创作的匠心独具，而且将环境在创作中的作用从普遍理解的层面提升出来。这里的环境可直指物质意义上的生存空间以及文化意义的心理空间，S城、鲁镇、未庄等空间环境的多频出现，荒原、旷野等空间意象在创作中的叙事功能的彰显，都市空间在鲁迅后期创作中共生意义的发挥，均启发着人们对鲁迅生活过和艺术表现过的空间场所的种种联想。在由S城、鲁镇、未庄、荒原、旷野、北京、厦门、广州、上海等组成的空间链条中，人们看到的不仅仅是物质层面的空间意

---

① 王富仁：《中国反封建思想革命的一面镜子——〈呐喊〉、〈彷徨〉综论》，北京师范大学出版社1986年版，第273页。

② 同上书，第276页。

义，还有内在于其中的诸如历史、文化、社会的影响和痕迹。它们各自独立，又混融一体，既表证着鲁迅在不同历史场域的精神遭遇，又在同一个主题下贯穿起鲁迅生命中所经历的所有的人生经验。即是说，在鲁迅的空间和空间关系中，人们应该关注到，"对于某一地域空间的感觉和体验，往往不是单纯的地理学认知，而是一种混合了情感、记忆和历史的综合体验。空间成为一个可以扭结各种社会关系和生活层面的关键点，空间性、历史性和社会性三元辩论，使空间视角具备了一定的穿透力"①。

二 鲁迅的空间选择与文化选择

20世纪30年代，当很多人劝诫鲁迅潜心于鸿篇巨制以贡献于未来的时候，鲁迅在《〈且介亭杂文〉序言》中指出："现在是多么切迫的时候，作者的任务，是在对于有害的事物，立刻给以反响或抗争，是感应的神经，是攻守的手足。潜心于他的鸿篇巨制，为未来的文化设想，固然是好的，但为了现在抗争，却也正是为现代和未来的战斗的作者，因为失掉了现在，也就没有了未来。"②清醒的现实主义和永远执着于当下的行为选择，刺激并创生着鲁迅的空间意识，现实的生存境遇和绝望的黑暗现实压迫着鲁迅在有限的生存空间里做最本质的人生思考和最有意义的生命抗争。为此，王富仁直言鲁迅是个"空间主义者"，"只要我们把鲁迅同二十年代青年文学家的作品放在一起加以感受，我们就会知道，鲁迅更加重视的是空间而不是时间，那些青年文学家重视的更是时间而不是空间。空间把二十年代的青年知识分子压迫成了理想主义者，而把鲁迅压迫成了一个战士。一个理想主义者只能在未来的胜利中获得自我，而一个战士则必须在现实的空间中获取自我。前者关心的是自己怎样在未来站起来，而后者关心的是自

---

① 丹珍草：《阿来的空间化写作》，《百色学院学报》2009年第4期。
② 鲁迅：《〈且介亭杂文〉序言》，《鲁迅全集》第6卷，人民文学出版社1998年版，第3页。

己在现在怎样站起来。鲁迅就是这样一个空间主义者"①。浓重的"中间物"意识和结实的当下感使鲁迅更执着于眼前的生存境遇,并在空间的体验中催化着他对艺术的感知和社会历史的思考,激发着作家对人生、社会、历史、文化的多重理解。他终生在"走异路、逃异地,去寻找别样的人们",终生与环境抗争,在空间选择中确定自我,最终完成着并实现着自我。"路漫漫其修远兮,吾将上下而求索",他为"人国"的获得和"第三样时代"的到来执着一生而九死不悔,同时也终身生活在"无家"的状态,领受着"吾行太远,孑然失其侣……邦国如是,奚能淹留?吾见放于父母之邦矣"的孤独、寂寞,在"绝望"和"虚妄"之中做着生命意义的选择。正如那"状态困顿倔强、目光阴沉"的过客一样,他来自于"没一处没有名目,没一处没有地主;没一处没有驱逐和牢笼,没一处没有皮面的笑容,没一处没有眶边的眼泪"②的过去。对于他的过去,他以"不回转去"的决绝表示着他的拒绝,以绝望的反抗承担着自己的责任。他不畏惧未来,哪怕前途是孤冷的没有墓碑的荒坟,也不寄望于未来,哪怕未来是野百合、野蔷薇盛开的乐园。唯有执着于当下和现在,"听从前面声音的召唤",以"我息不下"的深沉咏叹和超拔的意志力来抗拒那"空虚中暗夜的袭来"。鲁迅的身心终身反抗着,也终生在体验着和经历着。

鲁迅在短短的 56 年的生命过程中,曾经有过数次空间意义上的迁移,形成了以绍兴、南京、东京、北京、厦门、广州、上海这样一个完整而缜密的空间链条和空间网络。在不同的城市里,体会着不同的空间关系给予他的影响和刺激,也在不同的空间环境中进行着独属鲁迅的空间抉择和空间反抗,并在反抗中赢得了现代知识分子的心灵自由。正如查尔斯·泰勒(Charles Tayler)所言:"我们从较古老的道德视野中摆脱出来才赢得现代自由……人们过去总是被禁锢在给定的地方,一个正好属于他们的,近乎无法想象可以偏离的角色和处所。借助于

---

① 王富仁:《时间·空间·人——鲁迅哲学思想刍议之一章》,《鲁迅研究月刊》2000 年第 4 期。

② 鲁迅:《野草·过客》,《鲁迅全集》第 2 卷,人民文学出版社 1998 年版,第 191 页。

怀疑这些秩序,现代自由才得以产生。"①

表 3-1　　　　　　鲁迅在国内主要居住城市图例

城市名称	入住日期	迁离日期	居住时间	备注
绍兴	1881.9.25	1898.5.1	16年7个月5天	离开后曾多次省亲回乡暂住
南京	1902.4.4 1906.3	1904.8 1909.8	2年4个月 3年5个月	两次居住
北京	1912.5.5	1926.8.26	14年3个月21天	中间有离开,其中1929年5月和1932年11月由上海回京
厦门	1926.9.4	1927.1.16	4个月12天	短暂停留,为时最短
广州	1927.1.18	1927.9.27	8个月9天	1927.4.21正式向中山大学提出辞职,6.6脱离中山大学
上海	1927.10.3	1936.10.19	9年16天	住到去世,1929年5月和1932年11月离沪赴京

材料来源:王锡荣《一生居城市　每日见世相——鲁迅的城市生活体验》,收录会议论文集《纪念鲁迅定居上海80周年学术研讨会论文集》,上海社会科学院出版社2007年版,第203页。

　　空间的迁移之于生命个体,涉及了新的空间关系的适应和确定,也必将由空间的变化带来了文化上的交流、碰撞和选择。空间与空间之间的差异和区隔影响巨大,有时候则连带着生存境遇、生存哲学的生成。吉登斯在《第三条路:社会民主主义的复兴》一书中指出:"全球化的内容不仅仅是,甚至主要不是经济上的互相依赖,而是我们生活中的时空巨变。"②鲁迅的一生有过数次空间迁移,在不同的历史时期,发生在鲁迅身上的空间变化,意味深长,影响深远。作为生命的始发之地,故乡绍兴不仅是中年鲁迅"思乡的蛊惑",使其在不同的历史时期中"时时反顾",而且在那篇篇以鲁镇、未庄、S城为中心书写对象的佳作中,清楚地昭示着故乡作为精神资源的存在。在"将社会对于苦人的冷淡,不慌不忙的描写出来"③的经典之作《孔乙己》中,作者以不足三千字的生动描绘,"突出了人物,表现了主题,这首先便是得力于作者选择人物活动场景和构思典型环境的精确和巧

---

① [加]查尔斯·泰勒:《现代性的隐忧》,程炼译,中央编译出版社2001年版,第3页。
② [英]吉登斯:《第三条路:社会民主主义的复兴》,引自[美]爱德华·W.苏贾《后现代地理学——重申批判社会理论中的空间》,王文彬译,商务印书馆2004年版,第65页。
③ 曾秋士(孙伏园):《关于鲁迅先生》,《晨报副刊》1924年1月12日。

妙"①。穷酸迂腐又不乏善良天真的孔乙己就产生于并灭亡于鲁镇中类似于"曲尺形的大柜台"那样的环境里,那个"站着喝酒而穿长衫"的读书人,他那足以让人痛惜和可怜的悲惨命运,本身就是对以鲁镇为代表的封建社会和黑暗世界的见证与指控。而这个生存空间和环境又是绍兴城所独具的。《药》、《故乡》、《社戏》、《阿Q正传》等篇仍然走不出故乡的影子,走不出故乡的山水和世界。"文学的作品,是时代精神的写照。因此,文学的作品与作者的环境,有密切的关系……鲁迅的艺术,就是'庄谐杂出,或清丽,或幽玄,或奔放,不必定含秒理而自觉可喜',这当然是受地方环境的影响了。"②鲁迅的故乡绍兴,作为"乡土中国"中一个极具特色的小城,既有"会稽乃报仇雪耻之乡、非藏污纳垢之地"的历史定位,也有为世人所称道的"越人卧薪尝胆之遗风"③。故乡土地上的"绍兴师爷传统","那法家的苛刻的态度,并不限于职业,却弥漫及于乡间,仿佛成为一种潮流"④。为此,鲁迅自言道:"不知道我的性质特别坏,还是脱不出往昔的环境的影响之故,我总觉得复仇是不足为奇的,虽然也并不想诬无抵抗主义者为无人格。"⑤这些经数百年传承至今仍具生命力的文化传统作为一种本源性的存在,活化在鲁迅的魂魄中、情感里和创作中,成为其面对现实、激扬文字的潜在动力,也作为一种后续力量,像精神的面影一样,若隐若无地显现在鲁迅的人生和创作中。在先验的故乡文化的影响下,鲁迅获取了开放的眼光、批判的意识和启蒙的精神,从而造就了鲁迅"在有机会接触到中国传统文化的典型代表北京文化和最具开放性与现代性的上海文化时,他既能最大限度地吸收,又保持了自己的独立性"⑥。然而鲁迅最终为故乡所放逐,直

---

① 刘中树:《〈呐喊〉、〈彷徨〉艺术论》,吉林大学出版社1999年版,第39页。
② 杨邨人:《读鲁迅的〈呐喊〉》,《时事新报》副刊《学灯》1924年6月14日。
③ 沈瓞民:《回忆鲁迅早年在弘文学院的片断》,《文汇报》1961年9月23日。
④ 周作人:《雨天的书·自序二》,《周作人早期散文选》,上海文艺出版社1984年版,第235页。
⑤ 鲁迅:《坟·杂忆》,《鲁迅全集》第1卷,人民文学出版社1998年版,第223页。
⑥ 钱理群:《鲁迅和北京、上海的故事》(上篇),《鲁迅研究月刊》2006年第5期。

至晚年也难以回归故里（被浙江党部以"堕落文人"之名通缉），于是"走异路、逃异地、去寻找别样的人们"。南京是鲁迅离开故土、奔赴异乡的第一站，也是他迎接新的生活环境的第一份挑战。在那里，他学到了格致、算数等新型的课程，阅读了西方的外国文学和社会科学方面的著作，接受了在教育环境、内容和方法等方面有别于传统私塾的教育，这些都开阔了青年鲁迅的眼界，尤其是严复所译的赫胥黎的《进化论与伦理学》，使鲁迅深受震撼并懂得和确定了"适者生存、优胜劣汰"的进化论。在随后的几十年里，鲁迅先后在日本的东京、仙台以及绍兴、北京、厦门和广州度过了对他人生而言意义重大的几年，凡是在他驻足、停留的地方，鲁迅的人生境界和艺术创作均发生着历史性的革命和变迁，沉默中储备着勃发的种子，呐喊里蕴涵着彷徨的隐忧，苦闷中包孕着深沉的思考，思辨中付诸着决绝的反抗。从日本时期的"弃医从文"到发文为声，以及初步建立"人学框架"；北京时期对革命由"高潮"跌入"低谷"的历史性蜕变的亲历，个人创作和思想由"呐喊"到"彷徨"的转变，对暴政的当权者及其御用的"学者"、"文人"的抗逆，交融着对弱者、流血者的哀悯、同情和声援；厦门时期多次用"硬将一排洋房，摆在荒凉的海边上"[①]、"死海"等语形容厦门，致信给外国朋友时直言"我看厦门就像一个死岛，对隐士倒是合适的"[②]，对"学者皮而奴才骨"[③]等金钱下奴才的批判和厌憎，完成了从国民性到人性尤其是知识阶层性格的整体批判；广州时期的鲁迅，个人遭遇着"两头大，中间小的一枚橄榄"似的待遇，以冷静的态度看待"革命策源地"忙于纪念和庆祝的热闹并报以隐忧，强调要以永远进击的姿态面对革命，切勿因一时的胜利冲昏了头脑反而失了"革命"，指出"广东是革命的策源地，因此也成为革

---

① 鲁迅：《两地书·厦门—广州》，《鲁迅全集》第11卷，人民文学出版社1998年版，第170页。
② 鲁迅：《书信·261231·致辛岛骁》，《鲁迅全集》第13卷，人民文学出版社1998年版，第456页。
③ 鲁迅：《两地书·厦门—广州》，《鲁迅全集》第11卷，人民文学出版社1998年版，第257页。

命的后方",但同时,"革命的精神反而会从浮滑,稀薄,以至于消亡,再下去是复旧"。这里,寄托着作者对中国历来所谓"革命"的理性认知,也是对革命高潮同时也是革命失败前夕的广州城的理解。

绍兴、杭州、北京、厦门、广州是各具特色的城市空间,它们分别给鲁迅带来了不同的影响。但因城市发展历史的特点的不同,奔赴上海之前的鲁迅,其城市经验并没有完全跳脱出"乡土中国"的地理和文化范畴,虽有由城市之间和空间之间的变化自然带来的影响,但其他城市较之上海而言,大多具备"亚城市"的特点——"具城市之外形,而又富有乡村的景象的田园都市"①,相对宽松、自由的学院化生活,体制内稳定的供需模式,决定了作家们远离着峻急、高压的职场生活,可以不必为"稻粱谋"而著书,也可以在规避政治化、商业化的喧嚣嘈杂的基础上与实际的党派之争、衣食之争保持着相对安全的距离。于是,"乡土中国"仍是他们灵感的源泉,仍是他们批判现实、反思传统的便捷参照。为此,去上海之前的鲁迅,更娴于充分驱动回忆的笔触,在有关古老乡土的记忆中,首推文艺,"画出沉默国民的魂灵来",以文化启蒙的精神,"揭出病苦,引起疗救的注意"。面对着颓败绝望的黑暗世界,他大声疾呼:"意者欲扬宗邦之真大,首在审己,亦必知人,比较既周,爰生自觉。"② 充分保持着对人的自觉和民族意识的自觉,始终强调"立人"与"立国","是故生存其间,角逐列国是务,其首在立人,人立而后凡事举;若其道术,乃必尊个性而张精神"③。这些人生体验和文化建设的苦心,表达着对积弱积贫的苦难中国的现实体认,包含着对失去抗争之心深陷奴隶地位的民众的深忧隐痛。

1924年,鲁迅创作《幸福的家庭》,刻画了"幸福的家庭"和现实中的家庭之间的矛盾和冲突,作为作家的男主人公为了何处安家思来想去的,费了好多功夫。他想:"北京?不行,死气沉沉,连空气

---

① 郁达夫:《住所的话》,载《文学》1935年7月1日第5卷第1号。
② 鲁迅:《坟·摩罗诗力说》,《鲁迅全集》第1卷,人民文学出版社1998年版,第65页。
③ 同上书,第57页。

也是死的。假如在这家庭的周围筑一道高墙，难道空气也就割断了么？简直不行！江苏浙江天天防要打仗；福建更不必须说，四川，广东？都正在打。山东河南之类？——阿阿。要绑票的……上海天津的租界上房租贵……他又想来想去，又想不出好地方，于是终于决心，假定这'幸福的家庭'所在的地方叫作 A。"① 这段就社会形势所进行的城市"镜像"分析是符合当时的时代特点的，若干年后鲁迅生活中出现的这种"辗转流离"则使虚构中的故事情节与现实中的生活情形存在的对接关系更为清晰了，同时也凸显着时代的沧桑困苦以及历史发展过程中的艰难险阻，激荡着都市知识分子徜徉人生、锤炼自我的生命激情与意志力量。李长之不惜用累赘的长篇加以说明，或许为我们理解空间迁移之于鲁迅的意义提供着某种启示："我们可以这样说，倘若不是陈独秀在那里办《新青年》，鲁迅是否献身于新文化运动是很不一定的；倘若不是女师大有风潮，鲁迅是否加入和'正人君子'的'新月派'的敌斗，也很不一定的；一九二六年假如他不走，老住在北平，恐怕他不会和周作人的思想和倾向有什么相违，他和南方的革命势力既无接触，恐怕也永远站在远处，取一个旁观、冷嘲的态度，是不会太向往，也不会太愤恨的；一九二七年他不是逃到上海，而是到了武汉，那么，也许入于郭沫若一流，到政治旋涡里去生活一下；一九二八年一直到一九三〇年，假若他久住于北平，即也敢说他必受不到左翼作家的围剿，那末，他也决不会吸取新的理论，他一定只是一个个人主义的不驯的战士而已，也不会有什么进步……所以，他成就了现在的鲁迅。环境的力量有多大！然而，我们更必须清楚，就是倘若不是鲁迅的话，他不会把环境这样选择着！"② 事实上的确如此，带着岁月的风霜和历史的经验，也带着对新生活的笃定和向往，在"盛满黑暗的光明"中，1927 年 10 月，鲁迅携许广平来到了上海，结束了最初的踌躇和徘徊心态，最终在上海定居下来，除了 1929 年 5 月

---

① 鲁迅：《彷徨·幸福的家庭》，《鲁迅全集》第 2 卷，人民文学出版社 1998 年版，第 36 页。
② 李长之：《鲁迅批判》，北京出版社 2003 年版，第 47 页。

和1932年两次回北京省母及探母病外，鲁迅生命的最后10年基本都是在上海度过的，直至1936年10月19日，那颗伟大的心脏停止跳动的一刻。鲁迅与上海之间的空间关系在其后来的生命历程中逐渐显露出来，而在这之前，上海之于鲁迅是陌生的，鲁迅之于上海则是行色匆匆的过客："与胡适出生、求学于上海，并在20世纪20年代中前期经常往返于京沪不同，鲁迅此前几乎没有在上海生活的经验。即使一年前在上海的短暂停留，这座城市似乎也没有给他留下什么美好印象。"① 很明显，这种对上海的观感是有别于当初鲁迅急欲脱离绍兴奔赴北京的心情："北京风物何如？暇希见告。致文漱信，亦希勿忘。他处有可容足下者不？仆不愿居越中也，留以年杪为度。"② 直到1927年10月3日携侣赴沪寓居在上海的一个临时住所——共和旅馆——时，鲁迅对于上海这座城市的心意依旧未明确，他在4日写给友人的信中这样说道："我现住旅馆，两三日内，也许往西湖玩五六天，再定何往。"③ 当生命的驿站轮转到20世纪30年代的中心城市上海时，鲁迅的心灵焦虑和精神困苦因这惨淡的生计和韧性的"战取"而显现出与众不同的生命特质，鲁迅的文化立场也因钩联着这座城市的历史和现在而被赋予了别样的内涵。鲁迅的人生图景因与这座"魔幻"之城的结缘而增添了异样的光彩。"造就一个优秀作家，或者一个伟大的文化人物，最大的影响，可能就是他所处时代的文化形态和主流潮流的影响；而就一个人具体的文化选择和个人性情的形成来说，则取决于他的人生遭际和文化境遇。"④

---

① 王晓渔：《知识分子的"内战"——现代上海的文化场域（1927—1930）》，上海人民出版社2007年版，第112页。
② 鲁迅：《书信·100815·致许寿裳》，《鲁迅全集》第11卷，人民文学出版社1998年版，第325页。
③ 鲁迅：《书信·271004·致台静农、李霁野》，《鲁迅全集》第11卷，人民文学出版社1998年版，第584页。
④ 李生滨：《从"弃医从文"到定居上海——再论鲁迅的思想文化个性》，上海鲁迅纪念馆《纪念鲁迅定居上海80周年学术研讨会论文集》，上海社会科学院出版社2009年版，第175页。

第三节　中心城市的崛起与现代职业作家的诞生

一　身份意识与职业选择

佛克马·蚁布思在《文学研究与文化参与》一书中单章讨论了"身份和成规",对"身份"提出一个简单的定义:"一种个人身份在某种程度上是由社会群体或是一个人归属或希望归属的那个群体的成规所构成的。"① 换句话说,身份的确定,是个人的需要,也是对社会及社会群体的需要和陈规的满足。在拉康那里,自我身份的建构则仰赖于"他者"形象的参照。而这里所说的"他者",囊括着与主体建构及身份认同相关的政治、经济、文化等综合因素。爱德华·萨义德则在《东方学·后记》中进一步引申道:"每一个文化的发展和维护都需要一种与其异质并且与其相竞争的另一个自我的存在。……因此,自我身份或'他者'身份绝非静止的东西,而在很大程度上是一种人为建构的历史、社会、学术和政治过程,就像是一场牵涉到各个社会的不同个体和机构的竞赛。"② 社会形态的变更和文化的转型无疑是推动着身份变革的重要动力,而身份、角色的转化,则使其影响力以巨形扇面的形式延展到力所能及之处。正如马克思所言:"人的本质并不是单个人所固有的抽象物,在其现实性上,它是一切社会关系的总和。"③ 身份作为自我力量的具体体现,是社会各方面力量"合力"作用的结果,凝聚着整个社会和文化的信息。在这一过程中,中国知识分子的身份变迁和职业转化尤其显得意味深长。在封建时代,传统的知识

---

① [荷]佛克马·蚁布思:《文学研究与文化参与》,俞国强译,北京大学出版社1996年版,第120页。
② [美]爱德华·W.萨义德:《东方学》,王宇根译,生活·读书·新知三联书店1995年版,第426页。
③ [德]马克思:《关于费尔巴哈的提纲》,《马克思恩格斯选集》第1卷,人民出版社1988年版,第18页。

分子在"学而优则仕"的科举制度下，寻找着职业身份的归属感。"朝为田舍郎，暮登天子堂"，"主奴身份"的异置既是历史的进步，又是历史进步中的倒退。士子文人的身世境遇得到了改观，实现了边缘于民间的知识分子到官场知识分子的转变，极大顺应了封建社会对人才的需要，打破门第囿限以扩充统治阶层中知识分子的队伍。同时，"这种唯一的公职人员的身份决定了他们不可逃避的人身依附地位。脱离了官场就意味着沉沦甚至毁灭，因而官场就成了他们的生死场，官场的权势者就成了他们的主人"①。这样的职业模式使士人阶层将自己牢牢地捆绑在当权者的战车上，其人生和职业的目的直接与政治和利欲联袂着，在既定的成规和秩序中领受着"未成年状态"。在封闭的礼制秩序中，不曾有过真正的自由和独立的自我。到了近现代社会，随着封建帝制的土崩瓦解以及科举取士制度的废除，一大批志在求取功名、跻身于朝野的知识分子的人生道路受到阻遏。在历史的震荡中，时代的惊涛骇浪一方面以毫不迟疑的姿态将其搁浅于泥沼浅滩之上，体验着人生倚重感的滑落，同时也作为一种身份失坠后的偏得，促使他们近距离地接触民生，融入城市，深入社会和人生，以边缘知识分子的身份在日渐城市化和现代化的都市空间中寻找着生存之所和立言的机遇，实践着自食其力、百味兼具、独立自尊的完整人生，"由古城中单一的公职人员变成新城市中的自由职业者，中国文人的这种人生迁徙是一次深刻的身份革命"②。梁启超、陈独秀、胡适、鲁迅、蔡元培等近现代知识分子身上，都带有这种文化转型时期知识分子的悲剧色彩。在这其中，鲁迅在"绝望之于虚妄，正如希望相同"的情绪体验中，终生与"无物之阵"对抗，体验着更为强烈的生命强度和硬度，洋溢着更为纯粹的世事沧桑和人性的力量。在时代浪潮的冲击下，痛苦地经历着转型和抉择的鲁迅，其作为自由职业者和都市知识分子的面影与风姿格外动人。

一个世纪以前，美国传教士亚瑟·亨·史密斯在其影响深远的著

---

① 李书磊：《都市的迁徙——现代小说与城市文化》，时代文艺出版社1993年版，第33页。
② 同上书，第35页。

作《中国人气质》中这样写道:"普遍来说,没有一个中国人愿意背井离乡,到远方去寻找幸福,除非他是被迫上路的。"① 正如常态的生活本身总是蕴涵着非常态的一面,重土难迁是普遍意义上的中国人的共性,但同时也会有很多被迫的因素,促使着生命个体在以环境为代表的文化冲突中,体验着种种束缚和不适应,进而在"他抛"的状态中,领受着"异乡人"的永恒命运和孤独。对于鲁迅而言,这种浸染着孤独感的"走异路、逃异地",是生命的流放,是绝望的反抗,更是生命意志绝不随俗从众的个性张扬。绍兴—杭州时期的鲁迅从事的是中学教育,"中等学校教育较之高等教育是带有更强烈的国家主义性质和更为鲜明的保守主义的文化空间"②,虽有"木瓜之役"的胜利,孤寂仍是他课余生活的恒态,是时光的消磨,也是一种储备。南京—北京时期的鲁迅做教育部的佥事,在头脑冬烘的遗老和不学无术的奴才中间,难以完全抗拒官僚阶层的习气而自以为苦。新文化运动发生后,他以"鲁迅"之名活跃于文坛,同时以"讲师"的身份兼职于各大高校,吸收着新文化运动的空气,并以冷静、沉郁的姿态活跃于文坛,穿行于官场、学院、文坛之间。公务员、教员和作家三种身份和职业融为一身,构成了极富张力的互动关系,为鲁迅最终安身立命于上海,实现身份选择、职业选择提供了先验的理解。南下厦门和广州之后,鲁迅远离了京城的政治圈及学者、文人所构成的文化圈,然而期待中的文化空间和生活环境并没有如期而至。南方学校偏离文化、政治中心,素乏学术热情和探索精神,人事纠葛复杂,鲁迅很难从教书、创作和编译生活中寻找到真正的平静和安适。他不仅生出"此地生活法,就是如此散漫,真是闻所未闻"之叹③,而且认为"北京的学界在都市中挤轧,这里是在小岛上挤轧,地点虽异,挤轧则同"④,导致了鲁迅在教学还是创作中徘徊不

---

① 引自杨经建《家族文化与20世纪中国家族文学的母题形态》,岳麓书社2005年版,第45页。
② 王富仁:《厦门时期的鲁迅——穿越学院文化》,《厦门大学学报》2006年第4期。
③ 鲁迅:《两地书·厦门—广州》,《鲁迅全集》第11卷,人民文学出版社1998年版,第135页。
④ 同上书,第168页。

定，难以取舍："但我对于此后的方针，实在很有些徘徊不决，那就是：做文章呢，还是教书？因为这两件事，是势不两立的：作文要热情，教书要冷静。兼做两样的，倘不认真，便两面都油滑浅薄，倘都认真，则一时使热血沸腾，一时使心平气和，精神便不胜困惫，结果也还是两面不讨好。看外国，兼做教授的文学家，是从来很少有的。"①更要命的是，虽距北京于千里之外，"现代评论派"式的学者、文人如影相随，"今天又另派探子，答得极其神出鬼没，似乎不来，似乎并非不来，而且立刻要来，于是乎终于莫名其妙而去。你看'现代'派下的小卒就这样阴鸷，无孔不入，真是可怕可厌"②。因而，鲁迅越来越加深了对学院文化以及学者文人的失望和厌恶："总之这是一个不死不活的学校，大部分是许多坏人，在骗取陈嘉庚之钱而分之，学课如何，全所不顾。且盛行妾妇之道，'学者'屈膝于银子面前之丑态，真是好看，然而难受。玉堂恐怕总弄不下去，但国学院是一时不会倒的，不过不死不活，'学者'和白果，已在联络校长了，他们就会弄下去。然而我们走后，不久他们也要滚出去的。为什么呢，这里所要的人物，是：学者皮而奴才骨。他们却连皮也太奴才了，这又使校长看不起，非走不可。"③

　　置身于城市，鲁迅的职业选择是在不断"突围"中完成的，而且越到晚年，这种来自生命本身的对抗越强烈，这种来自生存的突围和文化上的突围越来越峻厉，而且以一种生命的存在形式体现着鲁迅式的存在感。《两地书》等通信集中，鲁迅与许广平等人用大量的笔墨讨论着不同的文化空间带给他们生存境遇的影响，也不间断地讨论着诸如人生道路和职业选择等何去何从的问题。在繁杂的人事、繁重的工作和烦琐的应酬中，鲁迅时常会有一些不堪其重的疲倦感，尤其是"在生活的路

---

① 鲁迅：《两地书·厦门—广州》，《鲁迅全集》第11卷，人民文学出版社1998年版，第184页。
② 鲁迅：《书信·270108·致韦素园》，《鲁迅全集》第11卷，人民文学出版社1998年版，第187页。
③ 鲁迅：《两地书·厦门—广州》，《鲁迅全集》第11卷，人民文学出版社1998年版，第257页。

上，将血一滴一滴地滴过去，以饲别人，虽自觉渐渐瘦弱，也以为快活。而现在呢，人们笑我瘦弱了，连饮过我的血的人，也来嘲笑我的瘦弱"①之时，便会在"人道主义和个人主义这两种思想的起伏消长"②中，倾向奔赴一个更为自由、更为独立的文化空间。正如王富仁的分析所提示的："他离开北京仅仅是为了躲避段祺瑞政府的通缉吗？他离开北京仅仅是为了离开朱安而与许广平'双燕南飞'吗？我认为，其中还有一个难以言明的重要原因，就是：逃离已经严重国家主义化的北京学界，寻找一个对于自己相对自由、即使战斗也能在心灵上感到更加轻松的文化空间。"③故乡是回不去了，北京虽然适于鲁迅进一步发挥对学术研究的热情，但一方面20世纪20年代末的北京已经是以周作人为代表的"京派"的天下以及以胡适为代表的学者、文人的世界；另一方面，在个人生活中又有"八道湾"以及"母亲的礼物"等苦衷，自然构成了鲁迅北上的障碍。厦门时期，"很受几个'现代'派的人的排挤，我离开的原因，一半也在此"④。在广州时期，鲁迅亲历了在"革命策源地"发生的"四一五"事变，吓得目瞪口呆，产生了一种从来没有过的"我恐怖了"的经验⑤，一种"鼻来我走"⑥的现实胁迫感，一种"并且我的话也无效力，如一箭之入大海"的无力和失望。在风雨飘摇的时代，面对困厄，周作人更倾心栖身于"十字街头"的塔（也是一种生存空间），在"叛徒"和"隐士"的身份选择中徘徊着，以规避和旁观的姿态审视着"塔"外的世界。在风沙扑面、虎狼成群的时代，鲁迅虽然看到了"苦痛是总与人生联带的"，

---

① 鲁迅：《两地书·厦门—广州》，《鲁迅全集》第11卷，人民文学出版社1998年版，第249页。
② 同上书，第79页。
③ 王富仁：《厦门时期的鲁迅：穿越学院文化》，《厦门大学学报》2006年第4期。
④ 鲁迅：《书信·270420·致李霁野》，《鲁迅全集》第11卷，人民文学出版社1998年版，第540页。
⑤ 鲁迅：《而已集·答有恒先生》，《鲁迅全集》第3卷，人民文学出版社1998年版，第453页。
⑥ 鲁迅：《书信·270530·致章廷谦》，《鲁迅全集》第11卷，人民文学出版社1998年版，第545页。

但面对"歧路"或"穷途",亦会"选一条似乎可走的路",亦会"跨进去,在刺丛里姑且走走"①,从没有路的地方硬踏出一条路来。走是鲁迅最终面对人生困境最有意义的践行,走是张扬个人自由意志最有成效的反抗。从"寂寞"、"平安"的古战场北京至"死海般的"厦门、"革命策源地"广州,鲁迅在实地的人生体验和空间体验中,逐渐在教书和创作之间的取舍关系中挣脱出来,看透了"学校是一个秘密世界,外面谁也不明白内情。据我所觉得的,中枢是'钱',绕着这东西的是争夺,骗取,斗宠,献媚,叩头。没有希望的"②,长期积累起来的对学院生活的厌倦,尤其是对卵翼在政治权力和金钱势力下的知识分子的厌憎,在鲜活的人生体验中,鲁迅渐渐萌生了生存突围、文化突围的冲动和实践,以此凸显着鲁迅追求解放和自由、启蒙大众、反抗权势的独立品格,完成着向自由职业者和独立撰稿人的转型过程。

二 都市传媒与职业作家的创生

鲁迅带着锋利的个人意识和丰富的人生体验奔赴上海,并将生命的最后十年留给了这座城市。"30年代,才是鲁迅的黄金时代,而他真正日益激动和昂奋起来,正是他卷入女师大风潮,目击刘和珍君被杀,被章士钊罢官以及与许广平恋爱,这使他由北京而广州而上海。"③ 同时,20世纪30年代的上海以兼容并蓄的姿态迎接着鲁迅,赋予了鲁迅自我选择的最大可能性,为鲁迅都市上海的空间选择和职业转型,开辟出以传媒环境为代表的文化空间。与其他城市相比,上海的媒介环境在全国范围内是一流的,为鲁迅的创作和思想提供着广阔的言说平台,延续并强化着鲁迅对以报纸杂志为主的传媒环境的重视和

---

① 鲁迅:《鲁迅全集·第一集·北京》,人民文学出版社1998年版,第15页。
② 鲁迅:《书信·270112·致翟永坤》,《鲁迅全集》第11卷,人民文学出版社1998年版,第526页。
③ [美]章清:《亭子间:一群文化人和他们的事业》,上海人民出版社1991年版,第26页。

倚赖。"在这片土地上,老大中国的固有传统与奇异的欧风美雨之间的关系也有其特别的形态,当然这种形态有逐渐发育生长的过程。上海的这份'周边'的空气,它的不断聚拢、凝结,不断扩散、弥漫,也向人们显示了特别的文化意义,是以往任何城市所不具备的。"① 这种特有的文化意义离不开由发达的传媒业所造就的成熟、开放的文化氛围。上海,也许只有在20世纪30年代的上海,才会有孕育着波西米亚气质的"职业密谋家"的土壤。"上海则无疑是创制这种具现代性观念的'文化产品'的中心,一个集中了中国最大多数报纸和出版社的城市。"② 在文化传播领域,上海被称为"杂志的麦加",上海的1933年有"杂志年"之称。据资料显示,20世纪30年代,"中国大部分杂志在上海出版,1933年上海共出版了至少215种杂志。按门类分,人文科学102种,文学艺术40种,应用技术32种,普通杂志38种,自然科学3种"③。此外,书局、出版社林立,"仅在福州路一线,自东向西店面向南的就有黎明书局、北新书局、传薪书局、开明书店、新月书店、群众图书杂志公司、金屋书店、大众书局、上海杂志公司、泰东书局、生活书店、中国图书杂志公司、世界书局等等若干家,形成了一条名副其实的'文化街'"④。

表3-2　　20世纪30年代国内主要出版机构的出版状况⑤

出版机构	商务印书馆	北新书局	泰东书局	开明书店	亚东图书馆	光华书局	创造社出版部	中华书局	新文化书社
所属地点	上海	北平	上海	上海	上海	上海	上海	上海	上海
所见书目	185种	85种	50种	39种	34种	34种	24种	18种	15种
所占比例	30.8%	14.2%	8.3%	6.5%	5.7%	5.7%	4.0%	3.0%	2.5%

① 许道明:《海派文学论》,复旦大学出版社1999年版,第38页。
② [美]李欧梵著,毛尖译:《上海摩登:一种新都市文化在中国(1930—1945)》,北京大学出版社2001年版,第55页。
③ 旷新年:《1928:革命文学》,山东教育出版社1998年版,第30页。
④ 吴静:《〈现代〉杂志与上海文化》,《东方论坛》2004年第3期。
⑤ 表3-2资料来源于阿英编著的《中国新文学大系·史料索引集》,转引自朱寿桐《论作为中国现代文学中心的上海》,《学术月刊》2004年第6期。

借报刊作为创作的阵地，维持生存，获得言论的空间，成为当时很多作家的梦想。早在留日时期，鲁迅即在东京与几个交情甚笃的朋友合伙自创报刊《新生》，取"新的生命"之意，积极践行梁启超"报馆有益于国事"的办报宗旨，充分发挥报刊的"喉舌"作用。虽然最后无果而终，半途夭折——"创始时候既已背时，失败时候当然无可告语，而其后却连这三个人也都为各自的运命所驱策，不能在一处纵谈将来的好梦了，这就是我们的并未产生的《新生》的结局"①——但这是鲁迅"弃医从文"之后标志性的文学活动，他在《呐喊·自序》中特别花费篇幅和笔墨提及，足见这段倾注着鲁迅许多热心和感情的办刊经历非常重要，甚至可以将其理解为鲁迅后来乐写报章文字、好做批评文章，编辑、扶持进步刊物的始源。从鲁迅的创作经历和文学活动上可以看出，都市报刊业的繁盛与发达与小说家、杂文家鲁迅的出现有着十分密切的关系。《新青年》之于《狂人日记》，《晨报副刊》之于《阿Q正传》，《申报自由谈》之于鲁迅后期的杂文创作，其中的深厚关系已广为人知。作为印刷文化载体的报刊，其出版策略、读者定位和兴趣、广告效应等均会影响作者的创作走向、主体意图和叙事方式等。《狂人日记》直接创生于《新青年》所造就的与新文化运动一脉相承的时代氛围中。《阿Q正传》的篇章形式及结构框架，很大程度上是对《晨报副刊》的媒介体的适应，"既注意到报纸连载的读者阅读需要，使每一章保持相对独立性，具有一定'故事化'特点，而又注意到整部小说的有机整体性特点，使得每一章与整部小说都保持着紧凑的有机联系"②。至于《申报·自由谈》与鲁迅之间，更是互相影响、彼此造就的关系——"《申报·自由谈》的革新才将鲁迅的杂文创作推向了高潮。从1933年1月30日开始在'自由谈'发表杂文到1934年9月一年多的时间里，鲁迅一共用了四十个笔名发表了130多篇杂文。鲁迅一个人物成了一支在文坛上驰骋的'游击

---

① 鲁迅：《呐喊·自序》，《鲁迅全集》第1卷，人民文学出版社1998年版，第417页。
② 周海波：《传媒与现代文学之间》，中国社会科学出版社2004年版，第164页。

队'。"① 据资料统计显示，鲁迅一生共在《晨报》、《京报》、《申报》、《世界日报》、《中华日报》、《国民新报》等15家报纸，《新青年》、《语丝》、《作家》、《文学》等78家期刊，以及《现代中国》、《国际文学》等9家外文报刊等共103家报刊发表过742篇文章。② 从某个方面来看，现代报刊与鲁迅之间具有唇齿相依的密切关系，是现代报刊催生了职业作家和都市知识分子鲁迅。

作为物质载体的报刊赋予了文字和文本以鲜活的生命，更重要的是作为历史现场的回溯目标之一，使"回到现场"、"触摸历史"成为可能。在现代报刊身上，寄托着文学发生、发展的真实语境，切实呈现了作家与现代报刊之间的深刻关系。本雅明认为："日常的文学生活是以期刊为中心开展的。"③ 梁启超在主编《时务报》的时候，报刊效应风靡全国，以至达到"风靡海内，数月之间，销行至万余份，为中国有报以来所未有；举国趋之，如饮甘泉"④。陈独秀在创办《新青年》时直言："让我办十年杂志，全国思想全改观。"⑤ 痛快淋漓的言辞间，张扬着不可遏制的创造激情以及在这激情之外，借报纸杂志作为政府体制外的自由空间，以达到政治宣传和思想启蒙的理性目的。报刊业的发展，不仅满足了最大范围内大众的文化娱乐需求，起到了移风易俗、娱情养性的作用，而且发挥着宣传思想、启蒙大众的文化功用，以拯救世情，广布新知。胡适曾高度评价过《新青年》作为"媒介先锋"的作用："如果没有《新青年》同人的组织，倘若没有他们这班人的提倡，白话文学的运动至少要推迟几十年。"⑥ 可见期刊对

---

① 旷新年：《1928：革命文学》，山东教育出版社1998年版，第28页。
② 谢明、廖绍其：《现代传媒催生了现代文豪鲁迅——论鲁迅与现代都市传媒》，上海鲁迅纪念馆编《纪念鲁迅定居上海80周年学术研讨会论文集》，上海社会科学院出版社2009年版，第650页。
③ ［德］瓦尔特·本雅明：《发达资本主义时代的抒情诗人》，张旭东、魏文生译，江苏人民出版社2005年版，第21页。
④ 梁启超：《本馆第一百册祝辞并论报馆之责任及本馆之经历》，《饮冰室文集点校》第2集，云南教育出版社2001年版，第754页。
⑤ 唐宝林：《陈独秀年谱》，上海人民出版社1988年版，第64页。
⑥ 赵家璧主编：《中国新文学大系建设理论集》导言，上海良友图书印刷公司1935年版，第40页。

舆论宣传、散布影响所起到的难以想象的巨大效应。

因此，鲁迅一方面将现代传媒视为"文学场"，依凭着众多的期刊将自己的作品发表出来，使其广为流传；另一方面，鲁迅将现代传媒看作"话语场"，希望在"自己的园地"里发出个人性的声音，在"思想的市场"里创造属于自己的言论空间。翻检鲁迅20世纪二三十年代的通信集，可以在一些提倡议论性的文字中，看到他在不自觉中所流露出的因为文坛缺乏批评性的辣手文章而深以为憾的情绪：

> 那"莽原"二字，是一个八岁孩子写的，名目也并无意义，与《语丝》相同，可是又仿佛近乎"旷野"。投稿的人名都是真的，只有末尾的四个都由我来代表。……这些人里面，做小说的和能解释的居多，而做评论的没有几个：这实在是一个大缺点。①

> 中国现今的状况，实在不佳，但究竟做诗及小说者尚有人。最缺少的是"文明批评"和"社会批评"，我之以《莽原》起哄，大半也就为了想由此引些新的批评者来，虽在割去蔽舌之后，也还有人说话，继续撕去旧社会的假面。可惜所收的至今为止的稿子，也还是小说多。②

> 至于大作之所以常被登载者，实在因为《莽原》有些闹饥荒之故也。我所要多登的是议论，而寄来的偏多小说，诗。先前是虚伪的"花呀""爱呀"的诗，现在是虚伪的"死呀""血呀"的诗。③

在这些通信集中，主要谈论的是20世纪20年代中后期《莽原》

---

① 鲁迅：《两地书·第一集·北京》，《鲁迅全集》第11卷，人民文学出版社1998年版，第52页。
② 同上书，第63页。
③ 同上书，第100页。

的状况,可以从中看出鲁迅对独立的判断、自由议论的文章怀着怎样的期待,包括对《语丝》衰落原因的理解也是从匮乏议论的角度加以分析的:"对于社会现象的批评几乎绝无,连这一类的投稿也少有。"① 正如当年周作人在《〈语丝〉发刊词》中的那段陈述:"我们只觉得现在中国的生活太是枯燥,思想界太是沉闷,感到一种不愉快,想说几句话,所以创刊这张小报,作自由发表的地方。"② 鲁迅进一步界定"语丝"文体时说:"任意而谈,无所顾忌,要催促新的产生,对于有害的旧物,则竭力加以排击。"③ 在这明确的办刊宗旨中蕴涵着《语丝》同人们不约而同的编辑理念和启蒙方针,也彰显着鲁迅等人以《语丝》、《莽原》为阵地,在针砭时弊的同时,对创生"公共空间"、获得话语权的强烈渴望。朱光潜先生在回忆 20 世纪 30 年代沈从文的文学活动时这样说过:"他编《大公报·文艺副刊》,我编商务印书馆的《文学杂志》,把北京的一些文人纠集在一起,占据这两个阵地,因此博得了所谓'京派文人'的称号。"④ 可以看出,20 世纪 30 年代的作家和文人不仅要在文禁如毛的白色恐怖中,从书报审查官的手下争取一些话语的空间,在文艺方向、创作思想和审美意识不同的作家群体中,报刊的编辑和扶持也存在一个长期争夺的阵地——话语权。在某种程度上,鲁迅是将编辑工作与创作工作置于同等的地位,付出了较多的精力和心血,为话语权和"话语场"的获得苦心经营着、努力着。许广平在一篇文章中专门回忆了鲁迅的编辑工作,谈到了鲁迅上海时期对《奔流》的编辑:"在这些刊物中,编辑《奔流》是他最感到吃力的了。他尊重读者来稿,不但亲自编,有时还给作者抄写稿件,不但他自己抄,而且还要我帮着抄。……《奔流》一个月出一

---

① 鲁迅:《我和〈语丝〉的始终》,《鲁迅全集》第 4 卷,人民文学出版社 1998 年版,第 170 页。
② 张明高、范桥编:《周作人散文》,中国广播电视出版社 1992 年版,第 196 页。
③ 鲁迅:《我和〈语丝〉的始终》,《鲁迅全集》第 4 卷,人民文学出版社 1998 年版,第 167 页。
④ 朱光潜:《花城》1980 年第 5 期,转引杨东平《城市季风:北京和上海的文化精神》,新星出版社 2006 年版,第 72 页。

期,虽然是约了两个朋友合编的,但是,实际上担子都落到鲁迅一个人身上。尽管他本身的工作很忙,他仍然负责到底,勤勤恳恳地编稿。"① 这样的责任感和编辑的热情,加上上海传媒环境、社会环境的影响,较之20世纪20年代,鲁迅在上海时期的编辑工作还是非常成功的。他先后"编辑过《奔流》、《朝花》、《未名》、《萌芽》、《文艺研究》、《巴尔底山》、《文学导报》(前哨)、《十字街头》、《译文》,支持过左联的进步刊物《北斗》、《文艺新闻》、《杂文》等,在《申报·自由谈》、《太白》、《现代》等众多刊物上发表文章,同《新月》、《大晚报》、《前锋月刊》等一批报刊发表论争"②。这些文艺活动,不仅有助于新生的进步作家和进步刊物在上海的成长、发展、壮大,而且也有益于鲁迅集中心力,创造20世纪30年代鲁迅式的"话语空间",实现鲁迅"想说几句话"的愿望,最终为鲁迅完成自由撰稿人的历史性定位发生着质的助推。在这期间,鲁迅以如椽的巨笔,显示着中国知识分子的良知、勇气和智慧,也为中国20世纪30年代传媒领域开拓了更为广阔的天地,注入了新的生气、思想和力量。

  报纸杂志不仅使鲁迅的创作有了生存之所,同时也是鲁迅"横站"于20世纪30年代文坛、展开合法斗争的阵地。20世纪30年代的上海,国民党的政党意识和国家主义色彩日益浓厚,在文化领域不断推行文化专制,以高压政策和恐怖的政治活动压制言论自由,达到控制新闻界的目的。1928年,国民党当局颁布《著作权利法》,1930年颁布《新闻法》、《出版法》,1933年国民党政府教育部颁布《查禁普罗文艺密令》,1934年2月中央宣传部发文,一举查禁了上海出版的149种文艺图书,震惊了整个上海书报界。③ 文化界和出版界漫溢着封闭、压抑的气氛,了无生气,没有自由呼吸的空间,"文禁如毛,缇骑遍地"。鲁迅在上海也身历着这种"文力的征伐",他说:"经验

---

① 许广平:《鲁迅先生怎样对待写作和编辑工作》,引自山东师院聊城分院《鲁迅在上海》(二),山东师院聊城分院1980年版,第18—19页。
② 王吉鹏:《鲁迅与中国报刊》,(香港)中国窗口出版社2009年版,第3页。
③ 参见林贤治《鲁迅的最后十年》,东方出版中心2006年版,第66—67页。

使我知道，我在受着武力征伐的时候，是同时一定要得到文力的征伐的。"① 这里的"武力征伐"和"文力征伐"都是有所指的，前者指反动政府对鲁迅施行的"通缉"、"密令"、"威胁"，后者即指删改、禁发、"不予登载"等各种形式的"文化围剿"。

《病后杂谈》一文的境遇坎坷，即是其中一例："检查官这回却古里古怪了，不说不准登，也不说可登，也不动贵手删削，就是一个支支吾吾。发行人没有法，来找我自己删改了一些，然而听说还是不行，终于由发行人执笔，检查官动口，再删一通……《阿金》不但不准登载，听说还送到南京宣传部里去了。"② 《拾零集》一书名字的由来，即是全书为38篇的《二心集》被删掉了22篇，一个严重删节版的戏谑说法。在与友人的通信中，鲁迅也多次提到过这种"书报检查制度"所带来的压迫情形："这里的压迫是透顶了，报上常造我们的谣。书店一出左翼作者的东西，便逮捕店主或经理。上月湖风书店的经理被捉去了，所以《北斗》不能再出。《文学月报》也有人在暗算。"③ 时隔一年，再次致信曹靖华，这种文坛境遇仍然没有什么改观："风暴正不知何时过去，现在是有加无已，那目的是封锁一切刊物，给我们没有投稿的地方。我尤为众矢之的，《申报》上已经不能登载了，而别人的作品，也被疑为我的化名之作，反对者往往对我加以攻击。"④ 文化禁锢和创作禁忌或者造就"争天抗俗"的无畏战士，"敢于直面惨淡的人生，敢于正视淋漓的鲜血"；或者震慑于形形色色的恐吓和淫威之下，做"奴隶文章"。而后者则是鲁迅最为忧虑和痛惜的："在这种明诛暗杀之下，能够苟延残喘，和读者相见的，那么，非奴隶文章是什么？我曾经和几个朋友闲谈。一个朋友说：现在的文章，是不会有骨气的，譬如向一种日报上的副刊去投稿罢，副刊编辑

---

① 鲁迅：《准风月谈·后记》，《鲁迅全集》第5卷，人民文学出版社1998年版，第400页。
② 鲁迅：《且介亭杂文·附记》，《鲁迅全集》第6卷，人民文学出版社1998年版，第213页。
③ 鲁迅：《书信·320911·致曹靖华》，《鲁迅全集》第12卷，人民文学出版社1998年版，第107页。
④ 同上书，第281页。

先抽去几根骨头，总编辑又抽去几根骨头，检查官又抽去几根骨头，剩下来还有什么呢？我说，我是自己先抽去几根骨头的，否则连剩下了的也不剩。"① 在"荆天棘地"的上海，鲁迅一如既往地发挥自己的政治智慧，将报纸杂志作为战斗的阵地，"戴着镣铐的进军"，变化着策略和方法与反动政府的书报制度斗争到底。

首先是通过笔名的变换，以"障眼法"来获得有限的创作自由。在中国文学史上，拥有最多笔名的中国作家当属鲁迅。据许广平统计，鲁迅曾先后用过80余个笔名，其实这个数字还不能完全穷尽鲁迅笔名的数量。1933和1934年是鲁迅频换笔名进行创作的两年，合计起来共有76次（见表3-3）。同时，这段时间也是鲁迅集中在革新后的《申报》副刊《自由谈》上发表作品的时期（1933年1月底到1934年8月），与《申报·自由谈》结缘的这段时间，鲁迅发表杂文、亦称"短评"的文章大约150多篇，变换使用笔名40余次，在箍桶般的创作环境里，鲁迅机智地、创造性地与反动政权周旋，开辟着属于自己的生存空间和言论空间。

表3-3　　鲁迅1933年、1934年笔名的使用情况

年份	笔名
1933年	何家干、干、丁萌、何干、游光、丰之余、苇索、旅隼、孺牛、桃椎、虞明、洛文、荀继、虞明、史癖、尤刚、符灵、余铭、元艮、罗怃、子明、白在宣、敬一尊，这些笔名主要用于《伪自由书》和《准风月谈》中
1934年	张承禄、赵令仪、倪朔尔、栾廷石、越客、邓当世、宓子章、翁隼、孟弧、韦士繇、黄凯音、崇僎、黄棘、白道、曼雪、梦文、公汗、常庚、宓子章、莫朕、白道、史贲、康伯度、朔尔、焉与、越侨、张沛、仲度、苗挺、及锋、阿法这些笔名主要用于《花边文学》中，发表在这里的杂文几乎是篇篇异名

其次是善用反讽的修辞手段，"正话反说"、隐晦曲折地发表个人的意见，在荆棘丛生的上海文坛开辟出一条蜿蜒曲折的生存之路。"难于直说"一向是鲁迅的叙事策略，反映着鲁迅特有的思维方式和思维能力，是对"从来如此，就对吗？"的惯性思维方式的挑战，也是对中国文化传统现实性的"还魂"的历史认知。在上海十年，鲁迅

---

① 鲁迅：《花边文学·序》，《鲁迅全集》第5卷，人民文学出版社1998年版，第418页。

这种不盲从、不轻信的理性思维方式，在报章文学的写作中得到了深刻的践行，并且在原有的思维体系中更增强了其现实性的特点，即黑暗之"世"，逼人"世故"。这里的黑暗之世，可以寓指当时中国的黑暗政治，也可以代表着与鲁迅有着直接关系的新闻界和出版界。为此鲁迅直言道："中国的报纸上看不出实话。"所以他一方面从报纸上"推背"黑白颠倒的黑暗现实，"正面文章反面看"，如《推背图》、《最艺术的国家》、《〈杀错了人〉异议》、《大观园天才》、《航空救国三愿》诸篇中均是用"正话反说"的叙事手段，揭露了用传媒包装、掩饰下的黑暗现实；同时，作者也普遍地运用这种叙事策略来行文、措辞，用王平陵的原话来讲，就是"反话正说"——"吞吞吐吐，打这么许多弯儿"①，对此，鲁迅进行了针锋相对的反批评："说话弯曲不得，也是十足的官话。植物被压在石头底下，只好弯曲的生长，这时俨然自傲的是石头。"② 生动形象的譬喻深入地揭示了中国社会"黑如磐石"的时代症候，也强有力地回击了论敌，披露了高高在上、偕同"黑暗"同在的"绅士"作态的反动性。

　　总之，为了争取话语的空间，上海时期的鲁迅一方面充分利用现有的媒介优势，以报章文字，致力于"文明批评"和"社会批评"；另一方面，他在不同的文学力量中间，通过亲力亲为的编辑活动，组织和培育了进步的文学刊物，争取"思想的战场"，扩大了以左翼文艺为主的进步刊物的影响，最大范围内地将鲁迅式的"杂感文"和"报章体"传播出去。同时，在文禁如毛的上海出版界，鲁迅充分运用智慧的斗争策略，善钻文网，发出拯世救亡的怒音，如"铁蒺藜"般挺进畏途，以"边缘知识分子"的身份，在"我们活在这样的地方，我们活在这样的时代"③ 的深广忧愤中，传播着"枭

---

　　① 王平陵：《伪自由书·"最通的"文艺》，见《鲁迅全集》第 5 卷，人民文学出版社 1998 年版，第 20 页。
　　② 家干：《伪自由书·官话而已》，《鲁迅全集》第 5 卷，人民文学出版社 1998 年版，第 24 页。
　　③ 鲁迅：《且介亭杂文·附记》，《鲁迅全集》第 6 卷，人民文学出版社 1998 年版，第 213 页。

鸣"和"恶声"。

三 稿费制度与作家的职业化

报纸杂志一方面使精神层面和心灵层面的文字有了物质的载体,在现代传播领域赋予了文字和思想广为流传、进一步扩大影响的空间,同时也让人们看到了文学创作和文学生产之间的关系链条,在这个极富生机和弹性的意义链条上,居于文学生产机制中的报纸杂志,不仅以实体的形式亲证着文学生产的全部过程,而且也将文学作品并置在一个以纸质的报刊为载体的"空间"中以凸显出文学生长的环境,让人们从文学之外,看到了与文学关系密切的媒介、"文学场"所发挥的作用。而且,"文学的生产关系在很大程度上决定着文学的本质。这是以往我们在抽象地谈论所谓文学性的时候被忽视了的。杂志和报纸副刊决定了现代文学的生产方式,它们在现代文学生产的调度中处于枢纽的地位"[1]。在上海的文化市场,这里所提及的生产关系必然与完备的稿费制度、版税制度密切相连。形形色色的报纸杂志和书局使知识分子的精神产品有了承载之地,同时丰厚的稿酬也为鲁迅在都市上海的空间选择和职业转型,提供了生存的基础和物质的保障。以1904年上海的报界文章的价格为例:"'论说'每篇5元,而当时一个下等巡警的工资每月只有8元,一个效益好的工厂的工人工资每月也是8元。"[2] 陈平原认为:"著译小说可以卖钱这一事实,使得新小说的发展不但受制于整个社会的政治思潮以及作家的文学趣味,还受制于那个确确实实存在并且不以作家主观愿望为转移的'小说市场'。而这一点是以前的小说家所不屑于考虑的。"这种新的谋生之路,使"许多读书人蜂拥到这块宝地上来'淘金'",从而"中国文学史上第一次有了真正意义上的职业作家"[3]。可见,上海的稿费制度向来是较

---

[1] 旷新年:《1928:革命文学》,山东教育出版社1998年版,第18页。
[2] 包天笑:《钏影楼回忆录》,香港大华出版社1971年版,第317页。
[3] 陈平原:《20世纪中国小说史》第1卷,北京大学出版社1989年版,第95—96页。

为优厚的，它的出现，使文人安身立命有了保证，同时更应该看到，稿费制度的设立，提倡有劳有酬、多劳多得，是社会走向文明、理性、进步、公平的象征。作家只有在衣食无忧、经济相对安全的前提下，才能保证创作、思想的自由。早在20世纪20年代早期，鲁迅就对钱有着较为深刻的认识："钱——高雅的说罢，就是经济，是最要紧了。自由固不是钱所能买到的，但能够为钱所卖掉。人类有一个大缺点，就是常常要饥饿，为补救这缺点起见，为不做傀儡起见，在目下的社会里，经济权就见得最重要了。"[1] 为此，鲁迅在他那篇引人瞩目的名篇《伤逝》中分析涓生和子君失败的爱情时说道："第一，便是生活。人必生活着，爱才有所附丽。"[2] 他清醒地看到了经济权和生存权对青年男女情感生活的冲击和湮没。定居上海之后，鲁迅正式开始了职业作家的生活。除了1927年12月到1932年1月之间，应大学院院长蔡元培之聘，任特约著作员并获得每月三百大洋的收入外，上海十年的鲁迅基本是以著译、编译为生，其生活的主要来源则是版税和稿费。根据鲁迅在日记中的详细记载，细读《鲁迅日记》后会发现通篇较少对精神生活的描写，对家事和国事也不多加以记载，但对每一笔收入和重要的开支均有详细的记录。陈明远先生进行了一番统计，1927年秋至1936年，鲁迅在上海期间的总收入为国币（法币）七万零一百四十二元四角五分，月平均六百七十四元。[3] 据李肆先生的研究，鲁迅在上海卖文的全部收入大约是五万五千四百四十二元[4]，上下出入不是很大，大致可以看出鲁迅在上海由稿费和版税及编辑费的所得情况。无怪乎终身以"反鲁"为己任的苏雪林女士在《与蔡孑民先生论鲁迅书》中，对鲁迅在上海的经济状况颇为愤慨："当上海书业景气时代，鲁迅个人版税，年达万元。其人表面敝人敝屦，充分平民化，

---

[1] 鲁迅：《坟·娜拉走后怎样》，《鲁迅全集》第1卷，人民文学出版社1998年版，第160—161页。
[2] 鲁迅：《彷徨·伤逝》，《鲁迅全集》第2卷，人民文学出版社1998年版，第121页。
[3] 陈明远：《鲁迅一生挣多少钱》，《文汇报》1999年12月7日。
[4] 李肆：《鲁迅在上海的收支与日常生活——兼论职业作家市民化》，《书屋》2001年第5期。

腰缠则久已累累。"① 这里虽在人格评价上有太多不实之处，但也应该看到，上海时期，鲁迅需要有大量的支出来支撑上海一家人以及北京母亲、朱安的生活，包括接济弟弟、朋友和学生在内，时常让他累受生计之苦。为此，鲁迅自言道："我不能说穷，但有钱也不对。"② 诚如许广平所言，"鲁迅过的是平民生活"，好友许寿裳在分析鲁迅去世的原因时，也总结了三点："（一）心境的寂寞，（二）精力的剥削，（三）经济的压迫，而这第（三）为最大的致命伤。"③ 鲁迅对物质生活和经济权的重视，进一步验证了这方面的认识。因而，鲁迅很是关心稿费的收支情况："《说报》于我辈之稿费，尚不寄来，特奇。"④ 对书报检查制度带给作家写作的影响也多次在文字上进行表述："日内又要查禁左倾书籍，杭州的开明书店被封了，沪书店吓得像小鬼一样，纷纷匿书。这是一种新政策，我会受经济上的压迫也说不定。"⑤ 他对出版界的诳骗和萧条也有抱怨："上海已冷，市场甚萧条，书籍销路减少，出版者也更加凶起来，卖文者几乎不能生活。我目下还可敷衍，不过不久恐怕总要受到影响。"⑥ 这些无奈的言语流露出自由撰稿者的生计之艰，而且鲁迅在思想观念上从来不讳饰这些，他承认生命个体物质欲望的合理性，同时也意味着鲁迅已经实现了一个作家职业化、市民化的过程。王晓明在《无法直面的人生》中评价鲁迅和许广平在1929年5月的通信中以隐匿的方式处置来自"中央行"的收据时认为："那种看破了'义'的虚妄，先管'利'的实益要紧的虚无情绪，

---

① 苏雪林：《与蔡孑民先生论鲁迅书》，见陈漱渝主编《鲁迅论争集》，中国社会科学出版社1998年版，第1684页。
② 鲁迅：《书信·341101·致窦隐夫》，《鲁迅全集》第12卷，人民文学出版社1998年版，第556页。
③ 许寿裳：《鲁迅》，东方出版社2009年版，第95页。
④ 鲁迅：《书信·210917·致周作人》，《鲁迅全集》第12卷，人民文学出版社1998年版，第406页。
⑤ 鲁迅：《书信·331031·致曹靖华》，《鲁迅全集》第12卷，人民文学出版社1998年版，第250页。
⑥ 鲁迅：《书信·351207·致曹靖华》，《鲁迅全集》第13卷，人民文学出版社1998年版，第266页。

不可谓不触目。"① 在另一层面,更应该看到这是鲁迅在特殊年代争取并维护个人职业范围内生存权的一个表证,要求职业作家"不主要从政治、思想、艺术、和写作方法,即不主要从作品的使用价值,而是主要从经济形态、商品和价值,即主要从作品的交换价值,去了解文学的发展和变化,了解作品和作家的文学观,也就是马克思所说的以市民社会史、商业史和工业史为基础的'世俗'文学观"②。关于鲁迅与北新书局关系始末的研究已有很多,在众多的研究结果中,一个确定的事实是,在这场书局与作者之间的"版税"战中,鲁迅懂得运用通行于上海的版税制度和法律维护自己的合法权益,在知识分子的思想独立之外,也获得了职业作家、城市市民的独立品格,获得了对读者意识和文化市场前所未有的深度理解,在充分适应新的媒介环境下成长为多种言论空间的"这一个"和真正意义上的职业作家。为此李书磊评价道:"鲁迅已从精神上获得了现代城市市民的身份证,身处在一个市民的环境,经历着一个市民的悲欢,鲁迅渐渐地向他作为一个历史过渡时期代表人物的人格转变。这也显示了城市生活巨大的感召力和改造力。"③

四 自由职业者的独立品格

对都市环境下新的言论空间的适应,促使着作家们纷纷以调适的姿态,进行文化上的和职业上的转型。20世纪20年代末期,"京派"作家沈从文,在出版过他的作品集《鸭子》、《蜜柑》的北新书局、新月书店南迁上海后,也开始了"海上的旋流"生活,致力于创办《红黑》、《人间》两个月刊,在沉重的生活压力下奔忙、劳碌,流着鼻血创作,在挣扎中证明着生命的价值。为此他直言道:"从民国十六年,中国新文学由北平转到上海以后,一个不可避免的变迁,是在出版业

---

① 王晓明:《二十世纪中国文学史论》,东方出版中心1997年版,第465页。
② 鲁湘元:《稿酬怎样搅动文坛》,红旗出版社1998年版,第261页。
③ 李书磊:《都市的迁徙——现代小说与城市文化》,时代文艺出版社1993年版,第52页。

中，为新出版物起了一个商业的竞买。"① 这个在"京海派论争"中提倡"文学者的态度"的出色作家，实质上也是在上海完成了职业作家的过渡的。在上海时期，沈从文以惊人的速度和超常人的勤苦努力创作着自己的作品，并将写成的新作以最快的速度廉价卖出去。据资料显示，"仅仅在1928年至1929年一年多的时间里，几乎上海所有的杂志和书店都遍布着他的文学作品。现代、新月、光华、北新、人间、春潮、中华、华光、神州过光等书店分别出版了他十多个作品集。正如他在自传性小说《冬的空间》、《一个天才的通信》等作品中所说的，上海几乎所有书店都纷纷慷慨地把'天才'、'名家'等称号奉赠给他。他很快成为了'多产作家'，而他自己则自我解嘲地把自己称为'文丐'"②。唐弢先生对这种状况做了比较中性的解释："所谓'读书都为稻粱谋'，当然不是革命文化人的目的，事实上也没有任何一个革命文化人曾经以此为目的；只是卖文为生，笔耕度日，终究还是当时社会制度下一个客观事实。"③ 对鲁迅而言，现实的生存之需要，一方面促使作家顺应着文学市场的规则和需求，将作品的售罄作为创作的目的之一；另一方面，启蒙之需和对现实生活的干预之心以及文体家的艺术追求，要求作家要在自我和世界的张力关系中，寻找一个自如表达的思想地带。具有媒介特征的杂文，也许是实现"功能之需"和"艺术之需"双重满足的最为可靠的精神文本。在这一过程中，鲁迅对报章文字的喜好以及有意识的创作，为鲁迅站位于中国现代性最为紧张的上海赋予了一种释放感："近来整天的和人谈话，颇觉得有点苦了，割去舌头，则一者免去读书，二者免得陪客，三者免得做官，四者免得讲应酬话，五者免得演说，从此可以专心做报章文字，岂不舒服。"④ 相对而言，上海也许是鲁迅所能把握住的最大限度的实现自己愿望的文化空间。尽管鲁迅对上海文化中的浮华、喧嚣、

---

① 沈从文：《论中国现代创作小说》，《沈从文批评文集》，珠海出版社1998年版，第66页。
② 旷新年：《1928：革命文学》，山东教育出版社1998年版，第22页。
③ 唐弢：《翻版书》，《晦庵书话》，生活·读书·新知三联书店1980年版，第64页。
④ 鲁迅：《两地书·北京》，《鲁迅全集》第11卷，人民文学出版社1998年版，第62页。

堕落的一面颇有微词，对通行于上海文坛中的腐坏空气也深恶痛绝，并不时以露骨的文字加以揭露和批判，但20世纪30年代的上海自有其不可取代的特别之处，它不仅具备良好的传媒环境，有吸引鲁迅的"上海虽烦扰，但别有生气"[①]的活力与生机，也为鲁迅在生活及交游方面提供了许多便捷之处——有很多青年追随者，有机会接触外国的进步人士和友人，有进步的文化组织和文化力量等，有北新书局、内山书店所构成的文化空间，有满足鲁迅工作之余休憩和娱乐的电影院——这都是其他城市空间不可代替的地方。发生在上海的文化现象和时代特点刺激着鲁迅致力于"当下"与"现在"的文明批评及社会批评，在文体选择、创作对象和形式艺术等方面进行新的探索。最为重要的是，"自由职业的意义还不仅仅是对作家个人人格的强化，它还具有更具体的功能：赋予并且保护小说家的批判地位"[②]，在现代性潮流席卷裹挟之下，顺应时代形势的深度发展，在职业选择上创生并遇合着具有现代气质的都市知识分子鲁迅。"现代性经验不再仅仅是某种政治运动的兴起，也不再仅仅是一些知识分子从事的启蒙事业，而是一个极为纷杂的过程。对现代性的寻求不是一项伟大的事业，毋宁是一个被迫的生活过程。这是一个充满了吊诡、矛盾、腐朽和生机的过程：它不仅创造了一个东亚地区最为繁华的都市，而且创造了一种新的日常生活经验，一种新的文化认同，一种不同的生活态度。"[③] 而在生存之需要的满足和自由、独立精神的张扬两个方面，上海无疑是最佳之选。正如陈明远所言："就是这种既不依附于'官'、二不依附于'商'的经济自由状况，成为他们言论自由的后盾。自己有了足够的薪水钱，才能摆脱财神的束缚；自己有了足够的发言权，才能超脱权势的羁绊。"[④] 而这正是创生着鲁迅上海十年新生

---

① 鲁迅：《两地书·北平—上海》，《鲁迅全集》第11卷，人民文学出版社1998年版，第295页。
② 李书磊：《都市的迁徙——现代小说与城市文化》，时代文艺出版社1993年版，第39页。
③ 汪晖：《城市、社会与文化·序》，《城市、社会与文化》，人民文学出版社2000年版，第482—483页。
④ 陈明远：《文化人与钱》，百花文艺出版社2001年版，第161页。

活、新文体、新境遇的最大的可能性。上海之于鲁迅无疑有着相似的意味。面对着都市文化的特殊语境,加之对文化市场的仰赖,上海时期的鲁迅首先面对的是身份上的重新选择和定位。"在自我认同和自我悲悯的内心深层,鲁迅在可能的条件下,既不愿意在政治体制内拥有权势和地位,也不愿意在外在的强迫下压抑自己,在上海的定居,鲁迅不再直接介入政府的行政部门,也不愿意在大学里承担教职,以自己的方式进行文化建设的文艺活动,反抗黑暗的现实和人性。上海这座殖民城市带给鲁迅自我选择的最大可能性。"①

鲁迅并没有完全自适于上海时期相对优裕的生活,卖稿生涯也没有使鲁迅的生活走向世俗意义的市民化,扑面而至、无孔不入的商业化、经济化、实利化热潮非但没有遮掩其澄明、深邃的目光,反而使他在租界声光电色的畸形繁荣中,剥离其浮泛的表层,激发其追根溯源的想象力。正如当年京、海派论战正酣之时,鲁迅对双方各打五十大板一样,他犀利地指出二者的分歧之处不过是"官的帮闲"和"商的帮忙",并不无讽刺地预见性地暗示他们有"合流"的症候,即所谓的"京海杂烩"。他既不认同京派的绅士气派和"死样活气",也不欣赏海派文人"才子加流氓"的市侩与摩登,而是以中立的态度,自觉地边缘于京、海派之外,成了传统士大夫文化与洋场租界文化之间的中间物,永远的"在而不属于"。正如有的研究者所言:"鲁迅既不是乡土的,也不是都市的。"而这种"绝不取媚于群,以随顺旧俗"的人生姿态恰似本雅明在《资本主义时代的抒情诗人》中描述的"波西米亚人"——"每个属于波希米亚人的人,从文学家到职业密谋家……他们都或多或少地处在一种反抗社会的低贱地位上,并或多或少过着一种朝不保夕的生活……"② 从文学的极

---

① 李生滨:《从"弃医从文"到定居上海——再论鲁迅的思想文化个性》,上海鲁迅纪念馆《纪念鲁迅定居上海80周年学术研讨会论文集》,上海社会科学院出版社2009年版,第127页。

② [德] 瓦尔特·本雅明:《发达资本主义时代的抒情诗人》,王才勇译,江苏人民出版社2005年版,第14页。

限表达和反抗俗世、庸众的角度来看，鲁迅无疑也是一个拥有"波西米亚"气质的"浪子文人"，其精神特征与"彷徨于无地"的"影子"、唯知前路是"坟"犹"反抗绝望"的过客是相近的，都集中于个体精神存在以及对民族悲苦命运的深刻体验与文化反思，在无限展开的现实中，遭遇着纠缠着当下和以往的幽灵，永远将人的独立和解放作为立论的前提和准则。永远在人类生存状态和精神状态的发现和批驳当中保持一个清醒而鏖战的战士姿态，剥离斑驳难辨、涂饰很厚的浮世绘象，永久地抓住前现代社会出现过的本质，使虚伪和丑恶汗颜、溃灭，将真相公之于世，让真理澄澈。

上海时期的鲁迅，以嬉笑怒骂的"辣手"文章，建构着精英知识分子的良心，同时，"报刊写作，不仅使鲁迅最终找到了最适于他自己的写作方式，创造了属于他的文体——杂文（鲁迅的杂文正是在这最后十年成熟的），而且在一定意义上，甚至成为他的生命存在形式"①。在生命形态演绎的历史过程中，鲁迅以自由的生命意志，沉郁的热情，"韧"的精神，战取着"壕战"的处所和发言的阵地。在殖民都市上海，鲁迅创生着属于自己的"别一世界"。

---

① 钱理群：《鲁迅作品十五讲》，北京大学出版社2003年版，第233页。

第四章　鲁迅上海时期的文化姿态

在自己家中没有如归的安适自在之感，这是道德的一部分。

——［德］T. W. 阿多诺

真正的人，他们绝不是唯一正确的人性观念千篇一律的摹本，他们基本上是互不相同独立的个体。

——［德］卡尔·雅斯贝尔斯

……他非常热情，然而又似乎有些所谓冷得可怕。譬如说，他号召青年反抗一切旧的势力和一切权威，并且先为青年斩除荆棘，虽然受了一切明枪暗箭的创伤，甚至明暗的枪箭中就有来自青年的，也仍不灰心或叫痛；然而又似乎蔑视一切，对一切人都怀有疑惑和敌意，仿佛青年也是他的敌人，就是他自己也是他的敌人似的。那时我觉得：在他燃烧起人们的心的诗与力的背后，使人们毫不迟疑地景仰和向往他的磁石一般的教言的背后，就似乎存在着一种不可捉摸的虚无和无限的冷酷。好像这用来燃烧青年们的爱和火，却是从一个无底的暗黑的冷窖里发出来的，而他还将这冷窖也显示给人。我觉得这是一个大矛盾，可是我不能理解，我私心里还不以他为然。……①

---

① 冯雪峰：《一九二八至一九三六年的鲁迅——冯雪峰回忆鲁迅全编》，上海文化出版社2009年版，第3页。

这段来自青年冯雪峰对北大授课时期鲁迅的印象观察,已经广为人知。对于鲁迅思想矛盾性的敏锐发现,是建构鲁迅和这位红色知己精神契合的基础,正如王富仁所言:"在马克思主义者中,他与鲁迅保持着最良好的个人关系。但这种关系,又始终是一个立于政治革命立场与立于中国社会思想革命立场上的思想家的关系。冯雪峰承认并容忍鲁迅思想的独立性并在此基础上尽量争取他公开支持中国共产党的政治革命活动,与此同时,他又尽量争取中国共产党人特别是它的领袖人物对鲁迅的了解和尊重。"① 同时,在思想与实践、情感与理智、自我与他者等紧张关系的剖示中,开拓了关于鲁迅"悲观"、"虚无"、"消极"等层面研究的先河。受主流意识形态研究的影响,在这之前和在这之后的"特殊年代"里,这种研究思路往往是被排斥在"神话"鲁迅、"圣化"鲁迅研究体系之外的。鲁迅自己其实也多有议论:"但自己正苦于背了这些古老的鬼魂,摆脱不开,时常感到一种使人气闷的沉重。就是思想上,也何尝不中些庄周韩非的毒,时而很随便,时而很峻急。"②"但我的作品,太黑暗了,因为我常常觉得惟'黑暗与虚无'乃是'实有',却偏要向这些做绝望的抗战,所以很多着偏激的声音。其实这或者是年龄和经历的关系,也许未必一定是的确的,因为我终于不能证实:惟黑暗与虚无乃是实有。"③ "其实,我的意见原也一时不容易了然,因为其中本含有许多矛盾,教我自己说,或者是人道主义与个人主义这两种思想的消长起伏罢。所以我忽而爱人,忽而憎人;做事的时候,有时确为别人,有时却为自己玩玩……"④ 在鲁迅博大丰富又不失深邃的心灵世界里,热情与冷静、希望与绝望、充实与空虚、乐观与悲观的孪生关系,以二律悖反的形

---

① 王富仁:《中国鲁迅研究的历史与现状》,浙江人民出版社1999年版,第34页。
② 鲁迅:《坟·写在〈坟〉后面》,《鲁迅全集》第1卷,人民文学出版社1998年版,第285页。
③ 鲁迅:《两地书·第一集北京》,《鲁迅全集》第11卷,人民文学出版社1998年版,第21页。
④ 鲁迅:《两地书·厦门—广州》,《鲁迅全集》第11卷,人民文学出版社1998年版,第79页。

式存在着，并作为一种真实的生命存在，映现着最广泛意义的文化精神的多重内涵："鲁迅能够将新文化的内在分裂表达得淋漓尽致，但其本身又被新文化所控制，尽管看到其末日一样的尽头，但无以突破这一界限，只能在已是满目疮痍的文化碎片和价值碎片中领受属于自己的悲哀馈赠。所以，在清醒的选择背后，更多的是无可奈何、别无选择的命运。"①

到了20世纪30年代，这种矛盾性非但没有得到缓解，相反因为上海政治生活、城市生活、多重文化的主体性介入，而使这种关系以更为峻厉、更为复杂的形式呈现出来。上海是一个巨大无比的磁场，各种主义和文化现象，各种文化力量和声音，以杂糅的形式汇就着多元共存、兼容并蓄的城市形态和文化品格。它既是文人们卖文为生的"文化市场"，也是启蒙主义、民族主义、殖民主义等主义和思想活跃的"殿堂"，同时也是"革命的策源地"，孕育着"无产阶级的母胎"，成为20世纪30年代政治家、革命家、艺术家荟萃集中的摇篮。同时，伴随着20世纪30年代国内、国际形势的风云突变，上海濒临火线之下，民族矛盾和阶级矛盾呈胶合的状态，这不仅挑战着一个民族的抗挫、抗压的能力，也在考量着知识分子的道义和良知。作为目光深邃、心系广宇的思想者，"旨归在动作，立意在反抗"的"摩罗诗人"，鲁迅在20世纪30年代的文化姿态格外引人注目，也格外令人刻骨铭心。这仍然源于这个强大的又不失真实的生命存在所传送出来的文化力量。确切地说，这是一个融合着焦虑的挣扎和痛苦的绝叫，同时也灌注生气的突围、战取着希望的意志之战，一个始终运动着的、矛盾着前行的相异思路的遭遇与碰撞。鲁迅"漂流"于海上，也以"横站"的姿态迎接着四面的敌意和各路的"围剿"。"漂流"的姿态彰显着作为"人之子"的真实境遇，是生命个体由"不自由"的境遇到"自由"状态的突围，是生命个体由"自由"的愿望到"不自由"的现实的生命流放。"横战"的姿态显现其绝不随俗从众、反抗绝望，与庸众、

---

① 薛毅：《无词的言语》，学林出版社1996年版，第11页。

与世界抗争到底、到死的生存意志，也是对"漂流"状态的截取与反抗。诚如林毓生先生所言："在世界文学中很难发现像鲁迅这样的作家——对世界持虚无主义观念，对意义作个人的探索，同时承担唤醒他人的义务。"① 在风沙扑面、虎狼成群的时代，它们既承载着鲁迅在新的生存境遇中由环境压力所带来的百般无奈，同时又表明了这个时代巨子在洞察了时事，明确了责任之后的重新选择，在制约、矛盾、不平衡的状态中，成就了鲁迅文化界战士的立场，显现出鲁迅作为"边缘知识分子"的特征和本质内涵。

第一节 海上"漂流"，终生求索

一 "漂流"在沪，在而不属于

当鲁迅沿着绍兴—南京—北京—厦门—广州这条路线，辗转流离于大半个中国，对上海，这个后来鲁迅居住10年之久的城市，比之其他任何一个城市，鲁迅在择取、选择方面显示了更为强烈的踌躇、犹疑之心。翻看那个时期鲁迅与友人的往来通信，在接近一年的时间里，鲁迅高频率地使用着一个词语——漂流，来践行着人生所谓"穷途"或"歧路"的"姑且走走"。

> 至于在那里（指广州）可以住多少时，现在无从悬断，倘觉得不合适，那么至少也不过一学期。此后或当漂流，或回北京，也很难说，须到夏间再看了。②

---

① 林毓生：《鲁迅关于知识分子的思考》，见乐黛云主编《当代英语世界鲁迅研究》，江西人民出版社1993年版，第47页。
② 鲁迅：《书信·270112·致翟永坤》，《鲁迅全集》第11卷，人民文学出版社1998年版，第525页。

我即答以我奔波了几年，已经心粗气浮，不能教书了 D. H，这些好地方，还是请他们绅士们去占有罢，咱们还是漂流几时的好。①

我之'何时离粤'与'何之'问题，一时殊难说。我现在因为有国库券，还可取几文钱，所以住在这里，反正离开也不过寓沪，多一番应酬。……至于此后，则如暑假前后，咱们的'介石同志'打进北京，我也许回北京去，但一面也想漂流漂流，可恶一通，试试我这个人究竟受得多少明枪暗箭。②

我漂流了两省，幻梦醒了不少，现在是胡胡涂涂。想起北京来，觉得也并不坏，而且去年想捉我的"正人君子"们，现在已大抵南下革命了。大约回去也无妨。不过有几个学生，因为是我的学生，所以学校还未进妥。我想陪着他们"暂时漂流"，到他们有书读了，我再静下来。③

自然先到上海，其次，则拟往南京，不久留的，大约至多两三天，因为要去看看有麟，……凤举说燕大要我去教书，可以回复他了，我大约还需漂流几天。④

可见，鲁迅在1927年至1928年间对异地择居的心态大致以"漂流"加以概括，以话语的形式透视着鲁迅潜在的心理内容，多次的使用则具有了某种"召唤"的功能，使意识层面的思想和观念变得更为

---

① 鲁迅：《两地书·厦门—广州》，《鲁迅全集》第11卷，人民文学出版社1998年版，第293页。
② 鲁迅：《书信·270612·致章廷谦》，《鲁迅全集》第11卷，人民文学出版社1998年版，第548页。
③ 鲁迅：《书信·致瞿永坤·270919》，《鲁迅全集》第11卷，人民文学出版社1998年版，第574页。
④ 同上书，第576—577页。

明朗起来。正如冯雪峰所言:"在鲁迅先生的发展的途中,也遇到过几次危机,很可能使他退隐于'艺术之宫'或'学术的殿堂'里去,而且也已经有过这样的退隐的时候。……辛亥革命后的一个时期,他已经沉入到学术的研究里去……一九二七和一九二八年之间,他也很可能回到学术的研究上去。"① 确实,鲁迅有过种种类似的"刹那主义":"教界这东西,我实在有点怕了,并不比政界干净。"② "我本很想静下来,专做译著的事,但很不容易。闹惯了,周围不许你静下。所以极容易卷入旋涡中。等许多朋友都见过了,周围清静一些之后,再看情形,倘可以用功,我仍想读书和作文章。"③ 经过了权衡和比照之后,鲁迅还是抗拒了"空虚中暗夜的袭来",拒绝了"象牙塔中"的"退隐",放弃了教书和学术研究,转而从事文化批评和杂文创作,选择了另类性质的走——"漂流"。这是鲁迅以往的经验世界里少见的命题,是出现在鲁迅奔赴上海之前和之后的关键词,既暗合着自由撰稿者在都市里讨生活的特点,也符合鲁迅独立于上海、无所凭依的生存状态,蕴涵着某种不确定性和变动不居的特质,饱含着鲁迅对下一个人生出口的不信任感,对未来人生境遇中无可逃遁的痛苦和劫难的深度了解与洞悉。林贤治在《一个人的爱与死》一书中这样写道:"人生最苦痛的是梦醒了无处可走,卡夫卡只有天堂没有道路;鲁迅则只有道路,没有天堂。"④ 即便这路的尽头,是连墓碑也没有的坟墓,鲁迅却时时在这人生道路上不屈地探求着。走是唯一有意义的选择,走是对人生有限性、悲剧性的平静接受。它既指向精神,也指向生存的实际,甚至是生存的本质。"希望是本无所谓有,无所谓无的。这正如地上的路;其实地上本没有路,走的人多了,也便成了路。"⑤

---

① 冯雪峰:《回忆鲁迅·我对于他的思想方法和他的天才的特征的一二理解》,《雪峰文集》第4卷,人民文学出版社1985年版,第160—161页。
② 鲁迅:《书信·致章廷谦·270515》,《鲁迅全集》第11卷,人民文学出版社1998年版,第544页。
③ 同上书,第588页。
④ 林贤治:《一个人的爱与死》,东方出版中心2006年版,第92页。
⑤ 鲁迅:《呐喊·故乡》,《鲁迅全集》第1卷,人民文学出版社1998年版,第485页。

"漂流"的目的是对道路的探寻，是对遭受现实逼促命运的摆脱，是对无聊、无意义的纷争、生命被虚掷状态的抵抗，是对"梦醒了无路可走"的生存困境的打破和挑战。"漂流"也是生命无目的的流放，是对自己由来已久的漂泊命运的确定性经验的把握。"吾行太远，孑然失其侣，返而观夫今之世，文明之邦国矣，斑斓之社会矣。特其为社会也，无确固之崇信；众庶之于知识也，元作始之性质。邦国如是，悉能淹留？吾见放于父母之邦矣！"①"他的任务，是在有些警觉之后，喊出一种新声；又因为从旧垒中来，情形看得较为分明，反戈一击，易制强敌的死命。但仍应该和光阴偕逝，逐渐消亡，至多不过是桥梁中的一木一石，并非什么前途的目标、范本。"②对无根的生存状态的确信以及无归宿命运的理性认知，包含着"漂流"主题的基本内涵。这也是鲁迅历来拒绝为青年人担当导师、引路导航的心理基础："但可惜我连自己也没有指南针，到现在还是乱闯。倘若闯入深渊，自己有自己负责，领着别人又怎么好呢？"③在回忆性小说《在酒楼上》里，作者以凝练的笔触，写尽了知识分子无以摆脱的"客子"境遇，写出了他与周围环境之间的深度隔膜："我转脸向了板桌，排好器具，斟出酒来。觉得北方固不是我的旧乡，但南来又只能算是一个客子，无论那边的干雪怎样纷飞，这里的柔雪又怎样的依恋，于我都没有什么关系了。"④而且，那些由来已久的情感眷恋和挫伤会使发生在故乡和游子之间的隔膜，显现出格外浓重的悲剧色彩。在描述知识分子境遇时，汤因比先生有一个非常生动的比喻，他说："这一个联络官阶级具有杂交品种的天生不幸，因为他们天生就是不属于他们父母的任何一方面，他们不但是'在'而'不属于'一个社会，而且还'在'

---

① 鲁迅：《坟·文化偏至论》，《鲁迅全集》第1卷，人民文学出版社1998年版，第49页。
② 鲁迅：《坟·写在〈坟〉后面》，《鲁迅全集》第1卷，人民文学出版社1998年版，第286页。
③ 鲁迅：《两地书·第一集·北平》，《鲁迅全集》第11卷，人民文学出版社1998年版，第14页。
④ 鲁迅：《彷徨·在酒楼上》，《鲁迅全集》第2卷，人民文学出版社1998年版，第25页。

而'不属于'两个社会。"① 这段关于知识分子"在而不属于两个社会"的说法,是非常贴切于鲁迅的存在感,符合鲁迅在上海的"漂流"状态的,并且作为一种心理状态,沉淀着鲁迅与都市上海之间碰撞、摩擦后深刻的心理内容和精神特点。

二 边缘知识分子的"内面精神"

海德格尔认为,控制着苦恼的现代人的是根本性的无家可归感,他认为当代人的无家可归感来自他同存在的历史本质的脱离。人或许是生而孤独的,处于一种终极意义的"他抛"状态。孤独是一种命运,也是一种选择。在《影的告别》中,鲁迅确定不移地写道:"有我所不乐意的在天堂里,我不愿去;有我所不乐意的在地狱里,我不愿去;有我所不乐意的在你们将来的黄金世界里,我不愿去。"②《影的告白》在某种程度上是鲁迅的"夫子自道"和精神告白。"不乐意"和"不愿意"中言明着冷静的洞明和决绝的否定,对"天堂"、"地狱"以及黄金世界的厌弃和拒绝,决定着鲁迅极富个人气质的迥别于常规的思维模式——"不如彷徨于无地"。鲁迅以强烈的生存意识昭示着此在的意义,追求着生命个体自我意志的实现,也决定了鲁迅孤独的命运和"漂流"的状态。"他永远在奋斗的途中,从来不梦想什么是较为安适的生活。他虽是处于家庭中,过的生活却完全是一个独身者。"③ 遍览鲁迅在上海时期的书信和文字,可以确切地说,他始终没有在这座城市中找到归属感。这跟鲁迅的生命强度有着密切的关系。他穷其一生的精力、心血去寻找"白心",提倡"恶声",憎恨"瞒与骗",呼吁"迷信可存,伪士当去",不遗余力地抨击中国的所谓"知识阶级"身上永远褪不掉的"做戏的虚无党"的气味——"善于变化,毫无特操,是什么也不信从的,

---

① [英]汤因比:《历史研究》(中),上海人民出版社1986年版,第192—193页。
② 鲁迅:《野草·影的告别》,《鲁迅全集》第2卷,人民文学出版社1998年版,第165页。
③ 孙伏园:《哭鲁迅先生》,载《潇湘涟漪》(月刊)1936年第2卷第8期。

但总是摆出和内心两样的架子来"①。直到晚年，他仍一再主张从东北沦陷区来到大上海的二萧保留身上的"野气"："所谓'野气'，大约即是指和上海一般人的言论不同之点，黄大约看惯了上海的'作家'，所以觉得你有些特别。其实，中国的人们，不但南北，每省也有些不同的，你大约还看不出江苏和浙江人的不同来，但江浙人自己能看出，我还能看出浙西人和浙东人的不同。……由我看来，大约北人爽直，而失之粗，南人文雅，而失之伪。粗自然比伪好。"② 萧红在《回忆鲁迅先生》中提到了一个细节：当许广平试图用一桃红色的布条打扮萧红的时候，鲁迅看到后怒了，并直言道："不要那样装她……"③ 这个细节和"粗自然比伪好"，均反映着鲁迅的价值观之一种：拒绝伪饰，崇尚天真，反对摧毁精神的功利主义。在《文化偏至论》中，鲁迅以感同身受之心大声疾呼道："递夫十九世纪后叶，而其弊果益昭，诸凡事物，无不质化，灵明日以亏蚀，旨趣流于平庸，人惟客观之物质世界是趋，而主观之内面精神，乃舍置不之一省。重其外，放其内，取其质，遗其神，林林众生，物欲来弊，社会憔悴，进步以停，于是一切诈伪罪恶，蔑弗乘之而萌，使性灵之光，愈益就于黯淡：十九世纪文明一面之通弊，盖如此矣。"④ 在举国尊奉西方"物质主义"的文化空气中，鲁迅预见性地看到了这种文化的"通弊"和"偏至"，可见鲁迅对这种趋同物质、放弃精神的文化的厌憎和对精神本身的珍视。当时光的轮盘转到20世纪30年代的中国，在上海，这种充分质化的现代文明，将鲁迅昔日的忧虑和嫌恶现实化了，成为耳闻目睹的日常现象，如行走在城市中的空气一样时时遭逢："我在上海，大抵译书，间或作文；毫不教书，我很想脱离教书生活。心也静不下，上海的情

---

① 鲁迅：《华盖集续编·马上支日记》，《鲁迅全集》第3卷，人民文学出版社1998年版，第328页。

② 鲁迅：《书信·350313·致萧军、萧红》，《鲁迅全集》第13卷，人民文学出版社1998年版，第79页。

③ 萧红：《回忆鲁迅先生》，《鲁迅在上海》（二），山东师院聊城分院1980年版，第77页。

④ 鲁迅：《坟·文化偏至论》，《鲁迅全集》第1卷，人民文学出版社1998年版，第53页。

形，比北京复杂得多，攻击法也不同，须一一对付，真是糟极了。"①
"以译书维持生计，现在是不可能的事。上海秽区，千奇百怪，译者作者，往往为书贾所诳，除非你也是流氓。加以战争及经济关系，书业也颇凋零，故译著者并蒙影响。"②"上海到处都是商人气（北新也大为商业化了），住得真不舒服，但北京也是畏途，现在似乎是非很多……"③膨胀性地恶意发展物质和商业，造成的只能是"文化的偏至"，产出的结果是唯利是图的虚饰作风、道德的沦丧以及内面精神的黯淡与失落。对此，鲁迅从来都表示着一份深刻的嫌恶，始终保持着警策之心，一有机会就讽刺、揭示。

众所周知，上海文化是一种极其复杂的文化类型，主要以区隔性表现其多元共生的文化特质。在近百年的历史发展过程中，以吴越文化为基质，上海形成了中西文化混杂交融、传统文化与现代文化互动、殖民主义强力介入的文化形态，这种文化模式既呈现出海纳百川、兼容并蓄的特点，带来了消费文化市场的繁荣、移民的涌入以及移民文化的盛行，又同步着现代化潮流的历史过程，保证了上海文化的市民性特征与商业化特点，并在城市文化的发展过程中体现出了极其鲜明的"现代性"特质和开放性胸怀。20 世纪 30 年代文学中心的南移以及作家文人集中性地汇聚沪上即是证明。同时，由于上海城市现代性被动嵌入的特点，殖民主义和民族主义的冲突、传统文化与现代文化的双重挤压，带来了中国知识分子自身的身份和文化归属的危机，也使 20 世纪 30 年代以来以商业文化为主的都市上海呈现出不甚健康的色彩。为此，周作人在《上海气》中这样写道："上海滩本来是一片洋人的殖民地，那里的（姑且说）文化是买办流氓与妓女的文化，压

---

① 鲁迅：《书信·280224·致台静农》，《鲁迅全集》第 11 卷，人民文学出版社 1998 年版，第 610 页。

② 鲁迅：《书信·300903·致李秉中》，《鲁迅全集》第 12 卷，人民文学出版社 1998 年版，第 21 页。

③ 鲁迅：《书信·290820·致李霁野》，《鲁迅全集》第 11 卷，人民文学出版社 1998 年版，第 684 页。

根儿没有一点理性与风致。"① 出生于上海，对上海和上海人素抱好感的张爱玲也对上海人的特点进行了文化上的分析："上海人是传统的中国人加上近代高压生活的磨炼，新旧文化种种畸形产物的交流，结果也许是不甚健康的，但是这里有一种奇异的智慧。"② 知识分子既是栖居于城市的特殊群体，享有着城市生活给予他们的一切，同时，由于知识分子较之其他阶层拥有更多的自我意识，对个人性和个体的存在抱有更多的关注和热情，所以，在城市中生活的他们，在更多的情况下会怀着冷静批判的心态，对城市中异己的、异化的、有违人性的部分格外敏感。鲁迅与上海之间在相得益彰、彼此造就的同时（如鲁迅对上海文化市场的仰赖、上海对鲁迅作为职业作家地位的决定性影响，上海给予鲁迅的刺激、压力及镜像描写的灵感，鲁迅的后期创作、思想与上海之间的密切关系等）也将文化审视和批判的目光投注到上海文化"不甚健康"的一面，显现出"边缘知识分子"的敏感和生存硬度。相对而言，鲁迅是一个更富有自我意识的人，主张"掊物质而张灵明，任个人而排众数"，张扬"内面精神"，追求"尊个性而张精神"，往往易于从"个人"和"自我"的体验、感知出发，将现实的生存境遇化为文字的书写，完成对历史和现实的承担与审视。他的边缘性尤其是思想层面的独立性，造成了鲁迅与上海之间，尤其是与城市文化中重实利、轻然诺的市民习气难以兼容。来上海不久，他致信廖立峨："我初到时，报上便造谣言，说我要开书店了，因为上海人惯于用商人眼光看人。"③ 1929年鲁迅暂时性地离开上海去北京，在书信中即向许广平表达了对上海的恶感以及生存无着的惶感："然而那里去呢？在上海，创造社中人一面宣传我怎样有钱，喝酒，一面又用《东京通信》污栽我有杀戮青年的主张，这简直是要谋害我的生命，住不得了。北京本来还可住，图书馆里的旧书也还多，但因为历史关系，有些必有奉送饭碗之举，

---

① 周作人：《上海气》，《语丝》1927年第112期。
② 张爱玲：《到底是上海人》，《流言》，花城出版社1997年版，第2页。
③ 鲁迅：《书信·271021·致廖立峨》，《鲁迅全集》第11卷，人民文学出版社1998年版，第587页。

而在别一些人即怀来抢饭碗之疑,在瓜田里,可以不纳履,而要使人信为永不纳履是难的,除非赶紧走远。你看我们到哪里去呢?我们还是隐姓埋名,到什么小村子里去,一声不响,大家玩玩罢。"① 直到晚年,上海给予他的海上"漂流"的感受并没有因为时间的推移而有所改变:"来信说近来觉得落寞,这心情是能有的,原因就在在上海还是一个陌生人,没有生下根去。但这样的社会里,怎么生根呢,除非和他们一同腐败……我也时时感到寂寞,常常想改掉文学买卖,不做了,并且离开上海。不过这是暂时的愤慨……"② 无法生根于上海,是一种切实的漂流心态,表达了鲁迅置身于上海的极富交织感的生存困境。反思和批判成为他面对上海人、面对上海文坛的惯常思维,不认同、不归属都市上海则是他思想深度的表达方式。与其他知识分子相比较而言,鲁迅这方面的生存意识应该是最为强烈的。"城(人文环境)吞没着人,消化程度却因人的硬度(意识与意志独立的程度)而不等。知识分子从来都是城市腹中难以消化的东西——自然愈到现代愈是如此。"③ 同样也可以移用这样的一个比喻,鲁迅即是20世纪30年代都市上海难以消化的对象,鲁迅的生存意识和文化价值观自然造就了"漂流"于上海的文化境遇,也造成了鲁迅式的城市孤独感。同样,精神上的漂泊和流浪是他永远的文化宿命。

第二节 战士的风姿,横站的力量

一 叛逆的猛士出于人间

1937年1月1日,林语堂在美国纽约发表《悼鲁迅》,距离鲁迅

---

① 鲁迅:《两地书·北平—上海》,《鲁迅全集》第11卷,人民文学出版社1998年版,第315页。
② 鲁迅:《书信·350209·致萧军、萧红》,《鲁迅全集》第13集,人民文学出版社1998年版,第52页。
③ 赵园:《城与人》,上海人民出版社1991年版,第14页。

的逝世不仅有着时间的落差,也有了空间上的错位。文中回忆自己与鲁迅之间数次的相得与疏离,并以林氏特有的"幽默"为昔日的朋友兼论敌画像:"鲁迅与其称为文人,无如号为战士。战士者何?顶盔披甲,持矛把盾交锋以为乐。不交锋则不乐,不披甲则不乐,即使无锋可交,无矛可持,拾一石子投狗,偶中,亦快然于胸中。此鲁迅之一副活形也。德国诗人海涅语人曰:'我死时,棺中放一剑,勿放笔。'是足以语鲁迅。"① 在戏谑调侃的语气中轻巧地将鲁迅逝世后的沉重荡开去,完成了对鲁迅好战、善战、恋战的"战士"镜像的描写,并片面性地将其概括为鲁迅之为鲁迅的本质,从而具象了一些人眼中的鲁迅观以及对鲁迅的误解——鲁迅多疑、尖刻、动辄得咎、好勇斗狠,在意气之争中蚕食掉了生命。无论是在鲁迅的生前还是死后,这种声音始终存在,若隐若现地伴随着鲁迅研究的历史,直到20世纪末在一片对鲁迅进行挑战的声浪中,仍然作为"收获"风波之中的一波而存在。② 每每这个时候,有些人往往乐于质疑鲁迅仅凭两本白话小说集何以支撑他在文坛的地位,或更多地用"文学的永久性"、"文艺自由"等名号追问鲁迅的创作与艺术的"审美"、"人性"的永久之间的区隔关系,若即若离,或将鲁迅称为"文坛上的'斗口'健将"③,其作品是"骂人"、"骂世"意气之争的产物。其实,这些认知并不符合鲁迅创作和思想的实际,相反是对鲁迅"与黑暗捣乱"、战取光明、苦斗一生的无视和消解,而这正是那些在不自由的年代里妄谈自由、在民不聊生的年代里不关心国事民瘼的知识阶层与鲁迅之间的分野。知识分子的思想能力易使他们在幽暗的思想花园里狂奔,同时,养尊处优的生活境遇和身份地位促使他们以绅士的态度与现实世界保持着距离。这是一种文化选择,更是一种生存选择,而且越在饿殍载道、危机四伏的年代,越会使他们将思想的张力蛰伏于既定的政治秩序之

---

① 林语堂:《悼鲁迅》,原载《宇宙风》(半月刊)1937年第32期。
② 是指2000第2期《收获》开辟"走近鲁迅"专栏,刊登了三篇文章:冯骥才的《鲁迅的"功"与"过"》、王朔的《我看鲁迅》、林语堂的《悼鲁迅》,引发了极大的反响。
③ 邵冠华:《鲁迅的狂吠》,原载《新时代》(月刊)1933年第5卷第3期。

内，以隐遁的姿态表现"爱智"主义者们的思想顺从。在鲁迅的精神词典里，他们都是要被划为"伪士"一类的。"灭人之自我，使之浑然不敢自别异，泯于大群。"①

马克思曾经说过："哲学家从来只是以各种不同的方式解释世界，但真正的关键是改变它。"② 在这里，马克思将哲学家和知识阶层划分为两种类型并表达了他的倾向性：一种是耽于思辨的理性，以超越性的静观冥思寄热情于真理世界，而对流动扰攘的现实人生保持远距离的观望或无视，是"静观的人生"；另一种是带着对世界的解释和沉思融入世界，以"救世"和"改变世界"为己任，对世界能动地主观"介入"，是"行动的人生"。

世界还是同样的世界，不同之处在于面对世界的态度，继而造就不同的人生——"静观的人生"与"行动的人生"。周作人在"叛徒"和"隐士"之间挣扎，建塔于"十字街头"，走上了附逆这条不归之路；胡适则是以"容忍比自由还有重要"为本，放言"二十年不谈政治"，却始终置身于政治的旋涡之中，最终陷入了"自由主义"困境。1925年鲁迅全文照译了厨川白村的论文集《走向十字街头》的序文："……左顾右盼，彷徨于十字街头者，这正是现代人的心。'To be or not to be, That is the question'，我年逾四十了，还迷于人生的行路。我身也就是立在十字街头的罢。暂时出了象牙之塔，站在骚扰之巷里，来一说意所欲言的事罢。用了这寓意，便题这漫笔以十字街头的字样。"③ 当时鲁迅便对"现了战士身而出世"表示了向往之心，"于本国的微温，中道，妥协，虚假，小气，自大，保守等世态，一一加以辛辣的攻击和无所假借的批评。就是从我们外国人眼睛看，也往往觉得有'快刀断乱麻'似的爽利，至于禁不住称快"④。数年后，鲁迅从

---

① 鲁迅：《集外集拾遗补缺·破恶声论》，《鲁迅全集》第8卷，人民文学出版社1998年版，第26页。
② 转引自余英时《现代危机与思想人物》，生活·读书·新知三联书店2005年版，第14页。
③ 鲁迅：《译文序跋集·〈出了象牙之塔〉后记》，《鲁迅全集》第10卷，人民文学出版社1998年版，第241页。
④ 同上书，第242页。

"象牙塔里"走出（不做教员，不做学术），走向"十字街头"，"站在骚扰之巷里"，在20世纪30年代的上海，以身体力行的思想实践，成就着"行动的人生"。

20世纪30年代的上海，政治形势异常严峻，险象环生。20世纪30年代的上海，文化格局多元复杂，京派、海派、左翼文学三足鼎立，文化上的竞争和较量此起彼伏。作为中国现代性困境的核心地带，20世纪30年代的上海不仅仅是一座"行政空白"的城市①，成为作家们和革命者们政治流亡的场所和"避难所"，同时也是"精神界战士"迎击、壕战的最佳场域，这里浮泛着传统中国堕落的溃败的封建余留，也盛行着西方社会强行移植而来的文化模式和文化影响，"二患并伐"的社会境遇激发着20世纪30年代的鲁迅更深入地进行文明批评和社会批评，同时，20世纪30年代的上海，也是鲁迅思考民族命运、思考中华民族结束"奴隶时代"、走向现代化的发展道路最为峻厉、最为现实的土壤。确切地说，20世纪30年代是一个分水岭，是鲁迅完全践行战士心魄、战士意志的时代，20世纪30年代的上海是显现鲁迅的文化姿态，催发鲁迅进行文化选择的实验田，见证着"叛逆的猛士出于人间"：

> 叛逆的猛士出于人间；他屹立着，洞见一切已改和现有的废墟和荒坟，记得一切深广和久远的苦痛，正视一切重叠淤积的凝血，深知一切已死，方生，将生和未生。他看透了造化的把戏；他将要起来使人类苏生，或者使人类灭尽，这些造物主的良民们。
>
> 造物主，怯弱者，羞惭了，于是伏藏。天地在猛士的眼中于是变色。②

---

① 王晓渔：《知识分子的"内战"——现代上海的文化场域（1927—1930）》，上海人民出版社2007年版，第180页。
② 鲁迅：《野草·淡淡的血痕中》，《鲁迅全集》第2卷，人民文学出版社1998年版，第221—222页。

在强大的专制独裁面前，在庸众、权势、文化传统所造就的"无物之阵"面前，在"学者、文士、正人君子"所构成的文化阵营面前，在浮夸、油滑、堕落的社会风气面前，"精神界战士"的形象格外清新、勇毅、凸出。在毫不容情的揭露和批判中，将看似温情实际虚伪的人生世相——撕开，显示出"灵魂的荒凉和粗糙"。在"无声的中国"，在寒肃昏迷的空气里，他们的出现会格外引起人们的注意，而且会以各种各样的方式被狙击着：或供"无恶意的闲人以饭后的谈资"，"或者给有恶意的闲人做'流言'的种子"①，或者"倘不知时日，不知地点，不知死法"，"暗暗的死"②。猛士的战斗因其"边缘性"的特点而显现着苦斗的色彩、悲剧的色彩。对此鲁迅这样感慨道："不过他们对于社会永不会满意的，所感受的永远是痛苦，所看到的永远是缺点，他们预备着将来的牺牲，社会因为有了他们而热闹，不过他的本身—心身方面总是苦痛的。"③ 严酷的生存环境和纷纭繁杂的文化格局，会通着鲁迅对"精神界战士"的渴望吁求："今索诸中国，为精神界之战士安在？有作至诚之声，致吾人于善美刚健者乎？有作温煦之声，援吾人出于荒寒者乎？"④ 成就着鲁迅"精神界战士"的现实身份的落实和定位。根据冯雪峰的回忆，鲁迅不愿意称自己为思想家，却愿意看自己为一个战士。⑤ 鲁迅的意义正是在于他的战斗性，不仅仅表现在思想上，而且也表现在实践上。同时应该看到，鲁迅的战斗性往往不在"私怨"，倒更多是"公仇"。鲁迅对此也有相关的阐述和说明："现在许多论客，多说我会发脾气，其实我觉得自己

---

① 鲁迅：《华盖集续编·记念刘和珍君》，《鲁迅全集》第3卷，人民文学出版社1998年版，第276页。
② 鲁迅：《且介亭杂文末编·写于深夜里》，《鲁迅全集》第6卷，人民文学出版社1998年版，第502页。
③ 鲁迅：《集外集拾遗补编·关于知识阶级》，《鲁迅全集》第8卷，人民文学出版社1998年版，第191页。
④ 鲁迅：《坟·摩罗诗力说》，《鲁迅全集》第1卷，人民文学出版社1998年版，第100页。
⑤ 冯雪峰：《一九二八至一九三六年的鲁迅——冯雪峰回忆鲁迅全编》，上海文化出版社2009年版，第81—82页。

倒从来没有一点小事情，就成为友或成仇的人。"①"对于为了远大的目的，并非因个人之利而攻击我者，无论用怎样的方法，我全都没齿无怨言。"②这里标识的是反抗权威、叛逆规范、颠覆传统、扫荡庸俗的战士品格。20世纪30年代，鲁迅甘做人梯，参加"三盟"，支持进步的文化力量，身体力行地战斗在思想的最前沿，以力抗九鼎、叱咤千军的千古奇文——杂文，向封建势力、特权阶级、丑恶现象发出掷地有声的反抗。鲁迅用战士的坚韧践行其思想的深邃，从而赋予了他全部思想现实的品格和无穷的生命活力，成就了同一时代作家里少见的以一介身躯独立承担时代黑暗的勇者形象。上海10年的文学活动和社会实践，助推着鲁迅这一多元身份的实现和整合。

二 知识分子的"内战"与横站的力量

卢那察尔斯基这样写道："出现在社会危机尖锐的时代，即是在各种互相矛盾的强大的社会潮流影响之下，俗语叫做'灵魂'的那个东西分裂成为两半或好几部分的时代。"③鲁迅的最后10年，面对的就是这样的时代，矛盾重重，非生即死，颓势难挽，数患逼人。他面对的不仅仅是反动势力的文化围剿，还有与知识分子之间发生的"内战"，与以梁实秋为代表的新月派，与"民族主义文艺"，与苏汶所代表的"第三种人"，与"商定文豪"、"革命小贩"、"才子加流氓"等各式各样的文人进行文化上的论战。为此鲁迅极其愤慨地写道："我与中国新文人相周旋者十余年，颇觉得以古怪者为多，而飘聚于上海者，实尤为古怪，造谣生事，害人卖友，几乎视若当然，而最可怕的

---

① 鲁迅：《书信·360221·致曹聚仁》，《鲁迅全集》第13卷，人民文学出版社1998年版，第317页。
② 鲁迅：《三闲集·鲁迅译著书目》，《鲁迅全集》第4卷，人民文学出版社1998年版，第184页。
③ ［苏联］卢那察尔斯基：《论文学》，蒋路译，人民文学出版社1978年版，第198页。

是动辄要你生命。"① 直到晚年，在搏击黑暗并不断遭遇黑暗的时候，矗立在鲁迅面前的仍然是一个悲剧性的现实："他解决了面对革命阵营以外的黑暗势力的问题，但似乎并未解决在那阵营以内的问题。"② 在同一营垒内部，与"进步"的青年展开的"革命文学论争"、与"奴隶总管"和"四条汉子"展开的论争、令临终前的鲁迅倍感抑郁悲愤的"两个口号之争"等，这些来自左翼文艺阵营内部的明枪暗箭，带给鲁迅的敌意和伤害往往是极其严重的："敌人不足惧，最令人寒心而且灰心的，是友军中的从背后来的暗箭；受伤之后，同一营垒中的快意的笑脸。因此，倘受了伤，就得躲入深林，自己舐干，扎好，给谁也不知道。"③ "叭儿之类，是不足惧的，最可怕的确是口是心非的所谓'战友'，因为防不胜防。例如绍伯之流，我至今还不明白他是什么意思。为了防后方。我就得横战，不能正对敌人，而且瞻前顾后格外费力。"④ 将外在的生存境遇内化为内在的心理内容，显现出鲁迅"独战"的悲哀以及对人生荒谬感、绝望感的深切体验。高尔基在论述莱蒙托夫时这样写道："悲观主义是一种实际的感情。在这种悲观主义中清澈地传出他对当代的蔑视和否定，对斗争的渴望与困恼，由于感到孤独、感到软弱而发生的绝望。"⑤ 用这句话来借以说明鲁迅在上海十年的心理状态也是合适的。正如王乾坤所言："如果从一定意义上说，鲁迅五四后的孤独是在战友散掉之后，那么上海时的孤独，却是战友聚集一起之时。"⑥ 的确如此，上海十年的鲁迅，常常会有寂寞、孤独之感，他慨叹曾经反抗黑暗的"语丝"携手黑暗：

---

① 鲁迅：《书信·330706·致黎烈文》，《鲁迅全集》第12卷，人民文学出版社1998年版，第194页。
② ［美］李欧梵：《铁屋中的呐喊》，尹慧珉译，岳麓书社1999年版，第218页。
③ 鲁迅：《书信·350423·致萧军、萧红》，《鲁迅全集》第13卷，人民文学出版社1998年版，第116页。
④ 鲁迅：《书信·341218·致杨霁云》，《鲁迅全集》第12卷，人民文学出版社1998年版，第606页。
⑤ ［苏联］高尔基：《俄国文学史》，上海译文出版社1979年版，第285页。
⑥ 王乾坤：《由中间寻找无限——鲁迅的文化价值观念》，陕西人民教育出版社1996年版，第127页。

"语丝派的人,先前确曾和黑暗战斗,但他们自己一有地位,本身又变成黑暗了,一声不响,专用小玩意,来抖抖的把守饭碗。"① 对于第四阶级文学家手段差,"打不着致命伤",而有"以中国之大,而没有一个好手段者"的悲怆。② 同一营垒的战友的离弃、谣言和中伤也常常使鲁迅陷入"独战"的悲哀,既使他十分愤慨,又使他非常痛苦。"我的确常常感到焦烦,但力所能及的,就做,而又常常有'独战'悲哀。不料有些朋友们,却斥责我懒,不做事;他们昂头天外,评论之后,不知哪里去了。"③ 虽被人称为"左联盟主",实际上鲁迅从来就不是左联的实际领导者,相反,"在左联里,这个曾经在名义上被当成盟主的人,实际上处于被孤立的状态"④。

鲁迅从一己经验出发,提炼出了"横站"这一有意味的关键词,反映了鲁迅荷载独战的悲苦境遇,同时也折射出了鲁迅坚持战士的身份选择,独战绝望的心理内涵。他像一匹受伤的狼,自舔伤口,慢慢疗伤,然后再度走向战场。对于鲁迅在体验到了足以让人感到"愤怒和悲哀"的虚无和绝望后为何仍然会"横站"反抗,冯雪峰解释说是因为"他自己的斗争意志和责任感"⑤。正是在这个意义上,鲁迅在深刻的绝望中坚持着绝望的反抗,在"漂流"的途中勇毅地"横站"着,这正是鲁迅的伟大之处,也是常人难以企及之处。文艺理论家李泽厚这样评价:"鲁迅虽悲观却仍然愤激,虽无所希冀却仍奋力前行,但正因为有这种深刻的形上人生感受,使鲁迅的爱爱憎憎,使鲁迅的现实战斗便具有格外深沉的力量。鲁迅的悲观主义比陈独秀、胡适的乐观主义更有韧性的生命强力。"⑥

---

① 鲁迅:《书信·300222·致章廷谦》,《鲁迅全集》第12卷,人民文学出版社1998年版,第5页。
② 鲁迅:《书信·280504·致章廷谦》,《鲁迅全集》第11卷,人民文学出版社1998年版,第621页。
③ 鲁迅:《书信·341206·致萧军、萧红》,《鲁迅全集》第12卷,人民文学出版社1998年版,第586页。
④ 林贤治:《人间鲁迅》(下),安徽教育出版社2004年版,第1044页。
⑤ 冯雪峰:《回忆鲁迅》,《雪峰文集》第4卷,人民文学出版社1985年版,第161页。
⑥ 李泽厚:《中国现代思想史论》,天津社会科学院出版社2004年版,第111页。

"漂流"与"横战"是两个具有浓厚的修辞意义的动作，作为一种行为的选择，二者在矛盾的运动中统一着，在统一中彼此造就着，显现着鲁迅式的独有的精神风姿和文化心态。前者隐含着某种自由的状态，是从心所欲的价值诉求，体现着"鲁迅一贯具有的孤独和悲凉所展示的现代内涵和人生意义"[①]；后者糅合着某种意志的选择，是沉淀着心灵体验后的无畏面对，既有关个体生命的心灵体验，又综合着社会、民族、人类的集体意识，是真诚激烈的言说，也是无畏无悔的践行，是悲哀之音与生命绝叫的二重合奏。在广泛的意义上，它们透视着上海城市生活、文化生活的丰富深邃，在凸显着上海城市文化的多重困境中，深度地揭示了鲁迅伫立于20世纪30年代的上海的生动真实的精神面影，包容着鲁迅的无奈、痛苦以及韧性的生命强度，并且在多重文化语境中，昭示着20世纪30年代鲁迅生成的意义和价值。

---

① 李泽厚：《中国现代思想史论》，天津社会科学院出版社2004年版，第107页。

第五章　殖民都市里的生存策略与表意的智慧

> 我们打开一本书，本想看见一个作者，却遇见一个人。
>
> ——［法］布莱兹·帕斯卡尔

> 每一个社会时代都需要自己的大人物，如果没有这样的人物，它就要把他们创造出来。
>
> ——［德］卡尔·马克思

第一节　从"乡土中国"走来的都市审视者

一　知识分子的还乡梦

茅盾曾经在《读〈倪焕之〉》中指出，鲁迅小说"在攻击传统思想这一点上，不能不说是表现了'五四'的精神，然而并没有反映出'五四'当时及以后的刻刻在转变着的人心。《呐喊》中间有封建社会崩坍的响声，有粘附着封建社会的老朽废物的迷惑失措和垂死的挣扎，也有那受不着新思潮的冲激，'不知有汉，无论魏晋'的中国的暗陬的乡村，以及生活在这些暗陬的老中国的儿女们，但是没有都市，没有都市中青年们心的跳动"。"《呐喊》是很遗憾地没曾反映出弹奏着'五四'的基调的都市人生。"① 在这里,茅盾深刻地指出了独属鲁迅的"老中国儿女"的精神文化意义,同时也指出了由于对乡土世界的耽溺而带来的对都市人生的忽略。十年后,从1935年5月29日起,李长之在天津《益世报》文学副刊和《国闻周报》上连载《鲁迅批判》,在中国鲁迅研究史上第一次以专著的形式对鲁迅创作进行分析评价。他除了对鲁迅作品的审美艺术加以侧重考察外,对鲁迅都市题材小说的发现也有深入的挖掘,他指出:"在《呐喊》里,几乎只有《端午节》是写的都市的知识分子的生活,在《彷徨》里却就差不多除了《离婚》、《长明灯》之外,全都是都市生活的记录了。"② 在这一反一正看似矛盾的论述中,引出了鲁迅是否有都市创作的话题。茅李二人的论述主要是围绕着鲁迅白话小说《呐喊》及《彷徨》的创作,前者关注的是《呐喊》诸篇中侨寓北京的"怀乡"之作,后者则关注的是《彷徨》中都市特征不是十分明显的知识分子之作,均没有将鲁迅后期的创作尤其是上海时期的创作纳入批评的视野之内,自然带来了批评与批评对象阐释的失衡,并作为一种主导性叙述,影响了人们对鲁迅后期创作中"上海想象"和"上海叙事"的研究。作为一种常规性的理解,在很长的一个历史时段内,"乡土中国"不仅是许多作家和知识分子思想言说的历史规定,也是其情感和思想的出发点和归宿,更是他们社会生活和心灵生活镜像描写的对象以及灵感的源泉。这一点鲁迅也不例外。在现代文学界,关于"乡土文学"的阐述,最早的是鲁迅。他在《中国新文学大系·小说二集导言》中说:"蹇先艾叙述过贵州,裴文中关心着榆关,凡在北京用笔写出他的胸臆来的人们,无论他自称为用主观或客观,其实往往是乡土文学,从北京这方面说,则是侨寓文学的作者。但这又非如勃兰兑斯所说的'侨民文学',侨寓的只是作者自己,却不是这作者写的文章,

---

① 茅盾:《读〈倪焕之〉》,《茅盾文艺杂论集》(上集),上海文艺出版社1981年版,第279页。

② 李长之:《鲁迅批判》,北京出版社2003年版,第23页。

因此，只会隐现着乡愁，很难有异域的情调来开拓读者的心胸，或者炫耀他的眼界。"① 20世纪20年代"乡土文学"作家群的崛起，集中体现了新型作家群体对乡村世界的审视和关注以及乡村经验对作家创作的影响，同时也是城乡巨变的时代背景在文学创作中的折射和反映。时至今日，乡土创作依然是一个非常厚重的创作领域，依然以兵强马壮的创作态势吸引着世人关注的目光。从某种意义上来说，乡土感源于熟悉感，源于熟人社会所提供的文化信息与作家之间的情感对应关系。这种发生在作家与乡土之间的精神联系，既是作家情感生活的外化，也是乡土世界外部景观的内化。即使侨寓在都市，现代知识分子仍然做着"怀乡梦"，精神的丝缕始终牵绊着虽广袤无垠但情有所钟的乡土。青岛时期，老舍远离北京，倾心书写《想北平》，在他的心目中，北京是"具城市之外形，而又富有乡村的景象之田园都市"②。在饱含温情的描述中，千里之外的北平俨然乡土："面向积水潭，背后是城墙，坐在石上看水中的小蝌蚪或草叶上的嫩蜻蜓，我可以快乐的坐一天，心中完全安适，无所求也无可怕，像小儿安睡在摇篮里。"③ 在传统生活场景的召唤下，作家们的创作倾向和生活面相带有明显的古典主义的生活情趣和意识特点，创作的视野和思想的境界同时亦呈现出单纯清明的质地，盛装着几乎占尽文坛大部风情的乡土世界，驱动着作家们以回忆的笔触，井然有序地挥洒着城乡二元对立中的爱恨情感。哈佛大学教授斯蒂芬·欧文（即宇文所安，Stephen Owen）在论述"中国古典文学中的往事再现"时，有这样的说法："如果说，在西方传统里，人们的注意力集中在意义和真实上，那么在中国传统中，与它们大致相等的，是往事所起的作用和拥有的力量。"④ 回忆作为一种特殊的思维方式，是人类普遍用来平衡情绪、寄托情思

---

① 鲁迅：《且介亭杂文二集·中国新文学大系·小说二集·导言》，《鲁迅全集》第6卷，人民文学出版社1998年版，第247页。
② 郁达夫：《住所的话》，载《文学》1935年7月1日第5卷第1号。
③ 老舍：《想北平》，载《宇宙风》1936年第19期。
④ ［美］斯蒂芬·欧文：《导论：诱惑及其来源》，郑学勤译，《追忆：中国古典文学中的往事再现》，生活·读书·新知三联书店2004年版，第1页。

的方法，在某种程度上也是对现实的规避。鲁迅的精神世界心事浩茫、热烈而丰富，思想矛盾和抑郁之时，极易从回忆中寻觅精神的慰藉，寻找精神家园。在以《社戏》、《故乡》、《朝花夕拾》为代表的佳作中，记忆中的故乡不仅是"远近横着几个萧瑟的孤村"等旧有记忆的留存，而更多的成为作家"精神还乡"的产物，层出不穷地演绎着作家对过往生活独有的理解和眷恋："我有一时，曾经屡次忆起儿时在故乡所吃的蔬果：菱角，罗汉豆，茭白、香瓜。凡这些，都是极其鲜美可口的；都曾是使我思乡的蛊惑。后来，我在久别之后尝到了，也不过如此；惟独在记忆上，还有旧来的意味留存。他们也许要哄骗我一生，使我时时反顾。"① 张旭东访谈录中分析鲁迅以回忆为主的创作时，曾这样说道："我在阅读鲁迅的回忆性写作时，特别考察了他记忆的独特结构，这种结构包含着对已经消失或正在消失的世界的追忆，一种无意识的记忆，一种无法言说的言说。"② 作为现实的对应物和理想的寄生之地，乡土活在文人安适的梦里，流淌在文人的血里，显现在模塑着性情的文字里，诉说着一份安然沉默但令人亲近的情怀，表达着穿行在不同维度的世界场景中判然有别的认知。

二 冷峻目光烛照下的都市

1926 年，鲁迅曾称俄国诗人勃洛克为"现代都会诗人的第一人"，并说："我们有馆阁诗人，山村诗人，花月诗人……没有都会诗人。"③ 这样的遗憾之叹深喟着中国城市文化缺失的基本事实，这样的创作状况是与作家对城市生活的占有和感知有关系的。对大多数有着乡土经历的作家而言，城市是陌生物，是当下感，是永远难以找到情感归宿

---

① 鲁迅：《朝花夕拾·小引》，《鲁迅全集》第 2 卷，人民文学出版社 1998 年版，第 230 页。
② 姜异新：《"让鲁迅的文本自己说话"——张旭东教授访谈录》，《文艺研究》2009 年第 4 期。
③ 鲁迅：《集外集拾遗·〈十二个〉后记》，《鲁迅全集》第 7 卷，人民文学出版社 1998 年版，第 299 页。

的彷徨无主，是羁旅他乡、"在而不属于"的客子忧伤和浪子情怀，是难以稀释又难以诠释的深忧隐痛，是文化身份的悬置以及由此而来的深度抵抗和精神探寻。进入新的历史时期，传统的封建帝国历尽了近百年的风雨蹉跎，最终还是在暴力革命面前以形式上的解体结束了历史书写的漫漫征程，而由此引发的文化转型和社会变迁却极其深刻地参与了社会历史的叙事，在文化精神领域和实际的政治生活当中呈现出难以抑制的历史张力。古老的乡土世界不再是铁板一块，中国的知识分子也不再是永恒的"地之子"。在接受西方城市文明移植的历史阵痛中，自生于民族肌体内部的有别于传统的现代力量破茧而出，从而赋予了上海在城市现代性方面独步于中国、并置于世界的历史境遇，也赋予了现代知识分子对都市生活的享有和独有的摹写和审视。如果说20世纪20年代是中国精英知识分子合力开辟的反思传统、启蒙大众、创生新知的"黄金时代"，进入20世纪30年代，由上海所代表的多元共生的文化型范，诱发了现代知识分子关于中国社会性质的分析和思考，并连带着都市知识群体的思想意识和文化生产在历史的纵深领域发生着质的分野和递推。"30年代的上海文坛无论从哪方面来说都堪称中国文化界最显赫的力量。"① 面对着作为国家政治生活主体的城市，围绕着城市而进行的城市书写应运而生。吴福辉认为："现代文学第一个十年占主要地位的，仍然是'乡土文学'……只有到了20年代末期，文化中心南移并与经济中心合一，现代都会上海与现代化都会的文学表现，几乎同时升起，我们方才有了全新意义的都市文化。"② 在从传统走向现代的历史过程中，城市以其特出的生命质感，创生着都市文化的多元形态，同时作为都市知识分子物质生命的承载，愈来愈发挥其恒定的影响力和控制力。知识分子的文化选择、知识分子的生存状态、知识分子与城乡之间的关系由此也相应发生着变化，显现出新的历史特点。"文学的上海就是这样支离破碎，无从

---

① [美]章清：《亭子间：一群文化人和他们的事业》，上海人民出版社1991年版，第1页。
② 吴福辉：《都市旋流中的海派小说》，湖南教育出版社1995年版，第141页。

整合。不同作家笔下的北京是同一个,连空气也是一整块的,不同的作家笔下的上海却俨若不同世界以至不同世纪。即使在同一位作者那里,上海也会破碎,割裂。"① 这里言明了上海城市的多元丰富所带来的城市书写的多元阐释。事实上,20世纪30年代创作领域中的"京派文学"、"海派文学"、"左翼文学"的历史界定,大致是受上海这个文化场域的刺激而创生的产物。虽是同一个上海,但因创作主体的不同而带来了迥然不同的创作景观。上海给人的感受和经验也是纷纭复杂,聚讼不已,有"势力之区"、"沪上危地"、"魔幻之都"、"下流之地"等恶评,也有"人间天堂"、"十里洋场"、"东方巴黎"、"革命的飞地"等褒扬。以精英意识和启蒙精神带入文化批评和社会批评的鲁迅,其笔下的都市书写和上海叙事自然溢散着鲁迅独有的"气质",其人生和写作也因与上海之间的"遭遇"产生了有别于以往也迥别于他人的特点。当都市白日的尘嚣消失净尽,鲁迅以"听夜的耳朵和看夜的眼睛",作《夜颂》,品赏"夜给予的光明",指出"夜是造化所织的幽玄的天衣,普覆一切人,使他们温暖、安心,不知不觉的自己渐渐脱去人造的面具和衣裳,赤条条地裹在这无边际的黑絮似的大块里。"② 在无边的夜色中,鲁迅始终保持着清明的冷静和思想者灵魂深处的真实。在多元杂存、多元风貌的城市街头,鲁迅依然延续这份冷静与真实,都市的多元杂存和多元风貌即在他冷峻目光的烛照之下了。

外族的入侵以及中国现代性的被动嵌入,伴随着压抑感沉重的殖民屈辱,使上海这座城市在将近百年的历史兴衰际遇中,将繁华与没落、容光与屈辱、欣慰与酸楚集于一身。面对着这样一个繁华喧嚣的十里洋场上海,鲁迅一方面兼容其间并深受其影响,白话小说写作的"老调子已经弹完",报章文字和描摹日常生活的杂文成为最主要的叙事方式,《故事新编》后期创作都市特征的文本表现,均显示着城市

---

① 赵园:《城与人》,上海人民出版社1991年版,第245页。
② 鲁迅:《准风月谈·夜颂》,《鲁迅全集》第5卷,人民文学出版社1998年版,第193页。

生活的介入和影响，同时，直接而深刻的殖民体验不断诱发着书写者对上海这一文化资源的探索和解读，而且在深化其多样繁复的都市书写与批判的同时，也在文本层面上诠释并丰富着上海的内涵。

第二节 "壕堑战"与"半租界"里的生存策略

一　鲁迅在上海的足迹

根据《鲁迅日记》记载："三日晴。午后抵上海，寓共和旅馆。"1927年9月27号，鲁迅携许广平乘坐着始发于广州的太古轮船公司的"山东号"，经过了近5天的海上漂泊，于1927年10月3日抵达上海，开始了真正意义上的都市生存、写作和抗争之旅。这里所说的共和旅馆是他们在上海第一个落脚的地方，位于上海爱多亚路长耕里（今延安东路一五八弄），在租界范围之内。此后十年间，鲁迅先后有过3个寓所，即景云里23号、拉摩斯公寓和大陆新村9号，均属于真正意义上的租界化区域。为此，鲁迅将创作在租界里的杂文以"半租界"命名，即《且介亭杂文》、《且介亭杂文二集》和《且介亭杂文末编》三部，并在前两部杂文的序言中明确标识道："一九三五年十二月三十日，记于上海之且介亭"，"一九三五年十二月三十一日，鲁迅记于上海之且介亭"。这里可以明显看出，迫于政治和社会环境的压力，鲁迅对"租界"所具备的政治、文化功能有清晰的认知，继而带来了选择上的内部规定性。"在寓所的选择上，上海时期的鲁迅也确实向'租界'靠拢。鲁迅初期居住景云里，虽靠近越界筑路地段，但大体尚属于虹口和闸北相交地带的华界范围。1930年移居的北四川路拉摩斯公寓及1933年移居的施高塔路大陆新村，都属于虹口范围，均紧挨公共租界在北四川路尽头的'越界筑路'地段。"[①] 虽然鲁迅在上

[①] 梁伟峰：《论上海租界对鲁迅的"堑壕"意义》，《徐州师范大学学报》2008年第3期。

海时期因其"声名与地位,一方面既受中国组织所掩护,另一方面又为国民党特务所不敢触犯(投鼠忌器),所以那十年间,有惊无险,太严重的迫害,并不曾有过"①,但危及人身安全,引起"老母饮泣,挚友惊心"的避难经历还是有的。大致统计看,他一共有过四次主要的避难经历。第一次发生在 1930 年春,因参加中国自由运动大同盟和中国左翼作家联盟,鲁迅遭反动政府"密令通缉",于是离开寓所景云里在外避居长达一个月,后在好友内山完造的帮助下,于 1930 年 5 月 12 日迁于北四川路 194 号 A 拉摩斯公寓三楼四号。第二次避难经历因柔石而起,1931 年 1 月 17 日,左联五烈士之一的柔石被捕,他前一天夜间还因版税等事宜与鲁迅见面商讨,被捕时怀中揣着由鲁迅手抄的与北新书局的合同,因此鲁迅于 1 月 20 日至 2 月 28 日携眷避居上海黄陆路花园庄旅馆。1932 年"一·二八"事变爆发,因鲁迅北四川路底的寓所临近火线,鲁迅一家被迫第三次避难,这次事变和迁居可以在致许寿裳的书信中看到具体的情形:"殊出意料之外,以致突陷火线中,血刃塞途,飞丸入室,真有命在旦夕之慨。于二月六日,始得由内山君设法,携妇孺走入英租界,书物虽一无取携,而大小幸无恙,可以告慰也。"②在致母亲的信中除了谈及避难归来的家境之外,还提及了周建人的情况:"老三旧寓,则被炸毁小半,门窗多粉碎,但老三之物,则除木器颇被炸破之外,衣服尚无大损,不过房子已不能住,所以他搬到了法租界去了。"③第四次避难经历起因于 1934 年 8 月 23 日凌晨,内山书店的两位中国店员张荣富、周根康参加社会活动而被捕,因此,鲁迅于"下午居千爱里"内山完造家。④许广平在上海鲁迅纪念馆的谈话记录中曾对此事做出过解释,大意是鲁迅为了避免两名被捕店员告密,暂时在内山完造家避难,通常白天在自己家中,

---

① 曹聚仁:《鲁迅评传》,东方出版中心 1999 年版,第 100 页。
② 鲁迅:《书信·320222·致许寿裳》,《鲁迅全集》第 12 卷,人民文学出版社 1998 年版,第 68 页。
③ 鲁迅:《书信·320320·致母亲》,《鲁迅全集》第 12 卷,人民文学出版社 1998 年版,第 73 页。
④ 周国伟、彭晓:《寻访鲁迅在上海的足迹》,上海教育出版社 1987 年版,第 18 页。

晚上到千爱里。综合看，由于国民党的文化禁锢和中日战争在上海的频发，鲁迅在生命的最后十年大致有过四次类似"携妇将雏鬓有丝"的避难经历，而四次避难的场所——内山书店、花园庄旅馆、大江南饭店、千爱里3号（内山完造夫妇的寓所）——都在租界区内。在后现代地理学那里，"历史的创造"在理论认识和实践意义的独宠地位逐渐被悬置，反复得以强调的是"地理学的创造"。"这一表达也许看起来有些怪异，但人类的确'创造了他们自己的地理学'，正如他们'创造了自己的历史'。这就是说，社会生活的空间构造完全是对社会理论具有基本重要性的问题，时间性的向度也是如此。"① 随着后工业时代的到来以及现代都市的崛起，城市、区域的地位日益凸显。从这个意义而言，当我们把目光转移到鲁迅在上海十年所特具的场域关系时，便会发现"半租界"在鲁迅的生活中出现的频率较高，基本上覆盖着鲁迅在上海时期的居住地、避难所和社会活动的主要场所。

参考《寻访鲁迅在上海的足迹》一书的记载，鲁迅在上海主要的活动场所如学校、画展、书局、饭馆、咖啡馆和影剧院等也大致集中在虹口租界一带。对此，成仿吾在1928年，即鲁迅初到上海不久，便发表文章《毕竟是"醉眼陶然"罢了》加以分析嘲讽，直言鲁迅"北自北京，南至岭表，终于也跑来'坐在租界里'"②。这虽然不乏类似于"某籍"的意气之争，但"半租界"的生存环境，的确是鲁迅据守于上海的最后的"壕堑"之所，是创生鲁迅后期创作、文化心态和论战策略的重要的外部空间。

鲁迅穷其一生"与黑暗捣乱"，在心理姿态和生命选择上致力于"反抗绝望"。在他看来，"生命的路是进步的，总是沿着无限的精神三角形的斜面向上走，什么都阻止他不得。自然赋予人们的不调和还很多，人们自己萎缩堕落退步的也还很多，然而生命决不因此回头。无论什么黑暗来防范思潮，什么悲惨来袭击社会，什么罪恶来亵渎人

---

① ［英］吉登斯：《构建》，引自［美］爱德华·W.苏贾《后现代地理学——重申批判社会理论中的空间》，王文彬译，商务印书馆1989年版，第236页。

② 石厚生（成仿吾）：《毕竟是"醉眼陶然"罢了》，《创造月刊》1928年第11期。

道，人类渴仰完全的潜力，总是踏了这些铁蒺藜向前进"①。在这种饱蘸着生命热情和生命沉思的精神之音中，传达着一个精神界战士"寻路"、"失路"、"复觅路"的不倦求索。"绝望之与虚妄，正如希望相同"，人生的窘境和困厄暗淡了生命的光泽，亦会催生生命的意志和斗争的哲学，点亮生命的智慧并以"铁蒺藜"的姿态挺进畏途："生命不怕死，在死的面前笑着跳着，跨过了灭亡的人们向前进。什么是路？就是从没路的地方践踏出来的，从只有荆棘的地方开辟出来的。以前早有路了，以后也该永远有路。"② 上海是鲁迅最后的生命驿站，也是鲁迅最后一个生命意志的承载之所，更是其生存哲学和生存智慧全面释放的最后一道"壕堑"。这是一番心灵的炼狱，也是一场绝望的抗战。中国社会结构的巨大变迁使得20世纪30年代的鲁迅，在上海，在都市，在"半租界"，亲历着生存境遇的复杂与艰难，领受着经验之海的荒寒与深邃，体验着心灵世界的大孤独与大欢喜："仅从鲁迅最后十年的杂文所取的材料，形式和风格的演变来看，斗争的情势，显然要比北京、厦门和广州时期更为严峻和急迫。"③ 在某种意义上而言，"半租界"作为鲁迅"反抗绝望"的现实场域，为探究鲁迅生命最后十年的心灵突变和现实抗争提供了最为前沿的"异位"。

20世纪30年代的鲁迅在一位日本学者的眼里留下了这样一幅镜像："存在于中国历史上的鲁迅先生，既没有军阀那样的兵士武器，也没有土豪劣绅那样的地位，更没有帝国主义那样的势力。他不过是一位被困在角落里的文人。""有一个评论家说，在鲁迅身上有着虚无的阴影。那恐怕是在如此晴朗的日子里，被剥夺了自然、大地和自由，身体受到可怕的威胁时产生的阴影吧，而并不是虚无的阴影。……鲁迅已经被追逐到'都市的壕堑'里了。"④ 北京时期的鲁迅就因支持女

---

① 鲁迅：《坟·随感录六十六·生命的路》，《鲁迅全集》第1卷，人民文学出版社1998年版，第368页。
② 同上。
③ 林贤治：《鲁迅的最后十年·引言》，东方出版中心2006年版，第7页。
④ ［日］原胜（浅野要）：《紧邻鲁迅先生》，《鲁迅研究资料》第14辑，天津人民出版社1984年版，第28页。

师大进步的学生运动,被当时的教育总长章士钊免去佥事一职,同时也是段祺瑞政府列名通缉的人物;去上海之后,不仅文禁如毛,政治高压之下,也有危及身家性命的安全隐忧。1930年2月13日,"中国自由运动大同盟"在上海成立,鲁迅作为组织者之一,被浙江党部密告国民党中央,经过核准以"堕落文人"为名通缉。在参加"中国左翼作家联盟"和"中国民权保障同盟"等进步文化组织的过程中,也时常有类似"鲁迅被捕,现押捕房"、"鲁迅与当局合作"、"鲁迅遇害"等小报盛造的谰言。①

二 鲁迅在上海的生存境遇

现实社会的压迫使鲁迅选择"半租界"的隐遁和"壕堑"式的"横站",是产生鲁迅20世纪30年代上海的生存境遇的要因之一,是鲁迅应对险恶政治环境的无奈选择。"上海的租界无疑在鲁迅心中投下了巨大的阴影,然而又正是躲避国民党的迫害,在上海的短短十年间,他多次往租界避难。他意味深长地将自己的杂文集题为《且介亭杂文》,说明半租界的位置。然而正是这种'半租界'为他的《二心集》、《伪自由书》提供了生存的机会。"② 直到晚年,鲁迅计划另择新居时还是希望能搬迁到法租界去。1936年10月6日,鲁迅在致曹白的信中谈到迁居,重申租界的重要性,将租界作为寓所选择的第一要求:"种种骚扰,我是过惯了的,一二八时,还陷在火线里。至于搬家,却早在想,因为这里实在住厌了。但条件很难,一要租界,二要价廉,

---

① 密探:《惊人的重要新闻 鲁迅被捕》,原载一九三一年一月二十日《社会日报》(上海);《鲁迅被捕……传在沪任红军领袖》,原载一九三一年一月二十一日《益世报》(天津);《鲁迅在沪被捕现拘押捕房》,原载一九三一年一月二十一日《大公报》(天津);《鲁迅转押警备部》,原载一九三一年一月二十二日《大公报》(天津);《鲁迅案情重大 文艺暴动之惊人大同盟 著名文学家胡也频亦被捕》,原载一九三一年一月二十九日《盛京日报》(沈阳);《玉棠女士:〈鲁迅被捕的感想〉》,原载一九三一年一月三十日《大公报》(天津)。以上材料参见中国社会科学院文学研究所鲁迅研究室《1913—1983鲁迅研究学术论著资料汇编(1913—1936)》,中国文联出版公司1985年版,第624—632页。

② 旷新年:《1928:革命文学》,山东教育出版社1998年版,第20页。

三要清静,如此天堂,恐怕不容易找到,而且我又没有力气,动弹不得,所以也许到底不过是想想而已。"① 同时也应该看到,在生存策略上,鲁迅是主张"壕堑战"的,否定不加辨别铤而走险而收益不大的自我牺牲。在与许广平的通信集《两地书》中也有过此类的说法:"对于社会的战斗,我是并不挺身而出的,我不劝别人牺牲什么之类就在此。欧战的时候,最重'壕堑战',战士伏在壕中,有时吸烟,也唱歌,打纸牌,喝酒,也在壕内开美术展览会,但有时忽而向敌人开他几枪。中国多暗箭,挺身而出的勇士容易丧命,这种办法是必要的罢。但恐怕也有时会逼到非短兵相接不可的,这时候,没有法子,就短兵相接。"② 这样做的目的只有一个,即保存自己迎接更有意义的战斗。1935年10月4日,在致萧军的信中,鲁迅说:"要战斗下去吗?当然,要战斗下去!无论它对面是什么!"接着,他提出了"三战"主张:"德国腓立大帝的'密集突击',那时是会打胜战的,不过用于现在,却不相宜,所以我所采取的战术,是:散兵战,壕堑战,持久战——不过我不是步兵,和你炮兵的法子也许不见得一致。"③ 在密令禁毁、文禁如毛、秘密逮捕、杀戮成性的黑暗社会,鲁迅在处事、为人、作文上都体现了这种"韧性"的"壕堑战"式的智慧,他告诫他的学生:"政府似乎已在张起压制言论的网来,那么又须准备'钻网'的法子——这是各国鼓吹改革的人们照例要遇到的。"在编辑《集外集》时,杨霁云为其写序,他提到了这样的意见:"先生的序,我看是好的,我改了一个错字。但结末处似乎太激烈些,最好是改得隐藏一点,因为我觉得以文字结怨于小人,是不值得的。至于我,其实乃是箭在弦上,不得不发。不知先生以为何如?"④ 而他自

---

① 鲁迅:《书信·361006·致曹白》,《鲁迅全集》第13卷,人民文学出版社1998年版,第441页。
② 鲁迅:《两地书·第一集·北京》,《鲁迅全集》第11卷,人民文学出版社1998年版,第16页。
③ 鲁迅:《书信·351004·致萧军》,《鲁迅全集》第13卷,人民文学出版社1998年版,第225—226页。
④ 鲁迅:《书信·341223·致杨霁云》,《鲁迅全集》第12卷,人民文学出版社1998年版,第614页。

己,一篇篇迂回曲折又不乏攻战性质的杂文,在发挥其战斗作用的同时,也较多地寄予了这种"壕堑战"的精神:"鲁迅说他自己就把文章的'骨头'先抽掉几根,他的许多杂文集的书名,如《伪自由书》、《二心集》、《准风月谈》,都显示出'壕堑战'的精神与本领。"① 这种一面与"黑暗捣乱",一面"玩玩"的嘲弄态度,是鲁迅对黑暗的中国社会现实本质认识的及时反应,是对中国社会革命和文化革命的长期性、复杂性、艰巨性的经验总结,这种"韧"的战斗,充分显现着鲁迅的生存策略和生存智慧。同时,这种"最不愿使别人做牺牲"的思想特点表明了鲁迅对可贵生命的尊重,也是对中国历代革命以"暴力"和牺牲换取既得利益和权力的本质性的反思和拒绝。在他看来,"生命是第一性的",在没有民主、没有道义和秩序的黑暗中国,但凭一时的热情和盲目的冲动而不加深虑地做事,是很容易"自蹈死路"的。为此,鲁迅坚决反对"赤膊上阵",主张"韧性"的战斗,并反复告诫那些"干练坚决,百折不回"的革命者:"正规的战法,也必须对手是英雄才适用。""和朋友在一起,可以脱掉衣服,但上阵要穿甲。""恕我引一个小说上的典故:许褚赤体上阵,也就很中了几箭,而金圣叹还笑他道:'谁叫你赤膊?'"② 因而在"女师大"风潮中,以代为抄稿婉言劝止许广平外出示威游行于反动执政府前,实际上是取了"正无需乎震骇一时的牺牲,不如深沉的韧性的战斗"③之意,强调"世间有一种无赖精神,那要义就是韧性"。"左联"时期,左倾机会主义一度占据主导倾向,将参加飞行集会、撒传单、节日游行作为成员工作的中心任务。鲁迅对左联的此类做法表示过不满:"现在的左翼文艺,只靠发宣言是压不倒敌人的,要靠我们的作家写出点实实在在的东西来",并且声明:"我是不会做他们这种工作的,我还是写我

---

① 一士编:《21世纪:鲁迅和我们》,人民文学出版社2001年版,第77页。
② 鲁迅:《华盖集续编·空谈》,《鲁迅全集》第3卷,人民文学出版社1998年版,第281页。
③ 鲁迅:《坟·娜拉走后怎样》,《鲁迅全集》第1卷,人民文学出版社1998年版,第164页。

的文章。"① 这是鲁迅对中国社会现实长期观察的结果，也是对中国人生存处境本质特点的经验总结。试想在一个"人权尚无保障"的国度里，"两面的众寡强弱，又极是悬殊"，进行不符合常规的努力即是令人扼腕的虚掷和牺牲。恰如"叫喊几声的人独要硬负片面的责任，如孩子脱衣以入虎穴，岂非大愚吗？"② 在异常险恶的环境中从事思想文化方面的工作，第一要义是要学会"保存自己"，只有安全地活下去，才有更多的希望去发展和战斗。马斯洛需要层次理论将生存需求中重要的一维"安全需求"列在人的需求的金字塔上，说的也是类似的道理。

早在20世纪20年代早期的时候，鲁迅就在《华盖集·忽然想到》中指出："我们目前的当务之急，是：一要生存，二要温饱，三要发展。苟有阻碍这前途者，无论是古是今，是人是鬼，是《三坟》《五典》，百宋千元，天球河图，金人玉佛，祖传丸散，秘制膏丹，全都踏倒他。"③ 在这段几乎为学界尽知的断语中，体现了作家为了保求个体生命的尊严和价值而毫不吝惜与封建传统决裂的精神风姿，更重要的是，显示了作者正视个体生命作为存在的精神诉求和道德承担。"用生命反抗威权，用生命唤醒生命，用生命充实空间，正是鲁迅生命哲学的精髓所在，同时也是他的生命哲学与西方存在主义生命哲学的根本不同之处。"④ 在这里"生存"与生命本身休戚相关，是生命得以确立和发展的前提，具有无可取代的第一性。当然鲁迅观念中的"生存"、"温饱"、"发展"取的不是世俗层面的意义，而是有明确而具体的含义。1925年5月8日，鲁迅在《北京通信》中做了进一步的解释和说明："我之所谓生存，并不是苟活；所谓温饱，并不是奢侈；所谓发展也不是放纵。"⑤ 生存下来以求更大的发展，是其生存观的重

---

① 转引自茅盾《"左联"前期——回忆录》（十二），《新文学史料》1981年第3期。
② 鲁迅：《两地书·第一集·北京》，《鲁迅全集》第11卷，人民文学出版社1998年版，第68页。
③ 鲁迅：《华盖集·忽然想到》，《鲁迅全集》第3卷，人民文学出版社1998年版，第45页。
④ 王富仁：《时间·空间·人——鲁迅哲学思想刍议之一章》，《鲁迅研究月刊》2000年第3期。
⑤ 鲁迅：《华盖集·北京通信》，《鲁迅全集》第3卷，人民文学出版社1998年版，第51—52页。

要内容,也是根本的要素。"鲁迅的哲学是一种'生存哲学',他关注的始终是人的生存问题,特别是中国人的'生存问题'。其中一个很重要的方面,就是中国人的生存环境、生存空间。"① 这种思想倾向在鲁迅的精神世界里占据着至关重要的地位,甚至一度成为他立论和思考的出发点,也是鲁迅"立人"思想的理论前提和归宿。

近现代以来由军事挫败所带来的"意识的危机"阴霾着中国知识分子意识的领域和思想的天空,而愈演愈烈地表现在政治上、经济上、文化上的"他者"介入使这种危机和压力日益现实化和当下化。是"敢于直面惨淡的人生,敢于正视淋漓的鲜血",还是闭上眼睛万事大吉地做"伪士",成为20世纪早期知识分子思想质素的重要分水岭。早在《文化偏至论》中,极富忧患意识的鲁迅即直言道:"是故将生存两间,角逐列国是务,其首在立人,人立而后凡事举;若其道术,乃必尊个性而张精神。"② 随后,他在《摩罗诗力说》中渴慕和召唤"精神界之战士":"今索诸中国,为精神界之战士者安在?有作至诚之声,致吾人于善美刚健者乎?有作温煦之声,援吾人出于荒寒者乎?"③ 鲁迅穷其一生致力于国民性的改造,确立"立人"思想,渴慕和召唤"精神界之战士"的出世,推崇"纠缠如毒蛇,执着如饿鬼"的卓绝执着,其最大的思想潜因是对中华民族的现实存在怀着深切的不安和隐忧:"现在许多人有大恐惧,我也有大恐惧。许多人所怕的,是'中国人'这名目要消灭;我所怕的,是中国人要从'世界人'挤出。"④ 他以"无穷的远方,无数的人们,都和我有关"为"自由独立祖国"的建立殚精竭虑、忧愤深广,衷心希望中国人与"世界人"一道在生存发展空间中拥有平等的位置,"幸福地度日,合理地做人"。在这种思路的统摄下,鲁迅由"人国"的极大企愿进而益发增强对

---

① 钱理群:《关于"现代中国人的生存和发展"的思考——1918—1925年间的鲁迅杂文》(下),《贵州师范学院学报》2003年第3期。
② 鲁迅:《坟·文化偏至论》,《鲁迅全集》第1卷,人民文学出版社1998年版,第57页。
③ 鲁迅:《坟·摩罗诗力说》,《鲁迅全集》第1卷,人民文学出版社1998年版,第100页。
④ 鲁迅:《坟·三十六》,《鲁迅全集》第1卷,人民文学出版社1998年版,第307页。

"个"的尊重和正视,分外珍惜那些"身外的青春",赞佩他们"无不刚健不挠,抱诚守真;不取媚于群,以随顺旧俗;发为雄声,以起其国人之新生,而大其国于天下。"① 他对个体生命的存在和境遇表现出恳挚的关注和热爱,以生物进化的天然跃进叠加着生命意识的觉醒和尊重:"我现在心以为然的道理,极其简单。便是依据生物界的现象,一,要保存生命;二,要延续这生命;三,要发展这生命(就是进化)。"② 从这个意义而言,鲁迅"半租界"生活场所和活动场所的选择,应该首先是源于对生存权的重视和珍视。生命意识的强旺自然带来了对生存空间的倚重,而这正是鲁迅一贯强调的"韧性"战斗精神的现实表现:"这并非吝惜生命,乃是不肯虚掷生命,因为战士的生命是宝贵的。在战士不多的地方,这生命就愈宝贵。所谓宝贵者,并非'珍藏于家',乃是要以小本钱换得极大的利息,至少,也必须卖买相当。"③ 在郑智、马会芹主编的《鲁迅的红色相识》中,大约记载了鲁迅与胡愈之、陈望道、应修人、魏金枝、陈延年、瞿秋白、杨之华、潘汉年、丁玲、冯雪峰、胡风、柔石、叶紫、曹白、周扬等60余位共产党员的接触和交往④,在这"抹不掉的红色记忆"中,清晰地看出鲁迅一生尤其是"鲁迅的上海十年,是与中国的马克思主义者实现思想合流的历史时期"⑤,更重要的是,鲁迅在与这些"红色知己"的接触和交往中将这种理论实践化、现实化了:在上海时期,鲁迅充分发挥"半租界"政治避难所的先天优势,经常性地将自己的寓所作为进步人士避难的场所——"在当时的历史条件下,他的寓所是不公开的,尤其住在大陆新村时,连来往信稿,也托内山书店转交。当时,鲁迅的住所成了掩护共产党人的重要据点,瞿秋白、冯雪峰等共产党

---

① 鲁迅:《坟·摩罗诗力说》,《鲁迅全集》第1卷,人民文学出版社1998年版,第99页。
② 鲁迅:《坟·我们现在怎样做父亲》,《鲁迅全集》第1卷,人民文学出版社1998年版,第130页。
③ 鲁迅:《华盖集续编·空谈》,《鲁迅全集》第3卷,人民文学出版社1998年版,第281页。
④ 郑智、马会芹:《鲁迅的红色相识》,文物出版社2006年版,第1页。
⑤ 彭小燕:《存在主义视野下的鲁迅》,北京大学出版社2007年版,第5页。

人，都在鲁迅寓所留下了足迹。"① 众所周知，鲁迅曾录清代何瓦琴句"人生得一知己足矣，斯世当以同怀视之"书赠自己的红色知己瞿秋白，表达两个没有见面"就是这样亲密的人"的深情厚谊。这是一段为人羡慕的传奇交往，也是一场惊心动魄的心灵遇合，更是一番休戚相关、生死与共的命运期许。1932—1933年间，瞿秋白夫妇因党的机关遭到破坏，无处避难时，曾先后四次避难于鲁迅的寓所。而著名的《鲁迅杂感选集序言》则完成于上海北四川路底东照里12号的亭子间里，在杨之华的回忆录中，"这个小小的亭子间是鲁迅先生亲自替我们租来的"②。鲁迅也曾将生命的足迹留在这里："鲁迅几乎每天到东照里来看我们，和秋白谈论政治、时事、文艺各方面的事情，乐而忘返。我们见到他，像在海阔天空中吸着新鲜空气享着温暖的太阳一样。秋白一见鲁迅，就立刻改变了不爱说话的性情，两人边说边笑，有时哈哈大笑，冲破了像牢笼似的小亭子间里不自由的空气。我们舍不得鲁迅走，但他走了以后，他的笑声、愉快和温暖还保留在我们的小亭子间里。"③ 此外，柔石、冯雪峰、胡风、徐懋庸等人和上海时期的鲁迅共同从事着进步的文化事业，发生着伟大的私谊，这与上海"半租界"的文化环境以生存权的相对保障是分不开的。

第三节　租界里的"殖民体验"与上海都市的"逆向"书写

一　鲁迅在上海的殖民体验

"上海，因着它的中心地位，在国内成为南北关系的焦点，在洲际成为东西关系焦点……文化是一个有关人的生活方式的整体，而东西方人与人，文化与文化的整体接触，最多的地方恰巧在上海，

---

① 周国伟、彭晓：《寻访鲁迅在上海的足迹》，上海教育出版社1987年版，第18页。
② 山东师院聊城书院：《鲁迅在上海》（一），山东师院聊城书院1979年版，第86页。
③ 同上书，第87页。

在租界。"① 在上海的地理文化场域中,"半租界"是帝国主义越出租界范围修筑马路的区域,是"越界筑路"的产物,作为西方殖民势力的延长线,发挥着为租界"开疆拓土"的现实作用。在法律形式上华界拥有辖区行使权力,而实际上在这些华洋两界的缓冲地带,西方殖民势力拥有更多的话语霸权和实际的商业能力与政治控制力。"从空间分布上说,20 世纪 20 年代和 30 年代上海的地缘政治情况大致如下:法国租界和公共租界(包括日本人在虹口一带的非正式地盘)占据了上海面积(约 25 万平方公里)的一半,整个城市的司法权处于分散状态。在地理意义上,这种地缘政治情况使得城市从根本上说是半殖民性质的:一半被帝国主义所控制,另一半则归中国人。"② 从这个意义上看,一个毋庸置疑的客观事实是,无论是在租界制度、文化风俗还是政治伦理等方面,华洋两界包括租界内部不同文化归宿的租界人都存在着"短兵相接"式的文化接触,继而产生同化、融合、抵触、冲突等各种文化关系。从这个角度来理解,租界被看作"中西民族的接触地带",在这里,中西之间的对抗关系占据着主要的位置,发挥着重大的影响力。西方殖民势力在租界和"半租界"内部建立"国中之国",租界制度的合法化成为 20 世纪 30 年代的上海社会广为人知的"常识",最后带来了有些学者所提出来的"辐辏的时间性"和"辐辏的空间性"的时空间隔效果:"辐辏的时间性是指传统文明和现代文明以共时态的方式存在于租界的景观中,并且都给人以当下性的印象。租界日新月异的发展和租界生活的即时性、冒险性,加强了租界景观的时间辐辏感。辐辏的空间性是指西方和东方的文化景观在同一城市中并存不悖。"③ 这种表现在"时间"和"空间"关系上的"去中国化"特点自然强化了租界人体验的现实化和当下化,并赋予华人世界的有关中国现代性"被动嵌入"的文化屈辱感,并且形成

---

① 李天纲:《文化上海》,上海教育出版社 1998 年版,第 19 页。
② [美]史书美:《现代的诱惑:书写半殖民地中国的现代主义(1917—1937)》,何恬译,江苏人民出版社 2007 年版,第 267 页。
③ 李永东:《租界文化的形态与特征》,《河北学刊》2006 年第 1 期。

了学界的关于中国现代性生成过程与"中国殖民境遇"因果关系的探求："后来者的上海，现代化最初是被强加的外来之物。上海的崛起，本身是西方工业文明冲击后的产物，是以服从列强——先行者自身现代化的内在需求——殖民侵略、商品与资本的输出等为前提的。作为中国最典型的半殖民地的缩影与现代化程度最高的城市，上海的被强加程度也最高，无论是租界、法律、市政、社会组织、工厂企业、生活内容与方式等各个方面，无不由被强加而来。"① 同时，那种有别于传统的"陌生化"体验自然会将租界社会作为"第三世界"的文本象征体现出来。"第三世界"最初作为经济政治体系中的概念划分，在美国文论家弗里德里克·詹姆逊那里，则主要以"遭受殖民主义和帝国主义侵略的经验"来定义。从这个角度而言，伴随着近百年的殖民历史的演变和型构，中国近现代以来的包括广州、天津、上海在内的主要区域都典型地经历着"遭受殖民主义和帝国主义侵略的经验"。上海因在租界史中的特殊地位而在殖民症候方面表现得更为突出。在这里，"租界"和"半租界"不仅仅具有了空间地理学的意义，同时也以其独具的文化内涵将指涉功能反作用于人，并参与人的社会活动和心灵活动的建构过程，由此形成了对城市空间形式的文本意义上的建构和表达，形成了带有着殖民体验气质的都市文本。鲁迅的上海创作可以作为其中的代表之一。

早在厦门时期，鲁迅在与景宋通信集中就这样提到："贵校的情形，实在不大高妙，也如别的学校一样，恐怕不过是不死不活。……我们那里有一句俗话，叫作'穿湿布衫'，就是恰如将没有晒干的小衫，穿在身体上。我所经历的事情，几乎无不如此。"② 几年后，鲁迅致信给郑振铎又提到了这种"穿湿布衫"的感觉："海上'文摊'之状极奇，我生五十余年矣，如此怪像，实是第一次看见，倘使自己不

---

① 忻平：《从上海发现历史——现代化进程中的上海人及其社会生活（1927—1937）》，上海大学出版社 2009 年版，第 19 页。

② 鲁迅：《两地书·第二集·厦门—广州》，《鲁迅全集》第 11 卷，人民文学出版社 1998 年版，第 248 页。

是中国人，倒也有趣，这真是所谓 Grotesque（英语：古怪的，荒诞的），眼福不浅也，但现在则颇不舒服，如身穿一件未曾晒干之小衫，说是苦痛，并不然，然而说是没有什么，又并不然也。"① 在这里，"穿湿布衫"除了可以看作对上海文坛由历史"合力"所形成的极其浅薄的文化形态发出的自己的感慨外，同时也可以作为鲁迅生存状态的通约性理解：其一，它本身即是鲁迅的生存寓言，这种不适感和异己感是没有时间和场所限制的，是一种永远无法把自己和周围的环境交融到一起的"在而不属于"；其二，它可以更确定地指称为鲁迅在都市空间中的殖民体验，一种由殖民都市所拥有的文化景观和城市景观的"陌生化"所带来的文化心理上的差异感和疏离感，以现代知识分子完全的独立性和审慎的怀疑精神，拒绝一种"和而不同"的"兼容"，生存其间有"办也办不好，放也放不下，不爽快，也并不大苦痛，只是终日不舒服"的感觉②。作为一种提醒，自然会激发鲁迅对自己所置身的文化空间和环境做切近的文化思考和艺术表达。

　　这完全有别于 20 世纪 20 年代的鲁迅创作。在充满愤激和忧患的叙述氛围中，"呐喊"和"彷徨"时期的鲁迅，文字中多频次地出现着无边的"旷野"与"荒原"，进而将孤独的忧思和挫败的心绪寄托其中，以寻求心灵的释放："我快步走着，仿佛要从一种沉重的东西冲出，但是不能够。耳朵中有什么挣扎着，久之，久之，终于挣扎出来了，隐约像是长嗥，像一匹受伤的狼，当深夜在旷野中嗥叫，惨伤里夹杂着愤怒和悲哀。"③ 散文诗《雪》中这样写道："在无边的旷野上，在凛冽的天宇下，闪闪的旋转升腾着是雨的精魂……"在《颓败线的颤动》中，再一次地出现了"旷野"的意象："她于是抬起眼睛向着天空，并无词的言语也沉默尽绝，惟有颤动，辐射若太阳光，

---

　　① 鲁迅：《书信·331202·致郑振铎》，《鲁迅全集》第12卷，人民文学出版社1998年版，第284页。
　　② 鲁迅：《两地书·第二集·厦门—广州》，《鲁迅全集》第11卷，人民文学出版社1998年版，第248页。
　　③ 鲁迅：《彷徨·孤独者》，《鲁迅全集》第2卷，人民文学出版社1998年版，第107页。

使空中的波涛立刻回旋，如遭飓风，汹涌奔腾于无边的旷野。"在这里，"旷野"和"荒原"似乎成为承载并释放精神之子心灵痛苦最合适的场所，它们无边的宏阔和彻底的纯粹，无边无际的悠远和深邃，使生命的欠然得到了精神上的告慰和疏解。在都市，鳞次栉比、拥挤不堪的城市空间挤兑、压抑着人们的心灵空间，不绝于耳的永远是漂浮在城市上空的"市声"，还有由这城市环境熏陶形塑的"都市人"和"租界人"所构成的生活常态："向上海的夜车是十一点钟开的……在这车上，才遇见满口英语的学生，才听到'无线电''海底电'这类话，也在这车上，才看见弱不胜风的少爷，绸衫尖头鞋，口嗑南瓜子，手里是一张《消闲录》之类的小报，而且永远看不完。"① 20 世纪 30 年代，屡遭革命之梦放逐的鲁迅，最终选择上海作为生命最后十年的壕战之所。当他置身于殖民都市上海，以"半租界"作为自己主要的都市生存和发展空间的时候，其思想探索和文本体验自然会体现出作为空间场域的文化地理特点。生存空间的狭小和逼仄使其思想的翅膀，从"荒原"和"旷野"形而上的精神领域旋起旋降于现实的人间，在"租界"、在"弄堂"里认定"这也是生活"，其艺术的想象和哲学的沉思在五光十色的都市中找到一种落实，即为很多研究者普遍称道的超越了某种创作方法的"现实主义"，指的"正是这种扭结在'中国'和'现在'的不可移易的现实感"②。现实的社会和人生使作家以"匕首"和"投枪"式的杂文作为"释愤抒情"的工具，以杂文创作作为都市写作的主要文体和形式。这里不仅有着"时代的眉目"，"反映中国大众的灵魂"，而且"实质上潜入了现代都市生活的灵魂，把握了这个事件和物象所构成的世界的矛盾和张力，表现了现代生活不连续性和断裂的特点"③。

---

① 鲁迅：《华盖集续集·上海通信》，《鲁迅全集》第 3 卷，人民文学出版社 1998 年版，第 363 页。

② 张宁：《"确信"、"多疑"的悖论及对异邦的想象——鲁迅"向左转"历史轨迹考察之一》，《中州大学学报》2008 年第 1 期。

③ 旷新年：《1928：革命文学》，山东教育出版社 1998 年版，第 184—185 页。

1934年，张星烺在《欧化东渐史》中这样写道："入民国后，（日本人）忽而唆使袁世凯为皇帝，忽而协助蔡锷以抗袁，忽而挑拨南北感情，忽而助奉入关，忽而出兵阻拦北伐，实皆彼多年阴谋计划，至此实现。中国上下皆堕其术中，而不知其悟。"① 而鲁迅，正是以其大胆怀疑、深度质询的思维模式，与很多正人君子、文化名人、海上文人相区别，深刻地透析出异族人的"文化阴谋"。这既是鲁迅生命意识释放的需要，也是鲁迅社会感知的理性选择。这既源于作者由对民族历史的本质理解所带来的现实哲学和生存智慧，又源于近现代以来异族入侵历史所带来的审慎的政治敏感与政治智慧。"我的习性不太好，每不肯相信表面上的事情……"② "我看事情太仔细，一仔细，即多疑虑"③，"我疑心将来的黄金世界里，也会有将叛徒处死刑"④。因而，他借用一种反常规的叙事策略，"从表面的繁荣底下，看出持续的荒芜和破产，从'现代'里面，发现明季和宋末的幽灵；从每每遭人轻蔑的底层民众的被动状态中，他看到了深藏的清醒和透彻；从若干新颖的旗帜、姿态和运动当中，他更觉察出向来深恶的专横和奴性"⑤。

二　鲁迅对上海殖民时代的描写和批判

西方文化观和艺术观秉行着"推背式"的思考方式，借用语言即"反方面来推测未来的情形"。20世纪二三十年代，很多外国人从异域来到中国，也留下了很多关于中国风土人情的描写。在英国作家哈罗德·艾克敦的笔下、美国作家哈里森·索尔兹伯里的文章里

---

① 张星烺：《欧化东渐史》，商务印书馆1934年版，第53—54页。
② 鲁迅：《两地书·北京》，《鲁迅全集》第1卷，人民文学出版社1998年版，第39页。
③ 同上书，第32页。
④ 鲁迅：《两地书·第一集·北京》，《鲁迅全集》第1卷，人民文学出版社1998年版，第20页。
⑤ 王晓明：《鲁迅式的眼光》，引自一士编《21世纪：鲁迅和我们》，人民文学出版社2001年版，第66页。

以及法国学者保罗·巴迪的谈话中均有对"北京魅力"的痴迷。其实在日本作家鹤见佑辅的随笔集《思想·山水·人物》中也有一篇名为《北京的魅力》的文章——"我一面陶醉在支那生活的空气中，一面沉思着对于外人有着'魅力'的这东西。元人也曾征服支那，而被征服于汉人种的生活美了；满人也征服支那，而被征服于汉人种的生活美了；现在西洋人也一样，嘴里虽然说着 Democracy 呀，什么什么呀，而却被魅于支那人费六千年而建筑起来的生活的美。"① 它的出现引起了鲁迅的注意，也激起了鲁迅的震竦和对殖民文化"异位"介入的预知。作为鹤见佑辅随笔集的中国翻译者和介绍者，鲁迅出于对殖民文化的警惕和预见性的忧虑，并没有从外国人对中国文化的迷恋和痴迷那里获得自豪感和欣喜感，而是从问题的反面，以迥别于人们惯常的思维方式，出于对异族人的文化行为和文化心理所包含的"文化阴谋"的洞悉和谙熟，发出了显然不同于他人但又发人深省的质询和诘问：

外国人中，不知道而赞颂者，也还可恕的。可是还有两种，其一是以中国人为劣种，只配悉照原来的模样，因而故意称赞中国的旧物。其一是愿世间人各不相同以增加自己旅行的兴趣，到中国看辫子，到日本看木屐，到高丽看笠子，倘若服饰一样，便索然无味了，因而来反对亚洲的欧化。这些都可憎恶。②

这当然不仅仅决定于"尖刻"、"多疑"的思维特点，与"黑暗捣乱"的故意玩玩，在谩骂和蔑视面前乐于"黑的恶鬼似的站着'鲁迅'两个字"，而是鲁迅对身外和身内的挫败后的经验总结，是"反抗绝望"的斗争哲学。正如萨义德在他的"东方主义"理论中所阐述的："东方几乎是被欧洲人凭空创造出来的地方，自古以来就代表着

---

① [日]鹤见佑辅：《北京的魅力》，引自《灯下漫笔》，《鲁迅全集》第1卷，人民文学出版社1998年版，第214页。

② 鲁迅：《坟·灯下漫笔》，《鲁迅全集》第1卷，人民文学出版社1998年版，第216页。

罗曼司、异国情调、美丽的风景、难忘的记忆、非凡的经历。"① 东方是西方的目的物，是"一种谋生之道"。"采用的主要方法是推论东方是低于西方的'他者'，并主动强化——当然甚至部分是建构——西方作为一种优越文明的自身形象。"② 在对异族人对中国文化的迷恋上升到殖民侵略隐秘心理的分析中，显现出"鲁迅式"的思维特点："我常常想，凡有来到中国的，倘能疾首蹙额而憎恶中国，我敢诚意地捧献我的感谢，因为他一定是不愿意吃中国人的肉的！"③ 十年后，有了日本帝国主义殖民行为的现实教科书，鲁迅对外国人的某些做法有了具体而明确的理解："关于中国文艺情形，先生能够陆续作文发表，最好。我看外国人对于这些事，非常模糊，而所谓'大师''学者'之流，则一味自吹自捧，绝不可靠，青年又少有精通外国文者，有话难开口，弄得漆黑一团。日本人读汉文本来较易，而看他们的著作，也还是胡说居多，到上海半月，便做一本书，什么轮盘赌，私门子之类，说得中国好像全盘是嫖赌的天国。"④ 这种"妖魔化"的中国叙事充分包含了异族文化操纵者潜在的理论预设："东方就被东方主义的话语典型地制作成（形象多样）沉默、淫荡、女性化、暴虐、易怒和落后的形象。正好相反，西方则被表现为男性化、民主、有理性、讲道德、有活力并思想开通的形象。"⑤

早在世纪初，鲁迅就做出了犀利的判断："往者为本体自发之偏枯，今则获以交通传来之新疫，二患交伐，而中国之沉沦遂以益速矣。"⑥ 以此反观"租界"和上海的殖民世界，就会找到一种对应关

---

① [美] 爱德华·W.萨义德：《东方学》，王宇根译，生活·读书·新知三联书店1995年版，第1页。
② [英] 巴特·穆尔-吉尔伯特：《后殖民理论——语境 实践 政治》，陈仲丹译，南京大学出版社2007年版，第31页。
③ 鲁迅：《坟·灯下漫笔》，《鲁迅全集》第1卷，人民文学出版社1998年版，第214页。
④ 鲁迅：《书信·340306·致姚克》，《鲁迅全集》第12卷，人民文学出版社1998年版，第350页。
⑤ [英] 巴特·穆尔-吉尔伯特：《后殖民理论——语境 实践 政治》，陈仲丹译，北京大学出版社2007年版，第31页。
⑥ 鲁迅：《坟·文化偏至论》，《鲁迅全集》第1卷，人民文学出版社1998年版，第57页。

系。在增田涉的观察中："鲁迅的著作和他的日常谈话里，常常出现'奴隶'这个词。对于鲁迅，这不是抽象的概念，而是'直接接触到内心'的现实，这一现实是经常在他的生存中，经常在鼓动他的热情，缠住他的一切思考。"① 在这个有幸师从鲁迅学习《中国小说史略》的日本人眼里，鲁迅对于"自己和自己民族的奴隶地位的自觉，就是跟他的'人'的自觉相联结的"②，既防止做本国人的奴隶，更警惕做异国人的奴隶，即在民族内部植根于历史纵深处的"主—奴"精神结构和封建传统文化的"食人性"之外，截取"交通传来之新疫"极富病态的部分：东方主义在上海租界现实性的落实。熊月之亦认为，"在对上海城市的认知描述中，30年代是一个重要的时期，其主要特点是上海形象开始和殖民主义的帝国主义侵略联系在一起"③。在这样的生存境遇下，鲁迅难以享受那样一种"城里人的思想"："背景是条纹布的幔子，淡淡的白条子便是行驰着的电车——平行的，匀净的，声响的河流，汩汩流入下意识里去。"④ 而是在社会生活的幻象之外，敏感地触及了西方社会形态的变异：资本主义发展的高级阶段即是"帝国主义"，"从尖锐程度上讲，鲁迅对东方主义的批评甚至远远超过了爱德华·萨义德"⑤。

带着这样的文化感知和预见性的智性敏感，在鲁迅的视阈里，上海社会泾渭分明地被区隔为这样一个世界："上海是：最有权势的是一群外国人，接近他们的是一圈中国的商人和所谓读书的人，圈子外面是许多中国的苦人，就是下等奴才。将来呢，倘使还要唱着老调子，那么，上海的情状会扩大到全国，苦人会多起来。因为现在是不像元朝的时候，我们可以靠着老调子将他们唱完，只好反而唱完自己了。

---

① ［日］增田涉：《鲁迅的印象》，湖南人民出版社1980年版，第52—53页。
② 同上。
③ 引自张鸿声《启蒙现代性到城市现代性——中国新文学初期的上海叙述》，《郑州大学学报》2007年第4期。
④ 张爱玲：《流言·公寓生活纪趣》，花城出版社1997年版，第27页。
⑤ ［美］史书美：《现代的诱惑：书写半殖民地中国的现代主义（1917—1937）》，何恬译，江苏人民出版社2007年版，第95页。

这就因为，现在的外国人，不比蒙古人和满洲人一样，他们的文化并不在我们之下。"① 在《现今的新文学的概观》中，鲁迅接着对上海的租界进行类型上的划分和概括："上海租界，那情形，外国人是处在中央，那外面，围着一群翻译，包探，巡捕，西崽……之类，是懂得外国话，熟悉租界章程的，这一圈之外，才是许多老百姓。"② 这种殖民社会形态构造，在西方人哈洛德·伊萨克那里也有过类似的说明："30年代表殖民势力的外国人，他们属于特权阶层；上层华人买办，及有限的华人竞争者；大批在外资和中资受雇的中方白领；以及从赤贫的乡村涌入的贫困潦倒大众，他们成了源源不断的劳动力大军，搬运夫、乞丐、妓女、罪犯和一群无助的人，这些人每年在城市街道上留下50,000个死婴。"③

在这里，处于中心地位的是外国人，接着则是那些粗懂洋文发挥桥梁媒介作用的读书人、华人买办，其次则是奴才和遥距于权门之外的社会底层人物。有别于鲁迅上海创作所塑造的形象系列，外国殖民者形象作为新的艺术典型，在"半租界"近距离的审视中得到了阐发，并且主要通过"推"、"踢"、"冲"等极富动作意义的行为表现出来，在杂文《推》、《踢》、《冲》、《"抄靶子"》中有了这样的表述：

> 我们在上海路上走，时常会遇见两种横冲直撞，对于对面或前面的行人，决不稍让的人物。一种是不用两手，却只将直接的长脚，如入无人之境似的踏过来，倘不让开，他就会踏在你的肚子或肩膀上。这是洋大人，都是"高等"的，没有华人那样上下的区别。④

---

① 鲁迅：《集外集·老调子已经唱完》，《鲁迅全集》第7卷，人民文学出版社1998年版，第310—311页。
② 鲁迅：《三闲集·现今的新文学的概观》，《鲁迅全集》第4卷，人民文学出版社1998年版，第133页。
③ 转引自[美]李欧梵《上海摩登——一种新都市文化在中国（1930—1945）》，毛尖译，北京大学出版社2001年版，第40页。
④ 鲁迅：《伪自由书·推》，《鲁迅全集》第5卷，人民文学出版社1998年版，第195页。

"推"还要抬一抬手,对付下等人是犯不着如此费事的,于是乎有"踢"。而上海也真有"踢"的专家,有印度巡捕,有安南巡捕,现在还添了白俄巡捕,他们将沙皇时代对犹太人的手段,到我们这里来施展了。①

"冲"是最爽利的战法,一队汽车,横冲直撞,使敌人死伤在车轮下,多么简洁;"冲"也是最威武的行为,机关一板,风驰电掣,使对手想回避也来不及,多么英雄。各国的兵警,喜欢用水龙冲,俄皇曾用哥萨克马队冲,都是快举。各地租界上我们有时会看见外国兵的坦克车在出巡,这就是倘不恭顺,便要来冲的家伙。②

假如你常在租界的路上走,有时总会遇见几个穿制服的同胞和一位异胞(也往往没有这一位),用手枪指住你,搜查全身和所拿的物件。倘是白种,是不会指住的;黄种呢,如果被指的说是日本人,就放下手枪,请他走过去;独有文明最古的皇帝子孙,可就"则不得免焉"了。③

在黑格尔的线性历史哲学里,曾提及"民族精神"只有符合"精神"通向"真理和自觉"的形态,一个民族的历史才能步入"世界历史的行程"④,因而直言中国这个国家实在太古老,但由于中国缺少"客观的存在和主观运动"的对峙,它无从发生任何变化,所以中国还处在"世界历史"的局外。黑格尔的警言惊悚并浸染着中国知识阶层不平静的心绪,同时也暗合着西方殖民主义者"他者化"的隐秘心理。临去上海前,鲁迅曾作《略谈香港》,在那个为英国人全面殖民

---

① 鲁迅:《伪自由书·踢》,《鲁迅全集》第5卷,人民文学出版社1998年版,第245页。
② 鲁迅:《伪自由书·冲》,《鲁迅全集》第5卷,人民文学出版社1998年版,第339页。
③ 鲁迅:《伪自由书·"抄靶子"》,《鲁迅全集》第5卷,人民文学出版社1998年版,第205页。
④ [德]黑格尔:《历史哲学》,王造时译,上海书店1999年版,第56—71页。

的都市里，作者的那次自己视为"老生常谈"的讲演就颇受到"干涉"，点滴的细节宣告着中国人没有言论的自由。不仅仅如此，居住在香港的华人更是饱受殖民奴役的痛苦和屈辱，不是"被抽藤条"，就是为英警"执行搜身"，并且领受着英人们横暴的训斥："总之是你错的：因为我说你错！"① 相比较而言，殖民主义在上海也不是"幽灵"的存在，而是现行的具体的存在，不仅动作密度大，而且极其穷凶极恶，"踢"、"推"、"冲"以及"抄靶子"等动作中，张扬着殖民主义者仗势欺人的嚣张气焰，充满着对所谓的"没有历史"的中国生命的贱视。作为殖民主义者文化行为的直接表述方式，"洋大人"粗鄙化的行为蕴涵着西方历史和文化的集体无意识——来自异族并施于异族的种族歧视和殖民同化。并且，更有深意的是，同样粗鄙化的言辞间也深刻地透露着萨义德所言的权力与话语、权力与知识之间的密切关系："他们不能代表他们自己，一定要别人来代表他们。"在无主权的生存境遇中，中国民众只能接受着被代言、被强加的命运，不仅要接受损失，而且还要蒙受羞耻。

  此外，鲁迅还在电影中看到西方人的"文化阴谋"，看到他们在精神和意识形态等方面对中国人的驯化和奴役："欧美帝国主义者既然用了废枪，使中国战争，纷扰，又用了旧影片使中国人惊异，糊涂。更旧之后，便又运入内地，以扩大其令人糊涂的教化。我想，如《电影和资本主义》那样的书，现在是万不可少了！"② 军事上的统治和征服可能是暂时的，而且可能激发一个民族的抗压的决心和"复仇"的斗志，而文化的奴役和教化则是危险的，更何况这民族是"经过四千余年历史文化训练"的，善于向异族人宣扬"被压服的古国人民的精神，尤其是在租界上"。三年后，鲁迅则以孺牛为笔名，撰写了《电影的教训》一文，发表在1933年9月11日的《申报·自由谈》中。

---

  ① 鲁迅：《而已集·略谈香港》，《鲁迅全集》第3卷，人民文学出版社1998年版，第428页。
  ② 鲁迅：《二心集·现代电影与有产阶级》，《鲁迅全集》第4卷，人民文学出版社1998年版，第412页。

> 但等我在上海看电影的时候,却早是成为"下等华人"的了,看楼上坐着白人和阔人,楼下排着中等和下等的"华胄",银幕上现出白色兵们打仗,白色老爷发财,白色小姐结婚,白色英雄探险,令看客佩服,羡慕,恐怖,自己觉得做不到。但当白色英雄探险到非洲时,却常有黑色的忠仆来给他开路、服役,拼命、替死,使主子安然的回家;待到他预备第二次探险时,忠仆不可再得,便又想起了死者,脸色一沉,银幕上就现出一个他记忆上的黑色的面貌。黄脸的看客也大抵在微光中把脸色一沉:他们被感动了。①

在电影院这个原本可以获得休闲和娱乐的场所里,鲁迅却将电影内和电影外的世界连接起来,在浑然一体的结构中,剖析了电影作为一种以画面和声像为媒介的现代艺术,所具有的或者悄无声息或者惊心动魄的文化殖民能力。在浓郁的文化消费气氛中显现其独有的冷静和深刻,既揭露了文化殖民主义者的险恶用心,也更为痛惜地批判了国人毫无痛觉、毫无判断力的昏迷、愚蠢,而这只能造就奴隶和奴才的命运。这更充分地彰显了鲁迅"更有韧性的生命强力"和"更为清醒的现实精神":"我知道了鲁迅所说的'奴隶'、'奴隶',是包藏着中国本身从异族的专制社会求解放在内的诅咒,同时又包藏着从半殖民地的强大外国势力压迫下来求解放在内的二重三重的诅咒。……必须理解到,他的愤怒、悲哀、热骂、冷嘲、讽刺、讥笑,或者他常说的'寂寞',是他肉体的呼吸,是他根深的意志。"②

细腻的近距离的观察洞见,恰是对鲁迅精神世界中重要关键词"奴隶"的提取和发现。对"奴隶"一词的切实敏感可以说是伴随着鲁迅的生命全程,在言词间也多有流露:"实际上,中国人向来就没

---

① 鲁迅:《准风月谈·电影的教训》,《鲁迅全集》第5卷,人民文学出版社1998年版,第292页。

② [日]增田涉:《鲁迅的印象》,钟敬文译,湖南人民出版社1980年版,第53页。

有争到过"人"的资格,至多不过是奴隶,到现在还如此。"① "一,想做奴隶而不得的时代;二,暂时做稳了奴隶的时代。"② "我们极容易变成奴隶,而且变了之后,还万分喜欢。"③ 还有"革命以前是奴隶,革命后成奴隶的奴隶"及"奴隶总管"等对革命的警惕和总结。而尤其让鲁迅痛惜的是,中国人不仅是要做直属本民族传统的、文化的、现存制度的奴隶,而且因民族性格的不振拔而再度沦为异族的奴隶,所以是谓"二重三重的诅咒。"这种对西方殖民行为进行的直接的文化批判无意识地消解了那些主导叙事:"仅仅将上海看成是'黑暗的城市',看成是'必将蔓延到中国其他部分去的罪恶的化身'而'不被看成是民族主义的反殖民根据地'"④,"在现代性批判的缺席和黑格尔线性历史观输入的推波助澜下,'五四'世界主义的现代性话语日益获得霸权,而真正的反殖民话语也就越来越不可能出现了"⑤。确立的不仅仅是中国知识分子对"二患并伐"的黑暗现实的双重疑惧和控诉,也凸显了鲁迅精神世界中追求平等、追求民主的"世界人"意识。

　　鲁迅对上海殖民时代的描写和批判,不仅有其意识形态意义上的立场与出发点,而且也适时地顺应了上海城市化的进程,完成了对政府的工业化政策与西方市场经济片面移植而成就的畸形繁荣的凝视和反思。在鲁迅看来,"中国文化,都是侍奉主子的文化",这种"侍主性文化"一方面促使反动政府进行愚民统治,培养新的奴隶,孕育和制造"无声的中国",另一方面则迎合殖民主义统治中国的需要,发挥其强大的同化力,在西方文化输入及城市工业化、现代化、商业化的同时,非但没有摆脱传统文化的压制,反而增添了新的奴役,恶性嫁接和发展了更为残酷、更为厉害的压迫方式。为此,鲁迅在《"民

---

① 鲁迅:《坟·灯下漫笔》,《鲁迅全集》第1卷,人民文学出版社1998年版,第212页。
② 同上书,第213页。
③ 同上书,第211页。
④ [美]史书美:《现代的诱惑:书写半殖民地中国的现代主义(1917—1937)》,何恬译,江苏人民出版社2007年版,第45页。
⑤ 同上书,第5页。

族主义文学"的任务和运命》中激愤陈言："殖民政策是一定保护,养育流氓的。从帝国主义的眼睛看来,惟有他们是最要紧的奴才,有用的鹰犬,能尽殖民地人民非尽不可的任务:一面靠着帝国主义的暴力,一面利用本国的传统之力,以除去'害群之马',不安本分的'莠民'。所以,这流氓,是殖民地上的洋大人的宠儿——不,宠犬,其地位虽在主人之下,但总在别的被统治者之上的。"① 这段话深刻地分析了在殖民主义政治背景下中国民众的生存形态,揶揄并抨击了帮助排宴席、做"醉虾"帮手的少数分子行径的可耻和卑劣,尤其对那些实为洋奴却自鸣得意的西崽及其"西崽相"更是深恶痛绝:"倚徙华洋之间,往来主奴之界,这就是现在洋场上的'西崽相'。但又不是骑墙,因为他是流动的,较为'圆通自在'……所以这一种相,有时是连清高的士大夫也不能免的。'事大',历史上有过的,'自大',事实上也常有的,却又为实际上所常见——他足以傲视一切,连'事大'也不配的人们。"② 在鲁迅看来,这种"西崽相"即是古已有之的因事大而自大,是中国奴性传统的现代延伸。为此,在鲁迅后期的作品中经常可以看到这样的文字:"三月里,就'有人'在上海的租界里冷冷地说道。"③"时候是二十世纪,地方是上海,虽然骨子里永是'素重人道',但表面上当然会有些不同的。对于中国的有一部分并是'人'的生物,洋大人如何赐谥,我不得而知,我仅知道洋大人的下属们所给予的名目。"④"现在是二十世纪过了三十三年,地方是上海的租界上。"⑤ 这种异质同构的文化形态并没有混淆鲁

---

① 鲁迅:《二心集·"民族主义文学"的任务和运命》,《鲁迅全集》第4卷,人民文学出版社1998年版,第311页。
② 鲁迅:《且介亭杂文二集·"题未定"草("一至三")》,《鲁迅全集》第6卷,人民文学出版社1998年版,第355页。
③ 鲁迅:《且介亭杂文末编·三月的租界》,《鲁迅全集》第6卷,人民文学出版社1998年版,第513页。
④ 鲁迅:《准风月谈·"抄靶子"》,《鲁迅全集》第5卷,人民文学出版社1998年版,第205页。
⑤ 鲁迅:《准风月谈·序的解放》,《鲁迅全集》第5卷,人民文学出版社1998年版,第219页。

迅深彻冷峻的思维，相反使他的感觉更敏锐，在双重奴役、屈辱和多重殖民忧虑之下，由透视纷繁复杂的事象，对自身和民众的生存状态进行了深入的发掘和冷诮的表现，把握都市繁华背景下深层畸形的民族根性及其汰变，理性反思上海的殖民化、城市化、现代化过程。

第五章 殖民都市里的生存策略与表意的智慧

第六章 "文化上海"与作家的"释愤"和"抒情"

叛逆的猛士出于人间;他屹立着,洞见一切已改和现有的废墟和荒坟,记得一切深广和久远的苦痛,正视一切重叠淤积的凝血,深知一切已死,方生,将生和未生。他看透了造化的把戏。

——鲁迅

只是因为有了那些不抱希望的人,希望才赐予了我们。

——[德]瓦尔特·本雅明

此后如竟没有炬火:我便是唯一的光。倘若有了炬火,出了太阳,我们自然心悦诚服的消失……

——鲁迅

第一节 上海"经验"与作为精神文本的杂文创作

伴随着中国社会问题在实践层面的深入开掘,由五四所开辟的伟大的文化时代益发显现出流转激变的精神气质。到了20世纪30年代,中国的社会生活发生着重大的历史震荡。由社会性质的分析到"启蒙"与"救亡"历史任务的起伏消长验证了20世纪30年代社会生活的厚重与繁复,也由此引发了对中国知识分子社会使命和历史参与等层面的整体认知与评价。在这一过程中,城市日益成为国家政治生活的主体,越来越呈现出与民族走向以及知识分子文化选择之间亲密无间的"纠缠"关系。"上海作为一个近代中国极为特殊的城市,其本身的现代性逻辑之强大,也在于对世界主义背景下整体的所谓'中国现代性与中国现代化'的向往这一民族的'想象的共同体'。在这里,上海实际上充当了现代中国民族国家主体性建构的最大载体。"① 作为社会良知的表现者,现代知识分子的杰出代表,鲁迅与20世纪30年代的上海之间的关系自然成为一种难以规避的文化存在,从中所诱发的城市作为意义资源的纵深思考以及批判性的建构使上海"经验"与城市文本之间的讨论成为可能。

  一个广为人知的事实是,上海时期的鲁迅除了接续创作了《故事新编》后五篇外,主要以杂文作为主导叙事的方式,先后创作了《而已集》、《三闲集》、《二心集》、《南腔北调集》、《伪自由书》、《准风月谈》、《花边文学》、《且介亭杂文》、《且介亭杂文二集》、《且介亭杂文末编》十部杂文集,最大限度地发挥杂文的批评功能,构成了鲁迅对上海都市文化的书写、批判与反思。曹聚仁在《文坛五十年》中这样写道:"鲁迅的战斗生活,也可以说在上海的十年,乃其最绚烂的阶段,而他在杂文上的成就也是到达了峰巅。"② 1935年12月,鲁迅在其最后一部杂文集《且介亭杂文二集》的后记中对自己一生所从事的杂文创作进行了大致的梳理和总结:"近两年来,又时有前进的青年,好意的可惜我现在不大写文章,并声明他们的失望。我的只能令青年失望,是无可置辩的,但也有一点误解。今天我自己查勘测了一下:我从在《新青年》上写《随感录》起,到写这集子里的最末一篇止,共历十八年,单是杂感,约有八十万字。后九年中的所写,比前九年多两倍;而这后九年中,近三年所写的字数,等于前六年,那么所谓'现在不大写文章',

---

① 张鸿声:《"文学中的城市"与"城市想象"研究》,《文学评论》2007年第1期。
② 曹聚仁:《文坛五十年》,东方出版中心1997年版,第222页。

其实也并非确切的核算。"① 在作者本人的回顾性总结中,澄明了两个基本事实:其一,杂文是鲁迅一生用力最多、费事最多的文体;其二,杂文是鲁迅移居上海后十年用力最勤、收获最大的文体,与鲁迅之间生死相依,成为鲁迅有意为之、自觉选择的精神文本。

在国内有人贬斥杂文"既非诗歌小说,又非戏剧,所以不入文学之林"的论调声中,鲁迅明确表示"邪宗"必会变为"正宗",对杂文创作表示了极大的价值认同,并颇为自信地谈道:"杂文这东西,我却恐怕要侵入高尚的文学楼台去的。"② 我们有理由相信,面对着峻急复杂的时代环境以及"二患并伐"的社会生活,鲁迅以积极的绝不区隔的参与意识,在杂文那里找到了精神契合和艺术表达的形式。正如当年瞿秋白在撰写《鲁迅杂感选集·序言》时所预言的:"杂感这种文体,将要因为鲁迅而变成文艺性的论文(阜力通)的代名词。"③在朱晓进的理解中,则进一步地将这种文体选择的意义加以提升,认为能将鲁迅的"功能意识"和"文体意识"优化组合并加以双重实现的文体形式是"杂文"④。姜振昌在《鲁迅与中国新文学精神》一书中这样写道:"鲁迅杂文是文学中的奇葩,创造了一种中国人表达感情和智慧的独特方式。"⑤ 这些切中肯綮的判断和认知为我们通向由鲁迅杂文所构成的伟大的精神隧道提供着先验的理解,同时在鲁迅杂文艺术的文化巡礼中,也启发着我们"驿路寻花",探看到上海十年的城市经验与鲁迅后期杂文之间的意义关联,而这方面的深入研究正是以往学术界暂付阙如或一再忽略的。

20世纪30年代是鲁迅创作和思想全面成熟的历史时期,也是鲁迅

---

① 鲁迅:《且介亭杂文二集·后记》,《鲁迅全集》第6卷,人民文学出版社1998年版,第451页。
② 鲁迅:《且介亭杂文二集·徐懋庸作〈打杂集〉序》,《鲁迅全集》第6卷,人民文学出版社1998年版,第291页。
③ 何凝(瞿秋白):《鲁迅杂感选集》序言,《1913—1983鲁迅研究学术论著资料汇编》,中国文联出版公司1985年版,第819页。
④ 朱晓进:《鲁迅的文体意识和文体选择》,《文艺研究》1996年第6期。
⑤ 姜振昌:《鲁迅与中国20世纪杂文》,《鲁迅与中国新文学的精神》,中国社会科学出版社2004年版,第26页。

以"上海经验"为基础的都市写作与"反抗"的精神文本交相辉映的历史时期。后期杂文使鲁迅的创作深入到对上海日常生活的描述，容纳了鲁迅对上海底层社会的深入观察，促使都市上海的主流叙事输入了"非主流"的色彩。应该看到，由上海所提供的城市生活完全迥别于鲁迅以往的生活，而在这座最具国际性意义的大都市中，鲜明的都市特点以及由上海城市本身所体现的复杂困境，为鲁迅后期的杂文创作提供着有关现实和历史的生生不息的灵感源泉，刺激着鲁迅产生有别于"乡土中国"所给予的现代性体验，也激发着鲁迅以杂文的形式创生着有别于"旧我"又有别于"他者"的城市书写。在上海的实际生活中，鲁迅一方面积累着丰富而深刻的城市经验，另一方面，直面现实的观感也影响着他在"瞬间中抓住永恒，在永恒中捕捉瞬间"。"上海经验"的获得丰富着鲁迅以往的杂文创作的基本内涵，并作为20世纪30年代"上海想象"的一种，构成了都市文学的另一意义和艺术的指涉。

一　日常生活与弄堂叙事

1926年5月，鲁迅在《语丝》周刊上发表了《新的蔷薇——然而还是无花的》一文，谈及了对自己创作个性的解释："我早有点知道：我是大概以自己为主的。所谈的道理是'我以为'的道理，所记的情状是我所见的情状。"① 在鲁迅的杂文世界里，强烈的创作意识往往与作家私己的生存境遇密切地联系在一起。之如鲁迅将杂文视为"悲喜时节的歌哭一般，那时无非借此来释愤抒情。"② 同样的，鲁迅对上海的认知也是建构在都市上海的实际体验之上的。"将我所遇到的，所想到的，所要说的，一任它怎样浅薄，怎样偏激，有时便都用笔写了

---

① 鲁迅：《华盖集续编·新的蔷薇——然而还是无花的》，《鲁迅全集》第3卷，人民文学出版社1998年版，第291页。
② 鲁迅：《华盖集续编·小引》，《鲁迅全集》第3卷，人民文学出版社1998年版，第183页。

下来"①。在鲁迅最初的视野里，上海是一片扰攘之地，一个混乱的又颇具"生气"的城市。在写给廖立峨的书信中鲁迅谈论初到上海的体验："这里的情形，我觉得比广州有趣一点，因为各式的人物较多，刊物也有各种，不像广州那么单调。我初到时，报上便造谣言，说我要开书店了，因为上海人惯于用商人眼光看人。也有来请我去教国文的，但我没有答应。"②对于上海的"活气"和热闹，鲁迅在后来也有类似的说法："为安闲计，住北平是不坏的，但因为和南方太不同了，所以几乎有'世外桃源'之感。我来此虽已十天，却毫无感到什么刺戟，略不小心，确有'落伍'之惧。上海虽烦挠，但也别有生气。"③1933年致信姚克，表达了对上海的复杂心态："上海大风雨了几天，三日前才放晴。我们都好的，虽然大抵觉得住得讨厌，但有时也还高兴。不过此地总不是能够用功之地，做不出东西的。也想走开，但也想不出相宜的所在。"④

以自己为轴心去审视周遭的世界，并将切近的生存境遇化作人生的书写，这是鲁迅上海时期杂文创作的一个基本特质。这样的创作倾向一方面赋予了鲁迅杂文鲜明的现实色彩，另一方面也影响着鲁迅对上海的社会生活进行深入肌理的观察和剖析。正如乔治布莱在《批评意识》中指出："谁以一种独特的方式感知到自己，就同时感知到一个独特的宇宙。"⑤在上海的镜像描写中，"鲁迅对上海日常生活的复杂性有着鞭辟入里的观察。这使他超然于北京与上海文人小圈子的敌对，也避开了已经形成的叙述形式（如茅盾所尝试的那样）所描摹的上海图像。他的杂文是对日常世界的勾勒，而不是知识的概括。这标志着上海在非主流文

---

① 鲁迅：《华盖集续编·小引》，《鲁迅全集》第3卷，人民文学出版社1998年版，第183页。
② 鲁迅：《书信·271021·致廖立峨》，《鲁迅全集》第11卷，人民文学出版社1998年版，第587页。
③ 鲁迅：《两地书·北平—上海》，《鲁迅全集》第11卷，人民文学出版社1998年版，第295页。
④ 鲁迅：《书信·331002·致姚克》，《鲁迅全集》第12卷，人民文学出版社1998年版，第230页。
⑤ 转引自李泽厚《中国近代思想史论》，人民出版社1978年版，第474页。

学（minor literature）中的历史性的出场。"① 日常生活中包含着丰富的经验和文化资源，人生的庄严与琐碎、诗意与庸碌等各种面相尽在其中。在中国传统文学中，"日常生活"通常表现为两种物质功能，"一方面，在其人文目的与社会现实严重对立的时候，退而成为某种诗意人生的象征；在另一方面，在个人入世之心正强，社会乌托邦高扬的时候，却又成为某种桎梏理想、消磨壮志的象征，直接意指着庸俗化的现实人生状态，乃至于被批评、被扬弃。"② 众所周知，鲁迅寓居上海期间，除了参加一些社会活动外，大部分时间在寓所，通过报章阅读、书信、朋友之间的访谈建立着"公共空间"和"公共"的联系，对上海最为直接的认识很大一部分是通过寓居的弄堂获得的。"景云深处是吾家"，"景云里的二十三号前门，紧对着茅盾先生的后门"，许广平深情回忆中的"景云里"位于上海横滨路，是一个不起眼的普通弄堂，也是鲁迅、茅盾、周建人、冯雪峰、叶圣陶等进步文化人士居住过的地方。在茅盾的回忆中，景云里是这样的一番天地：

> 景云里不是一个写作的好环境。时值暑季，里内住户，晚饭后便在门外乘凉，男女老少，笑声哭声，闹成一片。与景云里我的家只有一墙之隔的大兴坊的住户，晚饭后也在门外打牌，忽而大笑，忽而争吵，而不知何故，突然将牌在桌上用力一拍之声，真有使人心惊肉跳之势。这些躁杂的声音，要到夜深才完全停止。这对于我，也还不妨，我是白天写作的。③

日常生活的琐屑、扰攘、嬉笑怒骂，以及不关乎国家大义的微乎其微，各种不可承受的生活表象一一呈现。这里不仅是鲁迅的政治避难所，是鲁迅与进步的文化人士邀约、会谈、结下伟大友谊的地方，也是其思考现实中的中国、眼下的上海，纵横思想、驰骋想象的地方。在鲁

---

① 张旭东：《上海的意象：城市偶像批判与现代神话的消解》，《文学评论》2002年第5期。
② 蔡翔：《日常生活的诗意消解》，上海学林出版社1994年版，第111页。
③ 茅盾：《我走过的道路》（中），人民文学出版社1984年版，第2页。

迅的杂文创作中，对上海弄堂生活的观察和体验是鲁迅关注上海、想象上海的基点，它近距离地浓缩了上海市民社会的百态人生，最大限度地包含着上海市民社会的日常性，言说着鲁迅对上海的人生世相复杂的心态。在弄堂的声息变化中，上演着上海人基本的生活方式和文化变迁。

1933年9月，鲁迅在《申报月刊》第二卷第九号发表《上海的儿童》，这是一篇直接以上海的儿童为观察视角的文章，文中所涉及的儿童教育思想已广为人知，对当时的中国儿童教育所进行的批评与《我们现在怎样做父亲》有连续性的关系。失败的教育造成失败的人生，同时也人为地累及劣等人性的产生。要么豪横蛮强，要么萎葸不前，总之是没有自我意识也没有未来的。值得注意的是，这些"衣裤郎当，精神萎靡，被别人压得像影子一样，不能醒目了"的儿童即出现在弄堂之中："倘若走近住家的弄堂里，就看见便溺器，吃食担，苍蝇成群的在飞，孩子成队的在闹，有剧烈的捣乱，有发达的骂詈，真是一个乱哄哄的小世界。"① 在这里，弄堂世界构成了深刻的隐喻，深度地揭示了"新人物"及其儿孙"只顾现在，不想将来"的现实背景，在那个已然取消精神、囿限个性生长的环境里，是不可能产生生气活泼、积极进取的健康人生的。相反，人淹没在生活的细节当中，活泼的天性、旺盛的精力和情感、生命的明媚与绚烂，都固化在程式化的生活中，萎缩、不堪、无望。

"我喜欢听市声。比我较有诗意的人在枕上听松涛，听海啸，我是非得听见电车声才睡得着觉的。在香港的山上，只有冬季里，北风彻夜吹着常青树，还有一点电车的韵味。长年住在闹市里的人大约得出了城之后才知道他离不开了一些什么。"② 在张爱玲的散文世界里，她是站在林立的"公寓"之上看上海，与上海的嘈杂世界保持着某种审美的距离，在上海生活的"现代质"中觅到诗意的人生，歆享平凡的哀乐。鲁迅虽对上海都市生活没有太多的好感，但多年的租界生活

---

① 鲁迅：《南腔北调集·上海的儿童》，《鲁迅全集》第4集，人民文学出版社1998年版，第565页。

② 张爱玲：《公寓生活记趣》，《流言》，花城出版社1997年版，第27页。

毕竟练敏了他的感觉，文字间自然流淌的是一个租界弄堂人的日常体验和好恶。在《弄堂生意古今谈》中就对一个闸北弄堂人叫卖零食的声音进行描写：

"薏米杏仁莲心粥！"

"玫瑰白糖伦敦糕！"

"虾肉馄饨面！"

"五香茶叶蛋！"

这是四五年前，闸北一带弄堂内外叫卖零食的声音，假使当时记录了下来，从早到晚，恐怕总可以有二三十样。居民似乎也真会化零钱，时时给他们一些生意，因为叫声也时时中止，可见是在招呼主顾了。而且那些口号也真漂亮，不知道他是从"晚明文选"或"晚明小品"里找过词汇的呢，还是怎的，实在使我似的初到上海的乡下人，一听到就有馋涎欲滴之慨，"薏米杏仁"而又"莲心粥"，这是新鲜到连先前的梦里也没有想到的，但对于靠笔墨为生的人们，却有一点害处，假使你还没有练到"心如古井"，就可以被闹得整天整夜写不出东西来。①

声音隐含着城市所有的秘密，弄堂集散着混乱、无序、无层次的声音，也昭示着熙熙攘攘的上海特有的生气。这里不排除鲁迅对这些叫卖声欣悦的接受，但也透露着讥诮之意：花费那么大的气力在精致上下功夫，汇就"漂亮的口号"，正如京海派联合之下的小品文，不配有好的命运。在弄堂生意今非昔比的叹息中，鲁迅慨叹上海弄堂的萧落和凋敝。"弄堂里的叫卖声，说也奇怪，竟也和古代判若天渊，卖零食的当然还有，但不过是橄榄或馄饨，却很少遇见那些'香艳肉感'的'艺术'的玩意了。"鲁迅对散溢在上海弄堂间"零零碎碎"

---

① 鲁迅：《且介亭杂文二集·弄堂生意古今谈》，《鲁迅全集》第6卷，人民出版社1998年版，第308页。

的市民气息以及嘈杂之声也显现着某种厌恶："嚷嚷呢，自然仍旧是嚷嚷的，只要上海市民存在一日，嚷嚷是大约决不会停止的。"而更有意味的是，作者将上海弄堂的声响与上海人爱吃零食的嗜好，以及素有"养生之益"的小品文结合起来了，形成了一个上海人的生活伦理与文化伦理相衔接的链条。这弄堂的声响，犹如掷石于水中扩展的涟漪一般，由里及外地扩散着它们的影响力，只有深入其间的人才能破译其中的文化信息。

1935年，鲁迅以阿金为题，写了一篇小说式的杂文《阿金》。

> 近几时我最讨厌阿金。
>
> 她是一个女仆，上海叫娘姨，外国人叫阿妈，她的主人也正是外国人。
>
> 她有许多女朋友，天一晚，就陆续到她窗下来，"阿金，阿金！"的大声的叫这样的一直到半夜。她又好像颇有几个姘头；她曾在后门口宣布她的主张：弗轧姘头，到上海来做啥呢？……
>
> 自有阿金以来，四周的空气也变得扰动了，她就有这么大的力量。这种扰动，我的警告是毫无效验的，她们连看也不对我看一看。有一回，邻近的洋人说了几句洋话，她们也不理；但那洋人就奔出来，用脚向各人乱踢，她们才逃散，会议也收了场。这踢的效力，大约保存了五六夜。①

对阿金，作者极其厌恶却又无可奈何，既鄙视她的混乱和俗气，又慨叹阿金的气度与灵活。这个善于兴风作浪的在外国人家里帮佣的娘姨，泼辣而卑怯，敢于宣布主张，发动战争，但又怯于承担责任，势利、炫耀、肆意宣扬别人的隐私，以满足自己的"表现欲"，又自轻自贱，在贬损别人的同时降低自己的人格。当自己的姘头落难，投奔到她

---

① 鲁迅：《且介亭杂文·阿金》，《鲁迅全集》第6卷，人民文学出版社1998年版，第198—199页。

的时候，她则将门关上，拒之门外，一切以自己为中心，利益至上，表现的是为商业文化侵蚀的性爱观。阿金绝不仅仅是一个为洋人帮佣的女仆，更是一个以功利为准则、浑身解数讨生活的上海人。阿金身上不仅体现了上海扰攘势利的都市气氛，也真切刻镂了半殖民地都市造就了怎样的城市品格。这正是鲁迅20世纪30年代置身都市上海对洋场世相、弄堂生活长期观察的结果，也是鲁迅着力批判的"国民劣根性"的一种。

作为平凡市民庸常逼仄的生存状态的缩影，弄堂视角的选择，不仅有利于鲁迅对都市上海具体的镜像描写，而且可以接近普通市民的生活和底层世界，展开对常态生活的近距离描写，避免对都市上海浮光掠影般的模糊性描述。这些发生在上海弄堂里的人事，昭示着上海日常生活的普泛性，它像阳光、空气和水一样，无处不在，承载着上海文化的兴衰际遇，也言说着20世纪30年代上海底层社会的基质和内涵。在鲁迅笔下，红头阿三、吃白相饭的、上海的小瘪三、弄堂早熟的少女、"懂洋话，近洋人"的西崽等均是穿梭来往上海弄堂世界的主角。他们圆通灵活而无矫饰，令人嫌恶而又无可奈何，不仅构成了鲁迅对上海殖民时代众生形态的刻画，而且在毁誉并交的心理体验中，成就鲁迅眼中和笔下的别样的都市上海。从这个角度来看，"鲁迅的杂文不是个人灵感的神圣产物，丧失了那种幽深的、神秘的气息。然而鲁迅的杂文实质上潜入了现代都市生活的灵魂，把握了这个时间和物象所构成的世界的矛盾和张力，表现了'现代'生活的不连续性和断裂的特点。鲁迅利用杂文这种快速'摄影'的方法去展现现代生活矛盾的本质"[1]。

二 异化主题下的文化批判

早在20世纪初，鲁迅便创作了名篇《文化偏至论》，以文化预言者的睿智与冷静，透析中西文化的精神内核并犀利地指出他们各自的

---

[1] 旷新年：《革命文学：1928年》，山东教育出版社1998年版，第185页。

偏至与劣化。"天朝中心意识"的影响和制约，造就了没有自我意识更没有主体建构的生命，进而带来了价值判断和行为上的偏误，盲目的乐观和失措的自卑往往纠结在一起。当危机到来的时候，要么"抱残守缺"、"见善不思"，要么"竞言武事。后有学于殊域者，近不知中国之情，远复不察欧美之实，以所拾尘芥，罗列人前……"① 对西方的物质主义至上的文化偏至，鲁迅也做了深刻的总结："诸凡事物，无不质化，灵明日以亏蚀，旨趣流于平庸，人惟客观物质是趋，而主观之内面精神，乃舍置不之一省。重其外，放其内，取其质，遗其神，林林众生，物欲来蔽，社会憔悴，进步以停，于是一切诈伪罪恶，蔑弗乘之而萌，使性灵之光，愈益就于暗淡：十九世纪文明一面之通弊，盖如此矣。"② 他指出，对客观物质的耽溺自然带来了内面精神的侵蚀，同样也以自我意识的丧失为代价，因此"是故将生存两间，角逐列国是务，其首在立人，人立而后凡事举；若其道术，乃必尊个性而张精神"③。在鲁迅的认识中，个体的"人"是第一元素，而个人和精神在"立人"的过程中则始终处于中心地位。在孤寒寂寞的时代氛围中，鲁迅超越性的认知并没有得到更多的关注，直到五四时代才得到了精神文化界历史性的回应，构成了"掊物质而张灵明，任个人而排众数"的时代最强音。当时光的年轮碾过数十年的时代征程，进入20世纪30年代，伴随着上海都市化、现代化的历史进程的推进，以及内忧外患现实危机的迫近，这种基于西方物质文明通弊的理性认识在都市上海找到了现实的土壤，悲剧性地演绎着"诸凡事物，无不质化"的历史预言，与浸染着"天朝"心态、经由数次"异族奴役"而来的本土文化中的惰性因子畸形劣化在一起，加速着都市上海以及都市人生的沉沦与畸变。"往者为本体自发之偏枯，今则获以交通传来之新疫，二患交伐，而中国之沉沦遂以益速矣。"④ 鲁迅深广的忧愤在20

---

① 鲁迅：《坟·文化偏至论》，《鲁迅全集》第1卷，人民文学出版社1998年版，第44页。
② 同上书，第53页。
③ 同上书，第57页。
④ 同上。

世纪 30 年代的上海获得了完型，也作为一种历史责任的直面与担当，构成了鲁迅 20 世纪 30 年代文化反思和批判的重要内涵。

"生存条件构成了人的境遇。鲁迅的哲学，首先是从境遇问题开始的。"① 鲁迅与上海之间的缠斗关系亦是如此。随意翻阅上海时期他与友人之间的通信，时常可以感受到由生存境遇所引发的嫌沪之情："以译书维持生计，现在是不可能的事。上海秽区，千奇百怪，译者作者，往往为书贾所诳，除非你也是流氓。"② 暂住北京后，他在京沪之间的对比中很快就流露出对上海的厌憎："我到此后，紫佩，静农，霁野，建功，兼士，幼渔，皆待我甚好，这种老朋友的态度，在上海势利之邦是看不见的。"③ 1934 年鲁迅致信于二萧："稚气的话，说说并不要紧，稚气能找到真朋友，但也能上人家的当，受害。上海实在不是好地方，固然不必把人们都看成虎狼，但也切不可一下子就推心置腹。"④ 从中可以看出，商业化中的市民习气，城市化中的利益是趋，物质化的道德感沦丧使鲁迅产生一种源于文化意义上的疏离与不适，并在作为精神文本的杂文创作中加以辛辣的揭露和批判。

人是文化的创造者，同时人也是文化异化的对象，在看似文明和进步的同时也加深了不自由的程度。人与文化之间的这种矛盾关系始终存在。随着现代工业社会的到来，异化作为现代文明的派生物，日益在现代人的日常生活和性格养成中发挥着参与作用，在无处不在的文化模式中，与既定的文化传统一道成为现代人着力摆脱又很难抗拒的存在，最终在物质上和精神上实现对个体的"人"的双重剥夺。"在威廉斯笔下，（波德莱尔的）这一诗性任务变成了批评、分析的命题。在他看来，新的疑问是由都市经验中的张力形成的，这种张力由

---

① 林贤治：《一个人的爱与死》，东方出版中心 2006 年版，第 86 页。
② 鲁迅：《书信·300903·致李秉中》，《鲁迅全集》第 11 卷，人民文学出版社 1998 年版，第 21 页。
③ 鲁迅：《书信·321120·致许广平》，《鲁迅全集》第 12 卷，人民文学出版社 1998 年版，第 123 页。
④ 鲁迅：《书信·341112·致萧军、萧红》，《鲁迅全集》第 12 卷，人民文学出版社 1998 年版，第 562 页。

两种对立的倾向造成，即人的解放和人的异化，激发灵感的刺激和趣味的标准化，对生活的生气勃勃的多样性和死气沉沉的物化。现代人在社会、知识和艺术上的困境，有种种历史条件的多重决定，但现代人又渴望超越困境，现代人的生存境况就在这一语境下展开。"① 对鲁迅而言，正是20世纪30年代的上海才将这一峻厉、复杂的文化问题全盘托出，有几元文化就包容着几重危机，有几重危机就意味着几重"人"的失落。正是在上海，鲁迅将终其一生对人的解放的追求以及人的异化的反抗强有力地加以延续，并作为一种精神指向和话语形式，包含着鲁迅对上海都市文化内在危机的深刻体认，左右着鲁迅20世纪30年代的批评实践。

"近代文明使一切东西都商业化，物质的精神的各方面都商业化了。在中国内地还不明显，在上海这情形就十分明显了。"② 近商没海，到处都是商业意识的渗透和"生意经"，"连今年在上海所见，专以小孩子为对手的糖担，十有九带了赌博性了"③。生活在都市里的现代人是城市文化的主要负荷者，在他们的身上透露着文化的信息，深深地打上了城市文化斧凿过的痕迹。上海时期的鲁迅除了与恶劣的政治文化环境进行"韧战"之外，对这种都市文化的弱点也进行了毫不留情的批驳揭露，这既构成了鲁迅后期杂文的主要内容，也决定了鲁迅都市书写的另类性与超越性。

（一）商业文化下的金钱至上与人性扭曲

在商业化的环境里，金钱的主宰地位是毋庸置疑的基本事实。"上海是中国经济命脉的商业的总枢纽，你有钱，你就可买小姐的青睐，若是没有钱，烧饼店的芝麻也莫想吃一粒，一切是钱说话。"④ 金钱观念充斥着人们的头脑，替代诸如良善、纯朴、正直等人性美质，

---

① 张旭东：《上海的意象：城市偶像批判与现代神话的消解》，《文学评论》2002年第5期。
② 高植：《在上海》，载《大上海半月刊》1934年5月20日第1卷第1期。
③ 鲁迅：《三闲集·书籍和财色》，《鲁迅全集》第4卷，人民文学出版社1998年版，第161页。
④ 高植：《在上海》，载《大上海半月刊》1934年5月20日第1卷第1期。

从而造就了庸俗的唯物的"实利观"。可以肯定的是,"只有在人格等同于富有和购买力的社会语境中,缺乏金钱才会对人格造成如此之大的威胁"①。于是"揩油"、"吃白相饭"、"爬与撞"、"各种捐班"等成为盛行于上海的各种社会丑行,细化着行走在奴隶或奴才道路上的各种外在表现,视其内在的心理内涵。

1933 年,鲁迅在《申报·自由谈》上发表《"揩油"》一文,开篇即劈头写道:"'揩油',是说明着奴才的品行全部的。"② 自我意识为金钱利欲蚕食掉,凸显的只是赤裸裸的物质欲望。经济能力匮乏且距离权门遥远,于是"揩油"成为必由之路,"恰如从油水汪洋的处所,揩了一下,于人无损,于揩者却是有益的,并且也不失损富济贫的正道"③。鲁迅对这一世象的剖析并没有停留在一般层次,在他看来,这自认为"微乎其微"的"揩油"行为,反而助长了人们的"揩油"之心,有时候竟然是"合谋":"因为他所揩的是洋商的油,同是中国人,当然有帮忙的义务,一索取,就变成帮助洋商了。这时候,不但卖票人要报你憎恶的眼光,连同车的客人也往往不免显得以为你不识事务的脸色。"④ 在世人不以为意的"揩油"中,鲁迅隐忧地看到了这种贪小便宜以自利的恶果,它既是上海民风柔靡的来源⑤,也是造就奴隶和奴才品行的现实基础。小小的利益满足充实了"揩油者"的整个世界,却以尊严、正义、诚实的流失为代价,造成了精神的畸变。而这些正与鲁迅所崇尚的个性自主、独立自尊,以及所主张的报仇雪耻的思想严重冲突着,为鲁迅所深恶痛绝。

在鲁迅的笔下,"吃白相饭"是作为一种光明正大的职业,不以为奇地存在于上海的。对利益的觊觎和不择手段的获得,与"揩油"

---

① [美]史书美:《现代的诱惑:书写半殖民地中国的现代主义(1917—1937)》,何恬译,江苏人民出版社 2007 年版,第 400 页。
② 鲁迅:《准风月谈·"揩油"》,《鲁迅全集》第 5 卷,人民文学出版社 1998 年版,第 253 页。
③ 同上。
④ 同上。
⑤ [美]卢汉超:《霓虹灯外——20 世纪初日常生活中的上海》,段炼、吴敏、子羽译,上海古籍出版社 2004 年版,第 29 页。

有异曲同工之处,鲁迅分三段论来剖析"吃白相饭"者的丑陋嘴脸:

> 第一段是欺骗。见贪人就利诱,见孤愤的就装同情,见倒霉的则装慷慨,但慷慨的却又会装悲苦,结果是席卷了对手的东西。
>
> 第二段是威压。如果欺骗无效,或者被人看穿了,就脸孔一翻,化为威吓,或者说人无礼,或者诬人不端,或者赖人欠钱,或者并不说什么缘故,而这也谓之"讲道理",结果还是席卷了对手的东西。
>
> 第三段是溜走。用了上面的一段或兼用了两段而成功了,就一溜烟走掉,再也寻不出踪迹来。失败了,也是一溜烟走掉,再也寻不出踪迹来。事情闹得大一点,则离开本埠,避过了风头再出现。①

当年鲁迅与同乡许寿裳在讨论中国民族性的关联问题时,曾经特别提到中华民族最缺乏的东西是"诚与爱"——换句话说,便是深中了诈伪无耻和猜测相贼的毛病。② "吃白相饭"者的"欺骗"、"威压"、"溜走"三部曲使那场著名的国民性讨论的话题,现实性地亮相于鲁迅的生存环境中,而且人们将"吃白相饭"视为职业,回答时不以为奇,不以为耻。理论的批判和现实的场景交相呼应着,见证着鲁迅对中国国民性观察的深入,更广泛地昭示着戕害自我、没有道德感的所谓实利成法,在侵染着世道人心的同时,也为世道人心庇护着,广为流布,陈陈相因。

(二)女性——现代都市物化和情欲化的对象

当金钱和权力成为都市社会的通行证,一切均可成为消费的对象,包括女性的身体。作为城市声色和欲望的表达主体,女性自然成为

---

① 鲁迅:《准风月谈·吃白相饭》,《鲁迅全集》第5卷,人民文学出版社1998年版,第208页。

② 许寿裳:《鲁迅传·回忆鲁迅》,东方出版社2009年版,第118页。

"他者"凝视的对象。盛行于上海的"选美大赛",服饰与化妆品,先锋艺术,各类与女性有关的电影、广告、宣传册,活跃在《紫罗兰》、《良友》、《红玫瑰》等时尚杂志上的封面女郎,不仅作为时尚的流行物而存在,并且作为"佳人"模式引发一浪高过一浪的追求物质、崇尚奢华的消费潮流,同时也潜在地诱发着上海社会屡见不鲜的猎艳渔色的淫逸作风。星罗棋布的各式妓馆、妓院除了开辟了以女性身体为流通资本的消费模式外,也为男性在婚姻关系之外拓展了欲望坦陈的空间。据资料显示,上海的娼妓业自晚清以来就极其兴旺,"在遍布各处的花街柳巷之中,妓馆娼寮鳞次栉比,娼妓人数成千盈万。上海的妓业之盛,不仅取代了过去南京、苏州、扬州等娼业发达城镇,而成为全国首屈一指之地,而且妓馆的数量、娼妓的数量都远远超过以往各处"①。为此,周作人在《上海气》里这样写道:"上海文化以财色为中心,而一般社会上又充满了饱满颓废的空气,看不出什么饥渴似的热烈的追求。结果自然是一个满足了欲望的犬儒之玩世的态度。所以由上海气的人们看来,女人是娱乐的器具,而女根是丑恶不堪的东西,而性交又是男子的享乐的权利,而女人则又成为侮辱的供献。"②

对女性命运一直怀有同情之心的鲁迅,在《娜拉走后怎样》的公开演讲中,即说明经济权与女性人身自由之间的关系。在没有获得真正独立的经济地位之前,女性的自由和独立是无从谈起的,"不是堕落,就是回家"的断语结束了仅仅停留于理念层面的妇女解放神话的虚妄性,同时看到了这种解放在"太难改变"的中国的长期性和"韧"的战斗的必要性。到了 20 世纪 30 年代,伴随着越来越严重的商业化和殖民化的社会现实,中国妇女的商品化也愈来愈明显了。鲁迅对此有着较之他人更为冷峻、更为深刻的认知。1933 年 6 月,鲁迅在《申报月刊》上直接以《关于女人》为名,针对国难期间一些正人

---

① 李长莉:《晚清上海社会的变迁——生活与伦理的近代化》,天津人民出版社 2002 年版,第 317 页。

② 周作人:《上海气》,载《语丝》1927 年第 112 期。

君子责备女性爱奢侈、跳舞、肉感、不爱国货等言论,严厉地批驳他们一面维持风化,一面欣赏肉感的大腿文化的虚伪性,指出"奢侈和淫靡只是一种社会崩溃腐化的现象,绝不是原因"①。他正视在"本来将女人当做私产,当做商品的私有制度的社会",卖淫的恶名不应由女人独自承担:"然而买卖是双方的。没有买淫的嫖男,那里会有卖淫的娼女。所以问题还在买淫的社会根源。这根源存在一天,也就是主动的买者存在,那所谓女人的淫靡和奢侈就一天不会消灭。"②借以说明女性在作为男性所有物的社会里,不仅操皮肉生涯的女性是受难的对象,就是家庭里的女人也自觉地感觉到自己地位的危险,"多数是不自觉地在和娼妓竞争——自然,她们就要竭力修饰自己的身体,修饰到拉得住男子的心的一切"③。对一切尚无经济权的女性而言,其身份只有在男性的欲求中才能得到界定,除了自己的身体,她们再无其他的谋生手段,强烈的对男性或者说对男权社会的依赖和附属,是都市女性悲剧的根源,也是腐败的经济根源铲除之前无可摆脱的命运。

"城市生活的一个极大特征就是,各种各样的人互相见面又互相混杂在一起,但却从未互相了解,'个人的流动',使得人们相互接触的机会大大增加,但却又使得这种接触变得更短促,更肤浅。"④ 这是现代都市人特有的心理体验,也是现代文明的固有品格。对于上海而言,都市人口的高密度分布使得人均占有的物理空间空前狭小,物理距离的密切并没有带来亲密而频繁的接触,反而在拥挤中彰显着隔阂,人与人之间不是心灵与心灵的沟通和交流,而是以衣冠和服饰作为品评经济地位的标准和待人接物的砝码,物质和物欲在这里大行其道。为此鲁迅发出了沉痛的唏嘘感慨:"在上海生活,穿时髦衣服的比土气的便宜……然而更便宜的是时髦的女人。这在商店里最看得出:挑

---

① 鲁迅:《南腔北调集·关于女人》,《鲁迅全集》第4卷,人民文学出版社1998年版,第516页。
② 同上书,第517页。
③ 同上。
④ [美] R. E. 帕克、E. N. 伯吉斯等:《城市社会学》,宋俊岭等译,华夏出版社1987年版,第42页。

选不完，决断不下，店员也还是很能忍耐的。不过时间太长，就须有一种必要的条件，是带着一点风骚，能受几句调笑。否则，也会终于引出普通的白眼来。"① 女性的"时髦"要么是钱财和势力的象征，要么作为"凝视的对象"，让"他者"难以抗拒。借用弗洛伊德的说法，前者体现了"现实原则"，后者则体现了"愉悦原则"。成熟女性自觉以"时髦"眩示于人，并以风骚和调笑来延迟挑拣的时间，看来是谙熟这一切的。

> 惯在上海生活了的女性，早已分明地自觉着这种自己所具有的光荣。同时也明白这种光荣所含的危险。所以凡有时髦女子表现的神气，是在招摇，也在固守，在罗致，也在抵御，像一切异性的亲人，也像一切异性的敌人，她在喜欢，也正在愤怒。这神气也传染了未成年的少女，我们有时会看见她们在店铺里购买东西，侧着头，佯嗔薄怒，如临大敌。自然，店员们是能像对于成年女性一样，加以调笑的，而她们也早明白着这调笑的意义。总之，她们大抵早熟了。②

"精神上已是成人，肢体却还是孩子。"少女的早熟带来了天真的失落，也带来了充满险境的前途。这一切令鲁迅惋惜，促使鲁迅重拾战衣，更切实地思考女性解放的道路，再次谈起"关于妇女解放"的沉重话题。1933 年 11 月，鲁迅撰写《关于妇女解放》一文，指出："在没有消灭'养'和'被养'的界限以前，这叹息和苦痛是永远不会消灭的。"③ 并明确提出："在真的解放之前，是战斗。但我并非说，女性应该和男人一样的拿枪，或者只给自己的孩子吸一只奶，而使男

---

① 鲁迅：《南腔北调集·上海的少女》，《鲁迅全集》第 4 卷，人民文学出版社 1998 年版，第 563 页。
② 同上。
③ 鲁迅：《南腔北调集·关于妇女解放》，《鲁迅全集》第 4 卷，人民文学出版社 1998 年版，第 598 页。

子去负担那一半。我只以为应该不自苟安于目前暂时的位置,而不断的为解放思想,经济等等而战斗。解放了社会,也就解放了自己。但自然,单为了现存的惟妇女所独有的桎梏而斗争,也还是必要的。"①鲁迅为女性摆脱物化和情欲化的命运进行着不间断的思考,为女性赢得尊重和平等进行持之以恒的努力和抗争。

(三) 在知识阶层间的精神拷问与文化审判

在整个 20 世纪的发展历史上,五四时代以摧枯拉朽的决绝姿态,在告别传统的同时,"别求新声于异邦",全面输入西方学理,容纳新知,围绕着作为思想阵地的《新青年》展开了轰轰烈烈的新文化运动,集结和培养了一大批杰出的知识分子,以其精神姿态的独立不依为界碑位列于中国历史发展的思想前沿。正如林贤治所言:"'五四'的最大成就,是造就了一大批以思想启蒙为使命的现代知识分子。"②这些知识分子所带来的思想智慧和文化启示成为整个 20 世纪生生不息的精神资源,其性情的热诚和思想的生气让人思之神往、神旺。随着中国社会问题的深入进展,高扬着"启蒙主义"大旗的五四时代渐行渐远,五四落潮,启蒙主义思潮便化作潜流。进入 20 世纪 30 年代,在文学创作领域所呈现的"京派"、"海派"、"左翼文学"三足鼎立的格局,一方面是文学创作多元发展的表征,另一方面也是五四知识分子的文化选择与人生走向分道扬镳的结果。作为 20 世纪中国最具代表性的启蒙主义者③,鲁迅一方面咀嚼着昔日旧战场悬置而来的"孤独"和"寂寞",另一方面,随同对老恶环境及其精神余留的彻底批判,将一度被视为启蒙伟业主体的知识阶层一并纳入启蒙的视野,着力表现"那藏在用口碑织就的华服里面的身体和灵魂"④,形成对五四时代启蒙主义思潮的延续和持守,也构成了鲁迅 20 世纪 30 年代文化批判

---

① 鲁迅:《南腔北调集·关于妇女解放》,《鲁迅全集》第 4 卷,人民文学出版社 1998 年版,第 598 页。
② 林贤治:《五四之魂》,广西师范大学出版社 2008 年版,第 23 页。
③ 李新宇:《鲁迅:启蒙路上的艰难持守》,《齐鲁学刊》2001 年第 3 期。
④ 鲁迅:《且介亭杂文二集·中国新文学大系·小说二集序》,《鲁迅全集》第 6 卷,人民文学出版社 1998 年版,第 246—247 页。

新的思想质素。

　　五四时代，鲁迅主要是针对着"性解之出，必竭全力死之"的"中国之制"展开犀利深刻的文化批判，无论是白话小说中所塑造的以狂人、疯子、吕纬甫、魏连殳、子君、涓生所代表的知识谱系，还是以闰土、阿Q、祥林嫂所代表的"沉默国民的魂灵"，或经受着"梦醒了无路可走"的悲惨遭遇或负载着"想做奴隶而不得"、"暂时做稳了奴隶"的无告人生，都毫无例外地把戕害人性的文化传统置于人类理性的天平上加以铢两的衡量和文化上的反思、批判。"所谓中国的文明者，其实不过是安排给人肉的筵宴。所谓中国者，其实不过是安排这人肉的筵宴的厨房"①。到了20世纪30年代，中国的社会状况在民族矛盾和阶级矛盾的重压下，愈发严峻，也触动着中国知识分子在文化选择上呈现出不同的分野。站位于中国现代性复杂困境的核心地带——上海，鲁迅更多更频繁地接触到中国知识分子的大面积思想倒退，这些现代文化的承载者，或者背离五四传统成为新的权门之下的弄臣，或者以"进步的青年"自居，向五四传统吹起了全面颠覆的号角；或者退避于象牙塔之中，与风沙扑面、虎狼成群的血泪人生保持着"审美"的距离。受之影响，伴随着都市上海日益殖民化和商品化的社会现实，"帮忙"与"帮闲"，各种捐班，登龙有术，二丑艺术，商定文豪，洋场恶少，革命小贩，在上海文坛上演着分裂知识与道德，玷污知识分子名声的闹剧。也许不能将他们称之为真正的知识分子，只能看作是深晓"文摊秘诀十条"的文摊作家或善于机变、毫无特操的"伪士"。为此，鲁迅这样慨然写道："作家协会已改名为文艺家协会，其中热心者不多，大抵多数是敷衍，有些却想借此自利，或害人……上海的'文学家'，真是不成样子，只会玩小花样，不知其他……"②

　　对知识分子的思想品质和道德操守，鲁迅是有自己的认识的。早

---

① 鲁迅：《坟·灯下漫笔》，《鲁迅全集》第1卷，人民文学出版社1998年版，第216页。
② 鲁迅：《书信·360523·致曹靖华》，《鲁迅全集》第13卷，人民文学出版社1998年版，第382—383页。

在 1927 年，鲁迅刚到上海不久，便应上海劳动大学校长易培基之邀，发表了《关于知识阶级》的讲演，在演讲中鲁迅明确提道："真的知识阶级是不顾利害的，如想到种种利害，就是假的，冒充的知识阶级；只是假知识阶级的寿命倒比较长一点。像今天发表这个主张，明天发表那个意见的人，思想似乎天天在进步；只是真的知识阶级的进步，决不能如此快的。不过他们对于社会永不会满意的，所感受的永远是痛苦，所看到的永远是缺点，他们预备着将来的牺牲，社会也因为有了他们而热闹，不过他的本身——心身方面总是苦痛的。"①

作为知识的创造者和传播者，知识分子对知识的转化和文化的生成起到了至关重要的作用。而知识分子如何运用知识，不仅决定了他的文化选择，也决定了他的道德承担和价值选择。正如波德莱尔在他的杰作《我心赤裸》里谈到这样的一段话："在任何人身上，在任何时刻，都有两种吁求，一种是对上帝的，一种是对撒旦的。"② 知识分子也不例外，思想的独立促使他们坚持精神的反抗，深晓利害的知识教养以及优越的物质处境易于诱使他们选择卑怯的叛逃，或卵翼于权势，或臣服于利益，表现出爱智主义者的思想顺从。即使像海德格尔这样的大知识分子，在遭遇政治的时候，也难免为尘世束缚，无法将其高深的思想奉献给更善好的权力。在马尔库塞的研究中，那些没有否定和批判能力的单向度的人正是发达工业社会高度集权化的结果。从这一意义而言，现代生活中最深层次问题是个人在面对巨大社会压力、历史遗产、外来文化和生活技能时，如何保持其自由和个性的存在。③ 而这正是鲁迅在他精神反抗的文本中反复思考、反复吁求的命题。作为中国现代知识分子的杰出代表，鲁迅从来没有停止过对"个"

---

① 鲁迅：《集外集拾遗补编·关于知识阶级》，《鲁迅全集》第 8 卷，人民文学出版社 1998 年版，第 190—191 页。
② [法]波德莱尔：《我心赤裸》，转引自[美]马泰·卡林内斯库《现代性的五副面孔——现代主义、先锋派、颓废、媚俗艺术、后现代主义》，顾爱彬、李瑞华译，商务印书馆 2002 年版，第 60 页。
③ [德]格奥尔格·西美尔：《大都市和精神生活》，郭子林译，参见孙逊、杨剑龙主编《阅读城市：作为一种生活方式的都市生活》，生活·读书·新知三联书店 2007 年版，第 19 页。

的追求，从来没有停止对结束中国人的"奴役"状态、建立"人国"的践行。"鲁迅的人格和作品的伟大稍有识者都已知道，原无须多说。至于他之所以伟大，究竟本原何在？依我看，就在他的冷静和热烈都彻底。冷静则气宇深稳，明察万物；热烈则中心博爱，自任以天下之重。"① 在这些切中肯綮的评价中，我们应该看到鲁迅在"人道主义和个性主义起伏消长"之中蕴涵着何等厚重的道德承担，溢散着何等耀目的人性光芒。苦痛是真的知识分子的现实境遇，是他们绝望于现实并反抗现实的生命馈赠。边缘是他们生命存在的基本形式，是知识分子无可摆脱、无可遁逃的悲惨命运。独守是他们坚持真理、践行真理的精神姿态，是知识分子之为知识分子的基本特征。鲁迅正是这类知识分子的杰出代表，被称为中国现代知识分子的话语基石②，是20世纪知识分子不断回望也不断瞻望的方向，"不管有多少枝杈，还是应当说，又有一批人，在朝着先生跋涉着"③。鲁迅一方面借狂人梦呓般的呐喊爆出了中国文化吃人的惊人现实，另一方面直言中国文化的"瞒与骗"，呼吁"我们的作家取下假面，真诚地，深入地，大胆地看取人生并且写出他的血和肉的时候早到了；早就应该有一片崭新的文场，早就应该有几个凶猛的闯将！"④ 一切顾及利害，冒充的知识阶级均是"瞒与骗"的文化产物，也是"瞒与骗"文学和文化的创造者。在"瞒与骗"中获得一种没有冲突感的满足，而这种满足状态是空洞的，以自我意识的失落为代价。"严肃的思想者就严肃的论题从事的写作并不是做几何学的室内游戏；他们的写作是源于自身经验这眼最深邃的井，因为他们意欲在世界中找到自己的方位。"⑤ 对20世纪30年代的鲁迅而言，切近的社会世象和繁杂的百态人生不断缠绕着他的思考，促使他从生活这眼井里进行对人、对己灵魂的淘洗，鞭策他进

---

① 许寿裳：《鲁迅传》，东方出版社2009年版，第115页。
② 李新宇：《鲁迅的选择》，河南人民出版社2003年版，第1页。
③ 张承志：《再致鲁迅先生》，《读书》1999年第7期。
④ 鲁迅：《坟·论睁了眼看》，人民文学出版社1998年版，第241页。
⑤ [美] 马克·里拉：《当知识分子遇到政治·序言》，邓晓菁、王笑红译，新星出版社2005年版，第3页。

行思想上的启蒙和文化上的批判。于是出现在沪上文坛的各种怪现状一一亮相，在他犀利的披露下无以遁形：

"商定"文豪：在鲁迅的笔下，"商定"文豪是文人和商家媾和的产物。就大体而言，根子是在卖钱，所以上海的各式各样的文豪，由于"商定"，是"久已夫，已非一日矣"的了。具体做法是"现在是前周作稿，次周登报，上月剪贴，下月出书，大抵为了稿费"①。在商家的经营策略和精心策划下，"商定"文豪诞生了："商家印好一种稿子后，倘那时封建得势，广告上就说作者是封建文豪，革命行时，便是革命文豪，于是封定了一批文豪们。"②顺应着都市化的节奏，以商品买卖为途径，以利己和实用主义为原则，一切均可出售，包括文本和灵魂。

"各种捐班"：本来捐班是民国前买官鬻爵的代名词，到了民国则花样繁多了，大张旗鼓地开展起来了。"连'学士文人'也可以由此弄得顶戴。开宗明义第一章，自然是要有钱。只要有钱，就什么都容易办了。"③于是"只要开一只书店，拉几个作家，雇几个帮闲，出一种小报"就可以捐做"文学家"或"艺术家"，并且不必担心折本，保证做到"名利双收"④。仍然是围绕着钱和利益，拉、雇帮闲和写手，加上商业贩卖和炒作，粗制滥造着文字垃圾，败坏着"文学家"和"艺术家"的名声。在这里，永远受到礼遇的是金钱至上和功利主义。

登龙术：何谓"登龙术"呢？术曰："要登文坛，须阔太太，遗产必需，官司莫怕。穷小子想爬上文坛去，有时虽然会侥幸，终究是很费力气的；做些随笔或茶话之类，或者也能够捞几文钱，但究竟随人俯仰。最好是有富岳家，有阔太太，用陪嫁钱，作文学资本，笑骂

---

① 鲁迅：《准风月谈·"商定"文豪》，《鲁迅全集》第5卷，人民文学出版社1998年版，第378页。
② 同上。
③ 鲁迅：《准风月谈·各种捐班》，《鲁迅全集》第5卷，人民文学出版社1998年版，第264页。
④ 同上。

随他笑骂，恶作我自作之。作品一出，头衔自来，赘婿虽能被妇家所轻，但一登文坛，即声价十倍，太太也就高兴，不至于自打麻将，连眼梢也一动不动了，这就是'交相为用'。"① 裙带关系成了捷登文坛的云梯，陪嫁钱换作文学的资本，文名和头衔安托赘婿在家中的地位，围绕着权与钱的交易，是文人和知识者人性与良知的堕落。

帮闲法：戏台上小丑的"插科"到"打诨"，到了台下，则摇身一变成了文学者，将人们的注意力拉开去，使事情变得滑稽。"使告警者在大家的眼里也化为丑角，使他的警告在大家的耳边都化为笑话。"② 其身份是多变的，效果也是明显的："帮闲，在忙的时候就是帮忙，倘若主子忙于行凶作恶，那自然也就是帮凶。但他的帮法，是在血案中而没有血迹，也没有血腥气的。"帮闲者两栖于帮忙与帮凶之间，在主奴身份的升浮和变迁中将严肃变成滑稽，将痛苦变为喜乐，将血迹和血腥气变得无痕，在残杀中却"依然会从血泊里寻出闲适来"③。这是帮闲者的立身之道，也是"无声的中国"的由来。

吃教：《吃教》的开篇即写道："其实是中国自南北朝以来，凡有文人学士，道士和尚，大抵以'无特操'为特色的。"进而写尽了吃教者见风使舵、"无特操"的表现："'教'之在中国，何尝不如此。讲革命，彼一时也；讲忠孝，又一时也；跟大拉嘛打圈子，又一时也；造塔藏主义，又一时也。有宜于专吃的时代，则指归应定于一尊，有宜合吃的时代，则诸教亦非导致，不过一碟是全鸭，一碟是杂拌儿而已。刘勰亦然，盖仅由'不撤姜食'一变而为吃斋，于胃脏里的分量原无差别，何况以和尚而注《论语》《孝经》或《老子》，也还不失为一种'天经地义'呢？"④ 由表面上的"信教"到实质上的"吃教"，

---

① 鲁迅：《准风月谈·登龙术拾遗》，《鲁迅全集》第5卷，人民文学出版社1998年版，第274—275页。
② 鲁迅：《准风月谈·帮闲法发隐》，《鲁迅全集》第5卷，人民文学出版社1998年版，第272—273页。
③ 鲁迅：《且介亭杂文·病后杂谈》，《鲁迅全集》第6卷，人民文学出版社1998年版，第170页。
④ 鲁迅：《准风月谈·吃教》，《鲁迅全集》第5卷，人民文学出版社1998年版，第310—311页。

道出了大多数儒、道教之流的精神实质,许多将革命当作饭碗,"突变"、"转向"、"忽翻筋斗"的"革命文学家"也在批驳之列。

流氓的变迁:在鲁迅眼里,孔墨及其徒的"乱"与"犯"绝不是"叛",只是在不动摇专制基础之上,"闹点小乱子而已",受异族奴役的中国遭遇着被压服的命运,"连有'侠气'的人,也不敢再起盗心,不敢指斥奸臣,不敢直接为天子效力"。于是,他们依附于权门,既获得了安全,也增长了奴性,在维护主子、替人效命的时候,不做安全的侠客。于是就有了流氓的变迁:"和尚喝酒他来打,男女通奸他来捉,私娼私贩他来凌辱,为的是维持风化;乡下人不懂租界章程他来欺侮,为的是看不起无知;剪发女人他来嘲骂,社会改革者他来憎恶,为的是宝爱秩序。"① 秘密即在于"后面是传统的靠山,对手又都非浩荡的强敌,他就在其间横行过去"②。少了"侠气",多了"流氓气";少了正气,多了几分奴才相;依附于权门,仆从于权力,也润泽了权力。这就是流氓变迁的过程和"意义"。

"京派"和"海派":"……北京是明清的帝都,上海乃各国之租界,帝都多官,租界多商,所以文人之在京者近官,近官者在使官得名,近商者在使商获利,而自己亦赖以糊口。要而言之:不过'京派'是官的帮闲,'海派'则是商的帮忙而已。……而官之鄙商,固亦中国旧习,就更使'海派'在'京派'眼中跌落了。"③ 这是一段京海派论争中脱颖而出的惊人之语,是鲁迅在20世纪30年代对"京派"、"海派"文化精神的独特观察。不仅如此,鲁迅还在"选印人小品的大权,分给海派来了"和"有些新出的刊物,真正老京派打头,真正小海派煞尾了"中看到了"京海杂烩"来,借法朗士的《泰绮思》中的故事,表明自己的意见:"我宁可向泼剌的妓女立正,却不

---

① 鲁迅:《三闲集·流氓的变迁》,《鲁迅全集》第4卷,人民文学出版社1998年版,第156页。
② 同上。
③ 鲁迅:《且介亭杂文二集·"京派"和"海派"》,《鲁迅全集》第6卷,人民文学出版社1998年版,第302页。

愿意和死样活气的文人打棚。"① 对文人的死样活气，帮闲于官、帮忙于商的寄生性和虚伪性进行了无情的剖析和讽刺。

"洋场恶少"和"革命小贩"："五四时代的所谓'桐城谬种'和'选学妖孽'，是指做'载飞载鸣'的文章和抱住《文选》寻字汇的人们的，而某一种人确也是这一流，形容惬当，所以这名目的流传也较为永久。除此之外，恐怕没有什么还留在大家的记忆里了。到现在，和这八个字可以匹敌的，或者只好推'洋场恶少'和'革命小贩'了罢。前一联出于古之'京'，后一联出于今之'海'。"② 文人相轻，自古亦然。鲁迅对活跃于海上文坛，参与着"文人相轻"之战的论客和挥舞着文棒的革命文人的"轻"之术进行了深入的总结：一种是自卑；一种是最正式的，就是自高；还有一种就是给人起"诨名"，批判。他们对人事观察的不准确和不贴切成了鲁迅嘲讽和批评的笑料，而"洋场恶少"和"革命小贩"的发现和总结则是意味深长的。

"二丑艺术"：浙东戏班里的"二花脸"，素来扮演"保护公子的拳师，或是趋奉公子的清客"。在鲁迅的剖析中，他却成了"智识阶级"的象征："有谁被压迫了，他就来冷笑几声，畅快一下，有谁被陷害了，他又去吓唬一下，吆喝几声。"③ 他们察言观色，审时度势，唯利是图，善于机变。"不过他的态度又并不常常如此的，大抵一面又回过脸来，向台下的看客指出他公子的缺点，摇着头装着鬼脸道：'你看这家伙，这回可要倒楣哩！'这最末的一手，是二丑的特色，因为他没有义仆的愚笨，也没有恶仆的简单，他是智识阶级。他明知道自己所靠的是冰山，一定不能长久，他将来还要到别家帮闲，所以当受着豢养，分着余炎的时候，也得装着和这贵公子并非一伙。"④ 在鲁

---

① 鲁迅：《且介亭杂文二集·"京派"和"海派"》，《鲁迅全集》第6卷，人民文学出版社1998年版，第305页。
② 鲁迅：《且介亭杂文二集·五论"文人相轻"——明术》，《鲁迅全集》第6卷，人民文学出版社1998年版，第382—384页。
③ 鲁迅：《准风月谈·二丑艺术》，《鲁迅全集》第5卷，人民文学出版社1998年版，第197页。
④ 同上。

迅的精神烛照下，那些委身于权门、觊觎于名声和利欲的人们，显现出颟顸可笑的一面。他们的生存之道和"二花脸"艺术在通向"权门"的道路上结伴而行："世间只要有权门，一定有恶势力，有恶势力，就一定有二花脸，而且有二花脸艺术。我们只要取一种刊物，看他一个星期，就会发现他忽而怨恨春天，忽而颂扬战争，忽而译萧伯纳演说，忽而讲婚姻问题，但其间一定有时要慷慨激昂的表示对于国事的不满：这就是用出末一手来了。"①

反思和批判是鲁迅不灭的精神核心。在一篇篇短小而又不失精辟、深邃的杂文中，鲁迅写出了沪上文人对物质的依赖，对权门的仰仗和倾慕，写出了现代人的未解放状态。他们一方面要解决切近的生存之需，另一方面则在城市文化的异化之下，难以摆脱历史无意识所带来的束缚和圈套，或有意识地仆从既定的文化模式，或放弃了知识分子素应承担的反抗使命。在一个出卖灵魂可以得到实惠，名不副实可以带来实际利益的虚妄世界里，文化的持有者—知识分子的堕落格外让人触目惊心；在一个崇尚物质、轻视知识，觊觎权力、放弃道义的都市社会里，文化的建设者——知识分子的倒退，会带来更大的荼毒和更恶劣的后果。为此，鲁迅不遗余力地批驳了知识分子的精神弱点，揭露了他们作为"做戏的虚无党"的虚伪本质和无力感。在鲁迅笔下，"伪士"的特点是"功利"、"不学"、"自私"、"无我"，在摧毁精神、唯利自私的"伪士"身上，还有一个更致命的弱点是"伪与骗"，这是人性堕落、文化堕落的根源。他们的"善于变化，毫无特操，是什么也不信从的，但总是摆出和内心两样的架子来"②，是鲁迅痛加抨击的对象，是"不悟墟社稷毁家庙者，征之历史，正多无信仰之士人，而乡曲小民无与。伪士当去，迷信可存，今日之急也"③

---

　　① 鲁迅：《准风月谈·二丑艺术》，《鲁迅全集》第5卷，人民文学出版社1998年版，第198页。
　　② 鲁迅：《华盖集续编·马上支日记》，《鲁迅全集》第3卷，人民文学出版社1998年版，第328页。
　　③ 鲁迅：《集外集拾遗补编·破恶声论》，《鲁迅全集》第8卷，人民文学出版社1998年版，第28页。

的现实依据。在鲁迅看来,"成法在压抑和扭曲人性的同时,人性也在主动地利用成法来满足人的欲望。这使成法与人的关系更为牢固,因此,造成病症的原因不仅仅在于环境力量,而且也在于人性本身的力量"①。因此,鲁迅在20世纪30年代的上海,站在时代的风口浪尖之上,以反抗绝望的精神姿态,继续将文化启蒙的精神旗帜高高扬起,以更锐利的批判锋芒,更无畏的斗争意志,更震撼人心的道德关怀,勾画出中国社会生活的各种面相,批驳了以认命、中庸、卑怯为核心的人格堕落,督促人们逐渐克服人性的弱点,并在颠覆和否定的同时,殷切地期待中国的文人,"不但要以热烈的憎,向'异己'者进攻,还得以热烈的憎,向'死的说教者'抗战。在现在这'可怜的时代',能杀才能生,能憎才能爱,能生与爱,才能文'"②。

第二节　都市语境与《故事新编》的后期创作

1936年1月,上海文化生活出版社出版《故事新编》。作为不因袭别人同时也绝不重复自己的杰出作家,鲁迅"想从古代和现代都采取题材,来做短篇小说"③。1922年鲁迅首创《补天》,1926年先后创作了《铸剑》和《奔月》,书中其余五篇则创作于上海时期,主要集中于鲁迅生命的后期,即1934年、1936年两年。《故事新编》被后人誉为"现代奇书",同样以"表现的深切和格式的特别"持续挑战着历代读者的阅读经验和审美能力,成为鲁迅全部创作中重要的组成部分。从1924年1月成仿吾发表《〈呐喊〉的评论》,腰斩《呐喊》,独推《不周山》(即后来的《补天》)算起,在九十余年的《故事新编》研究中,研究者们主要围绕着《故事新编》的题材问题、"油滑"问

---

① 薛毅:《无词的言语》,学林出版社、人民文学出版社1996年版,第104页。
② 鲁迅:《且介亭杂文二集·七论"文人相轻"——两伤》,《鲁迅全集》第6卷,人民文学出版社1998年版,第405页。
③ 鲁迅:《故事新编·序言》,《鲁迅全集》第2卷,人民文学出版社1998年版,第341页。

题、创作方法以及《故事新编》在中国现代小说史上的地位和作用问题展开了激烈的讨论，并且在很多时候相持不下，伯仲难分。① 难以归属的阐释困境一方面证明着鲁迅意料中的预言——"现在才总算编成了一本书。其中也还是速写居多，不足称为'文学概论'之所谓小说"②，另一方面也充分地显示着《故事新编》特有的"召唤功能"，以其先锋独具的艺术形式和意味隽永的深刻底蕴，激发着人们探奇览胜的阅读兴趣和批评的热情。正如陈平原所言："《故事新编》矛盾空泛博大，主题单纯深邃，似乎很简单，三言两语就可以说完，又似乎很复杂，千言万语也说不清；似乎很透明，一望到底，又似乎很浑厚，望不到边，探不到底。"③ 本节的话题即是在这个基础上展开的，将研究的兴趣主要放在《故事新编》后五篇，试图在都市语境下探讨《故事新编》的创作情况，为多维度地透视《故事新编》提供一些粗浅的认识。

一 "物化"叙事与"物欲化"人生

城市是商业文明发展到高级阶段的产物。区别于传统乡土，都市的异质性是多面相的，它一方面满足着人们的物质文化生活的需要，在现代教育、医疗卫生、商业消费、大众传播、交通安全等方面提供着诸多的便捷；另一方面也因金钱至上、物欲横流、道德沦丧、人性扭曲等负面效应而备受世人的诟病。为此，陈独秀当年这样评价都市上海的"魔力"："什么觉悟，爱国，利群，共和，解放，卫生，改造，自由，新思潮，新文化等一切新流行的名词，一到上海仅仅做了香烟公司、药房、书贾、彩票行的利器。"④ 由此可见，城市作为文明的载体性存在，对人的生活方式、生存状态，包括人的精神选择，有着具体而深刻的影响与

---

① 张梦阳：《中国鲁迅学通史》（下），广东教育出版社2002年版，第406页。
② 鲁迅：《故事新编·序言》，《鲁迅全集》第2卷，人民文学出版社1998年版，第342页。
③ 陈平原：《鲁迅的〈故事新编〉与布莱希特的"史诗戏剧"》，《鲁迅研究》（双月）1984年第2期。
④ 陈独秀：《再论上海社会》，《独秀文存》，安徽人民出版社1987年版，第589页。

作用。细致考察《故事新编》后五篇，便可发现这里原本就有一个都市的背景。无论是一度生活在养老堂里的叔齐、伯夷，还是忙着攀爬城墙、意图出关的老子，抑或回到京师的大禹和走过宋国国界、穿行于楚国郢城的墨子，都生活在都城中，在都市环境中展开他们的"故事"，发展他们的性格和命运。先看几段古城的描述：

> 禹爷走后，时光也过得真快，不知不觉间，京师的景况日见其繁盛了。首先是阔人们有些穿了茧绸袍，后来就看见大水果铺里卖着橘子和柚子，大绸缎店里挂着华丝葛；富翁的筵席上有了好酱油，清炖鱼翅，凉拌海参；再后来他们竟有熊皮褥子狐皮褂，那太太也戴上赤金耳环银手镯了。①

> 楚国的郢城可是不比宋国：街道宽阔，房屋也整齐，大店铺里陈列着许多好东西，雪白的麻布，通红的辣椒，斑斓的鹿皮，肥大的莲子。走路的人，虽然身体比北方短小些，却都活泼精悍，衣服也很干净，墨子在这里一比，旧衣破裳，布包着两只脚，真好像一个老牌的乞丐了。②

这里的城市描述，带有前工业社会的特点，体现着较为浓厚的物质主义功能，自然为《故事新编》中的物质生存提供着"物化"的手段和"物欲化"的空间。正如柏拉图所言："空间是永恒的，是不会毁坏的，它为所有的创造物提供了场所……存在必定处于某一位置并占有一定空间，既不在空中也不在地上的东西是不存在的。"③ 出现在《呐喊》、《彷徨》中的环境，大致是以鲁镇、未庄为代表的乡野和村落，带有浓郁的封闭性和宗法制社会的特点。在这样的生存环境中，

---

① 鲁迅：《故事新编·理水》，《鲁迅全集》第2卷，人民文学出版社1998年版，第384页。
② 鲁迅：《故事新编·非攻》，《鲁迅全集》第2卷，人民文学出版社1998年版，第457页。
③ 转引自［美］莫特玛·阿德勒、查尔斯·范多伦《西方思想宝库》，周汉林译，成都古籍书店影印1988年版，第7页。

鲁迅更多致力于"画出这样沉默的国民的魂灵来"①，意在"引起疗救"的注意。阿Q的"精神胜利法"、闰土寄希望于烛台与香炉、祥林嫂的捐门槛，均是那些深受精神奴役创伤者自造的"精神"救赎之路，构成了鲁迅一贯独擅的状写人的精神存在的叙事特征。与之相对，《故事新编》后期作品几乎完全淡化心灵的描写，触目可及的是物质性的存在，作为城市生活的基本渗透，篇篇离不开"物化"叙事和物质生活的描写。

在《故事新编》中，鲁迅极力渲染着物质的作用，无论凡人还是英雄，都离不开物质力量的影响，反映在人们的生活里，渗透在意识中，成为叙事的中心。《理水》中聚集在"文化山"上的学者们只有吃过了用飞车运来的食粮，午觉醒来，才能精神百倍地谈古论今。水利大员们吃过面包之后，才开始考察。下民的代表在回答大员提问时本是卑下胆怯，一提起吃饭问题就滔滔不绝、绘声绘色："我们总有办法想。比如水苔，顶好是做滑溜翡翠汤，榆叶就做一品当朝中羹。剥树皮不可剥光，要留下一道……"②《出关》中，孔子拜谒老子时，为表示诚敬，以"雁鹅"相赠。《起死》中五百年前汉子被"起死"之后的第一个反应是遍寻自己的包裹、伞子和衣服，念念不忘的还是五十二个圜钱，半斤白糖，二斤南枣。《采薇》中直接以觅食"采薇"为名，通篇围绕着叔齐、伯夷的"饭碗"展开叙事，"近来的烙饼，一天一天的小下去了"，"烙饼不但小下去，粉也粗下去了"，隐居首阳山，则天天采薇菜，终篇留给人们的影像是"正在张开白胡子的大口，拼命的吃鹿肉"。此外，饭食成为度量时间的单位。"约摸有烙十张饼的时候，（叔齐）这才气急败坏的跑回来。"③ "走过去的都是一排一排的甲士，约有烙三百五十二张大饼的工夫，这才见别有许多兵丁，肩着九旒云罕旗，仿佛

---

① 鲁迅：《集外集·俄文译本〈阿Q正传〉序及著者自叙传略》第7卷，人民文学出版社1998年版，第82页。
② 鲁迅：《故事新编·理水》，《鲁迅全集》第2卷，人民文学出版社1998年版，第375页。
③ 鲁迅：《故事新编·采薇》，《鲁迅全集》第2卷，人民文学出版社1998年版，第396页。

五色云一样。"① 饭碗和饭食渗透到时间观念里,不动声色地言明着结实的物质存在,犹如时间一样无处不在,也迫促着人们在意识深处体会着它巨大的力量。还有,饭食亦可度量人的价值,成为人的精神付出的物质回报,通行着锱铢必较的金钱原则。在《出关》中,面对着决意离开的老子,关尹喜在一个充公的白布带子里装上了一包盐、一包胡麻,十五个饽饽,作为老子路上的粮食。在他的声明中,读者明白了这些东西正是老子作为老作家的价格。"这是因为他是老作家,所以非常优待,假如他年纪轻,饽饽就只能有十个了。"②

"生存"是生命存在的第一要义,人们只有解决了吃饭问题,避免了挨饿,才能更好地活下去,才能发展。大量的物质描写,形成了《故事新编》以饭食、衣饰为中心的话题,意在揭示一个客观存在但往往为"高尚的君子们所非笑"的事实:"人类有一个大缺点,就是常常要饥饿。"③ 因而《故事新编》中乡下人面对鸟头先生的回话"麻木而平静":"您是学者,总该知道现在已是午后,别人也要肚子饿的。可恨的是愚人的肚子却和聪明人的一样:也要饿。"④ 这里不是用"乡下人"来启蒙知识者,而是借乡下人未经斧凿过的"白心"来揭示常识,在强大的物质现实面前,那些曾经一再被宏大叙事彰显的历史主体不得不委泥于地,接受现实成法的规训,显现出原本软弱的内质。在饭食面前,伯夷的君子风度不见了,饥肠辘辘之时,直接抛出了"三弟,有什么捞儿没有",尝烤薇菜时也"多吃了两撮,因为他是大哥"。尊崇孝悌、礼让的伯夷、叔齐,将"义不食周粟"作为高于一切的精神信仰,但在"普天之下,莫非王土"的现实面前,精神大厦轰然坍塌,难以逃脱"饿死首阳山"的悲哀结局。《老子》中主张无为的老子在"不但没有盐,面,连水也难得"的外面终究要"肚

---

① 鲁迅:《故事新编·采薇》,《鲁迅全集》第2卷,人民文学出版社1998年版,第397页。
② 鲁迅:《故事新编·出关》,《鲁迅全集》第2卷,人民文学出版社1998年版,第446页。
③ 鲁迅:《坟·娜拉走后怎样》,《鲁迅全集》第1卷,人民文学出版社1998年版,第161页。
④ 鲁迅:《故事新编·理水》,《鲁迅全集》第2卷,人民文学出版社1998年版,第374页。

子饿起来"，最终还是要返回这个"有为"的世界里来的，而且难免"两串稿子，五个馒馒"的命运。"那些头上有各个旗帜，绣出各样好名称"的所谓"慈善家，学者，文士……"在现实的利害和生活需求面前，其百般掩饰的生命本相则昭然若揭。

《故事新编》将流行于都市的物质主义发挥到极点，无情地袒露着识字者的苟活之道，形成了崇高与卑下、庄严和荒谬的冷然对视。"脱冕"的"英雄"与凡人一道歆享物质的盛宴，一同在"撮食"与"谋生"之间难以超脱。在此基础上，《故事新编》所蕴含的另一"潜命题"也在不动声色之间暗暗形成。"劳劳之躯壳之事是图，而精神日就于荒落"，物质的盛行带来了人对物的依赖，自然也阻碍了精神的出场，带来了"物欲化"的人生。禹墨之爱流贯于《理水》与《非攻》篇中，他们均具有为民请命、拼命实干的"硬汉"性格，为鲁迅所激赏，称之为"民族的脊梁"。即便如此，当大禹回京之后，也入乡随俗起来："吃喝不考究，但做起祭祀和法事来，是阔绰的；衣服很随便，但上朝和拜客时候的穿着，是要漂亮的。"① 墨子进入宋国国界时，鞋底已磨成了大窟窿，有些地方起茧，有些地方起泡，却丝毫不以为意。但当墨子进入阔绰富有的郢城时，便觉得自己身着旧衣破裳，酷似老牌的乞丐了。见了公输般，当提及郢城都讲阔绰，建议换一套行头时，墨子只得用"我其实也并非爱穿破衣服的……只因为实在没有工夫换……"② 做托词，以掩饰自己相形见绌之心。环境对人的同化作用是巨大的，英雄的凡俗化更能将这一事实通过极其凌厉的方式传达出来。"理水"与"理人"的距离并没有想象中的那么遥远，主张非攻的墨子"晦气"的结局或许正暗喻着某个意味深长的开始。"新"编的"故"事将传统中仅供世人观瞻、尊崇或者作为敲门砖的圣人们拉回人间，写出了他们的"不中用"和世俗化。无论是积极的仕进还是消极的退隐，在结实的现实面前，都难以逃脱被消解的命运。

---

① 鲁迅：《故事新编·理水》，《鲁迅全集》第2卷，人民文学出版社1998年版，第386页。
② 鲁迅：《故事新编·非攻》，《鲁迅全集》第2卷，人民文学出版社1998年版，第460页。

肤浅、冷漠和暂时横亘于城市的关系谱系，居住于城市的人们难辞其咎。《故事新编》后五篇中，在书写"英雄"的同时，也对照性地塑造了一大批深具市民气质的形象，他们由账房先生、下民代表、书记、小东西、巡士、管门人、阿金、禹太太等为代表，构成了一个充满着世俗气和功利气的市民社会。禹太太出语俗恶不堪，完全被市民化了，活脱一颗久为世俗濡染的心。面对"不中用"的老子，关尹喜时而热情，时而悲哀，时而冷淡，诠释着城市人向时而动的多变。《理水》中俨然是一个实利的俗人部落，他们热络且高密度的动作，只能徒增古城的扰攘。人的孤独以及城市关系的冷漠流淌在"故"事"新"编的过程中，传达着现代质的介入对古典美的打破。熙熙攘攘的街头，攒动的人头，堪比新闻速度的"流言"，翻转的只是都市社会的失范和空洞。正如鲁迅所言："在中国，尤其是在都市里，倘使路上有暴病倒地，或翻车摔伤的人，路人围观或甚至于高兴的人尽有，肯伸手来扶助一下的人却是极少的。"① 在这个"英雄"与凡人共处的世俗社会里，人们互为目的地彼此共存，构成了一种城市文化的表达式，也构成了人们永久的反思和瞻望。从这个角度来看，《故事新编》中的都市书写无疑成就了"一种思索方式，一种情感形态，一种人类智慧的模样"②，为人们思考生活、反思生命、构建文明提供着新的启示和路径。

二 "油滑"叙事与叙事"油滑"

鲁迅带着"非生即死"的大时代感知，以其独有的犀利与睿智，审视"沉渣泛起"的现实和经由现实体验的历史，基于对中国历史和文化的谙熟以及黑暗现实在心灵的投影，对历史和现实的绵密关系有着深彻的体验，古已有之、古今雷同的停滞感时常在字里行间浸染着

---

① 鲁迅：《南腔北调集·经验》，《鲁迅全集》第4卷，人民文学出版社1998年版，第540页。

② 汪曾祺：《晚翠文谈·自序》，《晚翠文谈》，浙江文艺出版社1986年版，第2页。

异样的悲凉和清醒的自知。"仿佛时间的流弛,独与我们无关。"① "中国社会的状态,简直是将几十世纪缩在一时:自油松片以至电灯,自独轮车以至飞机,自镖枪以至机关炮,自不许'妄谈法理'以至护法,自'食肉寝皮'的吃人思想以至人道主义,自迎尸拜蛇以至美育代宗教,都摩肩挨背的存在。这许多事物挤在一处,正如我辈约了燧人氏以前的古人,拼开饭店一般,即使竭力调和,也只能煮个半熟。"② 为此,鲁迅在《故事新编》里将"故"事"新"编,对"神话、传说和史实的演义"进行了再叙述,解构了与权力携手联袂的宏大叙事,那些素来在"圣经贤传"中"被描述"的史实人物,从故纸堆的装点中一一走出,显现出常人、凡人的本相。最讲礼让的伯夷、叔齐被"恭行天搜"、孔子仕途不顺时会焦躁不安、庄子被汉子纠缠不清时求告于巡士、无聊又无为的老子像根木头……

而这些主要得力于"油滑"手法的运用,即"油滑"的叙事,这种叙事助推着鲁迅形成一种新版的"故事新编"。鲁迅在《故事新编》序言里提供了两种历史小说的写法:一是"博考文献、言必有据",二是"只取一点因由,随意点染,铺成一篇"③。可以看出,在《故事新编》的写作中,作者是对这两种方法进行了有意的兼容:"叙事有时也有一点旧书上的根据,有时却不过是信口开河。而且因为自己的对于古人,不及对于今人的诚敬,所以不免有油滑之处。"④ 早在1936年,林穆发表了《读了〈故事新编〉以后》,从艺术直觉出发,谈道:"在《故事新编》之中,后期的作品较前期的作品更有刺激性,更有意义,使我们读了以后,在我们的脑子里更能留下新鲜的印象。"⑤ 这种新鲜的印象应该主要来自于"油滑"手法在后五篇中的广泛运用所达到的效果,原生态的阅读体验恰好契合着鲁迅的原意:"给了他们

---

① 鲁迅:《华盖集·忽然想到四》,《鲁迅全集》第3卷,人民文学出版社1998年版,第17页。
② 鲁迅:《热风·五十四》,《鲁迅全集》第1卷,人民文学出版社1998年版,第344页。
③ 鲁迅:《故事新编·序言》,《鲁迅全集》第2卷,人民文学出版社1998年版,第342页。
④ 同上书,第341页。
⑤ 林穆:《读了〈故事新编〉以后》,《西北文化日报》1936年3月28日。

生命","没有将古人写死"。而这"油滑"由一开始为回敬"含泪的批评家"对"蕙的风"的批评而不由自主地"陷入",到后期的创作,则以大量的都市景观和现实题材的有意识地介入,几乎以开放性的游戏笔墨倾力加以表现了。虽然鲁迅一方面自认"油滑是创作的大敌,我对于自己很不满",另一方面则延续着反讽的笔触和戏谑的"油滑",表示"此后也想保持此种油腔滑调",历13年之久而不改。在笔者看来,这种在"学术界"备受争议的"油滑"手法,不仅仅是作为某种表现手法或叙事手段而存在的,也不仅仅是性质之争、题材之争的由头,尽管很多讨论是耽溺于此的。应该看到,"作家位于他的时代、他的民族以及思想史的精神地图上","只有那些符合他梦想的苛求的形式才属于他的作品"①。以"油滑"手法处理"故事"并加以新编,的确是鲁迅独创的"符合他梦想的苛求"的形式,在服从于作家的艺术表达的同时,自由娴熟地调动他全部的人生经验,出入古今,往来历史与现实之间,在穿越历史时空的精神相遇中显现着时代和个人的气息。

"古今混融"、"中西并存"原本就是20世纪30年代的上海社会最大的现实,而"油滑"手法更是盛行其中,成了鲁迅叙事的对象。无论是画报上、电影中还是上海人的面向上都多少带有着几分"油滑":

> 时装人物的脸,只要见过清朝光绪年间上海的吴友如的《画报》的,便会觉得神态非常相像。《画报》所画的大抵不是流氓拆梢,便是妓女吃醋,所以脸相都狡猾。这精神似乎至今不变,国产影片中的人物,虽是作者以为善人杰士者,眉宇间也总带些上海洋场式的狡猾。②

> 现在的中国电影,还在很受着这"才子+流氓"式的影响,里面的英雄,作为"好人"的英雄,也都是油头油脑的,和一些住惯

---

① [日]竹内好:《鲁迅近代的超克》,生活·读书·新知三联书店2005年版,第101页。
② 鲁迅:《而已集·略论中国人的脸》,《鲁迅全集》第3卷,人民文学出版社1998年版,第414页。

了上海,晓得怎样"拆梢","揩油","吊膀子"的滑头少年一样。看了之后,令人觉得现在倘要做英雄,做好人,也必须是流氓。①

滑头少年的"拆梢"、"揩油"、"吊膀子"是一种"油滑",那些跟着潮流跑,"翻着筋斗",闹着"突变"、先反抗黑暗而后偕同黑暗、退隐实为"嗷饭"、"激烈的快的,也平和的快,甚至于也颓废得快"的行为大都可以归于这一类。如果说"无物之阵"、"铁屋子"、"无词的言语"、"彷徨于无地"等词语是鲁迅对"噬人性"的传统文化的深刻总结,那么,频繁出现在鲁迅后期创作和思想中的"油滑",则是鲁迅对"侍主性"文化和殖民文化苟合状态的上海文化的独有发现。那些受到都市文化浸染,又备受统治文化禁锢,素乏人格独立的人们大都会有些"油滑"之相和"油滑"之心。"道不行,乘桴浮于海",多少是蕴涵着一些随机性和投机性的,油滑亦是。

20世纪30年代的上海一度兴起了"复古"热潮,国民党政府推行"文化统制"政策,强令小学生尊孔读经,大兴文言,"礼让治国"。1934年,国民党中央政治学校教授汪懋祖发文《禁习文言和强令读经》,在理论上予以应合。海上文人更是各显身手,大兴小品文,提倡"幽默"、"闲适",复活晚明,竞相谈论袁中郎,建议青年人阅读《庄子》、《文选》,"从中去找活词汇"。在这个过程中,鲁迅全面而深入地参与了这场"复古热"的反批评,与施蛰存之间展开了长达半年的论争,即著名的"施鲁"之争。他先后撰写了以七论《文人相轻》为代表的大量的杂文,将这场复古思潮的来龙去脉进行了深入的阐述和剖析,指出这场文化思潮是20世纪30年代上海文坛的思想大倒退:"五四运动的时候,保护文言者是说凡做白话文的都会做文言文,所以古文也得读。现在保护古书者是说反对古书的也在看古书,做文言,——可见主张的可笑。永远反刍,自己却不会呕吐,大约真

---

① 鲁迅:《二心集·上海文艺之一瞥》,《鲁迅全集》第4卷,人民文学出版社1998年版,第293页。

是读透了《庄子》了。"① 鲁迅通过两方面来总结这场思想倒退的根源：第一，"秀才造反，一中举人，便打官话了"②，意在说明五四新文化运动中积极参与反传统，主张白话文运动的人，一旦由"秀才"高升为"举人"，拘了要津之后，就成了官话的依附者，携手黑暗了；第二，"归隐"与"登仕"一样，"也是嗷饭之道"③，意在说明热闹的"复古"和文言的复兴，不是以古雅安邦立国，实质上是官话的复兴，专制体制的复兴，藏着饭碗和逃路的。在鲁迅的视阈里，这种向时而动、利益是趋的行为实质上正是一种无特操的"油滑"，它流行于上海，寄生于善人杰士和"好人"英雄身上，即使用"好的故事"加以包装，也随时都会自动剥落掉重重的伪饰，露出生命的本相。这种以外在的"滑头滑脑"而以内里的"无特操"为特征的"油滑"，不仅显现着鲁迅对上海文坛以及上海社会人生世相的独有理解，也深刻地遇合着鲁迅对历史的观察，在古人和今人的精神对话中渗透其精神的拷问和文化的质询。在这个时候，催生于现实的想象之翅会翔舞而至，写作成为抵抗黑暗、反抗绝望的唯一实践，在遍览人世变迁和人生世相之余，在"沉于历史，沉于古代"之后，那些始终团簇于他心中的人事和物象会以"召魂"的方式得以还原，搭建历史与现实会通的桥梁，以虚构的"古人"、"古事"，建立与都市上海之间的精神联系和美学联系。

　　既然是历史，就要做到有史实依据；既然是小说，就要允许虚构和变异。对现实的忧患和深思，促使作者"在历史可信性的外观掩护下突袭了历史"④。这样做的目的很明显，意在通过这个令人颇为棘手的创作样式，张扬作家的主体认知，满足作家回眸历史、干预现实的现实需要。在三千年未有之变局中，愈来愈现代化和殖民化的上海，

---

① 鲁迅：《准风月谈·反刍》，《鲁迅全集》第5卷，人民文学出版社1998年版，第368页。
② 鲁迅：《书信·340729·致曹聚仁》，《鲁迅全集》第12卷，人民文学出版社1998年版，第495页。
③ 鲁迅：《且介亭杂文二集·隐士》，《鲁迅全集》第6卷，人民文学出版社1998年版，第224页。
④ 黄子平：《"灰阑"中的叙述》，上海文艺出版社2001年版，第116页。

199

成为鲁迅思考中国、反思文明的重要参照，成为鲁迅生活和思考中最大的现实。作为农耕文明的式微以及西方工业文明介入的结合体，都市上海所标识的现代性精神带有明显的后发性和"植入性"特点，它所包含的"现代"质素与原有的文化传统良莠不齐地"杂糅"在一起，形成了古今并存、中西共在的文化模式，造就了都市上海"故事新编"式的同构效果，显然使终篇于1935年的《故事新编》，在"古今混融"的文体格局中，较多地显现出现实情状的映射以及都市社会和人生的实写，形成了新编后的古人与现实中今人接受文化审判的并置效应。1935年，鲁迅在给二萧的信中这样写道："近几时我想看看古书，再来做点什么书，把那些坏种的祖坟刨一下。"① 可以想见，何以在1934年和1935年两年鲁迅将中断了多年的短篇小说延续起来，集中致力于《故事新编》创作了。一切都是洞明于胸，只待看起承转合，颓相毕现，写作的沉酣境界在这里得到了充分的体现。

在《故事新编》后五篇中，鲁迅以《采薇》、《理水》、《非攻》、《出关》、《起死》立言，主要探讨的是史实中出现过的人物，囊括了中国传统文化中最主要的也是为鲁迅称为"显学"的儒、道、墨三家。与女娲、后羿这些神话和传说中的人物相比，他们明显少了一些创世英雄浪漫、瑰奇的神采，而带有更多的人伦的气息和世俗的味道。在圣经贤传的历时性的"描写"以及数代权势者的极力推崇下，这些人物已经作为一种正统文化的原型，高居庙堂，俯瞰众生，接受膜拜，模塑为某种颠扑不破的思想、观念和秩序，在现代人的知识范畴和认识体系中烙印最深，影响最大。在《故事新编》中，鲁迅放弃了一贯对圣人"神化"的描写手段，选择了"油滑"的笔墨，正视"油滑"的普遍性并加以"油滑"的描述和讽刺，带着戏谑式的调侃，姑且"玩玩"的嘲弄，汪洋恣肆的通脱，将有关帝王将相的严肃命题俚俗化了，借艺术的想象重构了历史和历史中的人物，回应了20世纪30

---

① 鲁迅：《书信·350104·致萧军、萧红》，《鲁迅全集》第13卷，人民文学出版社1998年版，第4页。

年代发生在上海文坛上的那场"复古热",恰如当年对孔子的评价:"'厄于陈蔡',却并不饿死,真是滑得可观。"① 揭露了这些"知识英雄"、"民族英雄"以及周围群小庸俗、虚无、油滑的一面。

《起死》中塑造了庄子。鲁迅一改《汉文学史纲要》中对庄子其人其文的美溢之辞:"其文则汪洋辟阖,仪态万方,晚周诸子之作,莫能先也。"② 留在读者心里的庄子简直有些滑头滑脑,为了让一个空骷髅"起死",央求司命"随随便便,通融一点",还直言道:"做人要圆滑,做神也不必迂腐的。"③ 较之老子的描写,不重描写庄子的"无为"和"死样",相反,却通过生动的"油滑",细化了庄子"有为"的"起死"和"无为"地面对"起死",借此说明了"彼亦无是非,此亦无是非"等空头理论的"无用"和无力感。先看一下那场打破了时空的界限,由"今人"的庄子与"五百年前"被"起死"的"古人"——汉子之间的对话:

庄子——我可真有这本事。你该知道漆园的庄周的罢。

汉子——我不知道。就是你真有这本领,又值什么鸟?你把我弄得精赤条条的,活转过来又有什么用?叫我怎么去探亲?包裹也没有了……(有些要哭,跑开来拉住了庄子的袖子),不相信你的胡说。这里只有你,我当然问你要!我扭你去见保甲去!

庄子——慢慢的,慢慢的,我的衣服旧了,很脆,拉不得。你且听我几句话:你先不要专想衣服罢,衣服是可有可无的,也许是有衣服对,也许是没有衣服对。鸟有羽,兽有毛,然而王瓜茄子赤条条。此所谓"彼亦一是非,此亦一是非",你固然不能说没有衣服对,然而你又怎么能说有衣服对呢?……

---

① 鲁迅:《两地书·第一集·北京》,《鲁迅全集》第11卷,人民文学出版社1998年版,第21页。

② 鲁迅:《汉文学史纲要·老庄》,《鲁迅全集》第9卷,人民文学出版社1998年版,第364页。

③ 鲁迅:《故事新编·起死》,《鲁迅全集》第2卷,人民文学出版社1998年版,第471页。

汉子——（发怒，）放你妈的屁！不还我的东西，我先揍死你！（一手捏了拳头，举起来，一手去揪庄子）①

在这场穿越了时空也并置了时空的对话里，那个逍遥自在、淡泊名利的庄子不见了，出现的是一个爱惜自己名声的庄子，贪图小利的庄子，捉襟见肘、狼狈不堪的庄子。在今非昔比的错乱感中，汉子不仅对"庄周"的名号毫不为意，而且也完全不领会庄子的那一套说教，过了时的、大而无当的理论对解决汉子当下的困境没有任何帮助，只有爆粗口和挥拳头才能缓解汉子的烦恼。当汉子催逼庄子归还"衣服，伞子和包裹，里面是五十二个圜钱，斤半白糖，二斤南枣"时，他也无计可施，更不愿自剥衣服，面对自己杜撰的"王瓜茄子赤条条"的尴尬处境，手足无措之时，竟然摸出了警笛，狂吹起来，最终还是傍依于代表着权势阶层的巡士。在庄子那里，"无是非观"不仅荒唐可笑，而且无效和自相矛盾，在文中受到了鲁迅无情的嘲讽。

《出关》中描写了老子。鲁迅花费了大量的笔墨来写老子的形貌和声音："老子毫无动静的坐着，好像一段呆木头"，"微微的叹一口气，有些颓唐的回答"，老子如"留声机似的"言语以及"呆木头"式的讲学。这里并不仅仅为了追求与史籍中的老子的形似，更多地蕴涵着某种隐喻："无为"的思想正如老子那毫无生气的形体、躯壳、声音一样，毫无实存的意义。果不其然，让我们看一段描述吧：

> 老子像一段呆木头似的坐在中央，沉默了一会，这才咳嗽几声，白胡子里面的嘴唇在动起来了。大家即刻屏住呼吸，侧着耳朵听。只听得他慢慢的说道：
> 道可道，非常道；名可名，非常名。无名，天地之始；有名，万物之母。……
> 大家彼此面面相觑，没有抄。

---

① 鲁迅：《故事新编·起死》，《鲁迅全集》第2卷，人民文学出版社1998年版，第471页。

"故常无欲以观其妙,"老子接着说,"常有欲以观其窍。此两者,同出而异名。同,谓之玄,玄之又玄,众妙之门……"

大家显出苦脸来了,有些人还似乎手足无措。一个签子手打了一个大哈欠,书记先生竟打起瞌睡来,哗啷一声,刀,笔,木札,都从手里落在席子上了。①

在这里,老子关于"道"的讲学,几乎成了"夫子"自道的"自言自语",布道的结果是云里雾里的不知所云,面面相觑,而且让听者深以为苦,恹恹欲睡。老子这个昔日被礼尊为道家的鼻祖先师,最终却成了看客们赏鉴的对象,成为账房、书记等无聊闲人们谈资的口舌,在伸一伸腰和哑一哑嘴之间,就把老子从思想到私生活一股脑全消解掉了。在这里,鲁迅宣告了这个"一事不做,徒作大言的空谈家"的不合时宜,其"无为而无不为"、"以柔为退"的理论不仅会与"实际的人生"分开,而且,死抱着一个毫无实际建树的理论不放,到底是颠顶可笑的。所以,鲁迅在《出关》里"毫无爱惜"地加以漫画化,送他出关。②

对老、庄的讽刺和批判,完成的是对单个的"知识英雄"的文化审判,而大面积的文化审判是在对立塑造"民族英雄"大禹的过程中实现的。《理水》篇中,作者一方面选用了极其简省的笔墨,实写了"民族脊梁"式的人物大禹;另一方面则把大量的游戏笔墨放在英雄成长的外部环境上,最为集中地将"油滑"手法在各个领域加以外化,穿插了诸如幼稚园、大学、遗传学、考据学、飞车、OK等现代事物和词汇,实现对"油滑"品行的逼视。这里虚拟了一个文化山,"文化山"上的众多学者,整天"古貌林"、"好杜有图"、"古鲁几哩"、"OK",让人们似乎一下子就回到了20世纪30年代的上海,暗

---

① 鲁迅:《故事新编·出关》,《鲁迅全集》第2卷,人民文学出版社1998年版,第444—445页。

② 鲁迅:《且介亭杂文末编·〈出关〉的"关"》,《鲁迅全集》第6卷,人民文学出版社1998年版,第520—521页。

和着鲁迅对上海乃至中国文坛的总体认识和理解。大而无当的空话，杜撰无聊的谈语，还有遗传学、考据癖，附庸风雅，水利大员应付了事、毫无意义的考察，水利局上下酒色财气的腐败作风，成就了奇形怪状、丑态百出的群丑图，闪现着都市现代人的精神面影。总之，完全把"汤汤洪水方割，浩浩怀山襄林"中舜爷的百姓抛到脑后，一切所为与"理水"无关。这里是"油滑"品行的集中表现，毫无特操地进行着无聊的表演。古典的浪漫在现代的冲击之下，在道德感方面显现出坍塌的颓相，也许本是生存的真相。

王富仁曾经这样分析过："在鲁迅的世界里，则没有任何一个事物是存在于鲁迅心灵世界之外的事物。他所建立的整个文化的世界都是他心灵感受的世界，主体与每一个事物的关系都不仅仅是理智的认识的关系，而是包含着感受、感情、愿望和实践意义的事物。"[①] 体验性的思维特质以及心系当下的现实情怀，注定了鲁迅以"直接性精神义无反顾地直接切入到所发生的事物中"[②]。作为现代中国的缩影，都市上海所包容的一系列政治、经济、文化问题促使鲁迅在回望历史的同时，难以抑制地将"金不换"所造就的凌厉笔锋转向自己置身其间的城市，"新编"古人的思想和素材自然绕不过20世纪30年代上海的现实提供，从而造就了《故事新编》之中"油滑"手法的频繁使用，经由"油滑"之法叙写的古人和圣人，增生着都市人和现代人所特具的"油滑"之心，从而构成了"油滑"叙事的对象。在这里，"油滑"既是一种叙述策略，也是一种审视历史、观察现实的基本角度，是鲁迅将都市语境介入古代与历史，建立历史与现实精神对话的媒介，更是都市生存的本质，倾注了鲁迅对中国历史和中国现实的深度理解，是直面黑暗和虚妄的"竦身一摇"，是鲁迅累受历史和现实重压之后的心灵释放。

中国的新文学很大程度上是在城市文明的滋补下发育成熟的，这

[①] 王富仁：《中国文化的守夜人——鲁迅》，人民文学出版社2002年版，第133页。
[②] 转引自［德］瓦尔特·本雅明《发达资本主义时代的抒情诗人》，张旭东、魏文生译，江苏人民出版社2005年版，第14页。

里包容着传统与现代、东方与西方兼容并蓄的作用力。在这其中，上海以"梦工厂"的形式使源于都市的现实体验在文学上得到落实，一方面言明了中国现代的文化消费市场在上海的形成，另一方面也昭示着极具"现代质"的城市本身所承载的文化含量。20 世纪 30 年代，不胜枚举的以上海作为创作原型的作品共识性地诠释着以"上海想象"为代表的城市写作达到了鼎盛时期。茅盾在《子夜》中以政治化的审视视角，全景式地表现了 20 世纪 30 年代的上海波澜起伏、气势恢宏的社会生活，深入细致地刻画了各个阶层的艰辛探索和命运走向。上海的城市景观、社会特点、阶级类型——得以呈现，极具典型性的形象系列告白着作家对都市知识分子的价值取向以及莫衷一是的矛盾、徘徊，革命意识的强化暗示着作家对都市理想人生的建构与形塑。刘呐鸥、穆时英所代表的 20 世纪 30 年代海派更多重视对上海都市的物化形态的描述，都市男女经常出没的诸如大戏院、大饭店、咖啡馆、跑马场、舞场、商店等摩登场所，在海派作家笔下得到了聚焦和凸显。物欲化和情欲化了的人生与人性也随同着世俗化和商业化的都市气氛粉墨登场。一方面在价值观上表现了对都市生活锐利的批判锋芒；另一方面则"同时也深深地沉醉其中"，身体力行地介入这种物质现实的都市文化生活中去。在这些"上海想象"中，鲁迅显然是没有通过灯红酒绿、高楼林立、霓虹灯闪烁等"都市风景线"去直观地描写上海，去审视地理学意义上的上海，去描绘这个极具审美现代性的"魔幻之都"。但这绝不意味着鲁迅没有都市写作，相反，鲁迅的诸多由"上海经验"而来的都市文本，不仅显现其都市写作与其生存、生命写作的密切关系，而且鲁迅"边缘知识分子"和启蒙主义者的写作姿态，决定了他的都市写作完全有别于其他上海写作的精神向度：更多从政治意义和文化意义的角度去描述上海，去描绘"殖民"都市里的"租界人生"，去审视上海文化圈里的人生百态，去洞悉上海弄堂里的日常生活和底层社会，对浮泛于都市上海形形色色的社会现象和文化现象进行深入的解剖，对以传统文化为内核、以移植而来的现代文化为外衣、包裹着近现代以来的殖民文化的上海都市文化的"杂交"品

第六章 『文化上海』与作家的『释愤』和『抒情』

205

行进行深刻的批判,挖掘出产生于20世纪30年代上海,以唯利是图、市侩专营、犬儒至上为特征的奴性人格的现实根基与历史因素。在这些清醒独到的知识见解中,传达着鲁迅对先天不足的都市上海现代化进程中所出现的畸形、变态的一面有益的戒惕,以"逼视的目光"显现着泠然的排拒,以示作家精神上不甘沉沦的心灵坚守,将人们司空见惯的现象而又为人们忽略或无视的细节加以深度的揭示,从而将社会变化的微末之处赋予了社会演变的历史高度,鞭策着人们的感知方式由平淡无奇走向难以按捺的清醒自知,从而找到了反思和创造的自新之路。从这个意义而言,以上海时期的杂文创作以及《故事新编》后期创作为代表,鲁迅众多的以批判性建构为主的都市文本无疑是对20世纪30年代都市写作的补充和丰富,鲁迅式的"上海想象"重塑了人们对都市的现实想象。

鲁迅一生"走异路,逃异地","携妇将雏",遍看"城头变换",经过了数次风雨颠簸,最终将生命的最后十年留给了上海。上海为鲁迅提供了中西交融、古今杂存的现实场所,为鲁迅思考中国的现实问题提供了重要的文化参照,对鲁迅的身份转型、文化选择、都市书写和文化反抗产生了直接或间接的影响。同时,上海也把20世纪30年代最为繁复、最为严峻的生存问题、思想问题、文化界涉及的理论与现实问题,并置在这个终身致力于反抗的"精神界战士"面前,挑战了鲁迅,激发了鲁迅,也造就了鲁迅。

在政局动荡、国难当头的时代背景下,鲁迅一方面承担着"边缘知识分子"在"魔幻之都"谋生的艰难和烦琐,经历着学院知识分子向真正意义上的职业作家的身份转变,上海一流的传媒环境、优裕的稿费制度,以及完善的都市空间,不仅为作家的独立写作提供技术层面的支持,也为职业作家的完型肃清道路,保驾护航。另一方面,鲁迅以独立不倚的精神姿态,伫立于"十字街头"的上海,成为"苏格拉底"式的沉思者,始终保持着批评的冷静和反抗的热情,成为上海文坛上最坚强的反击黑暗的力量。恶化的政治生活促使作家不断寻求一种写作环境上的自由,并为"思想的市场"和思想的自由表达,始终进行着智慧的艰苦卓绝的努力和对抗，进而产生了作家与政治气候以及文化环境之间的紧张关系。置身于租界里的"亭子间"，鲁迅完成了对上海殖民时代的描写和批判，不仅有其意识形态意义上的立场与出发点，而且也适时地顺应了上海城市化的进程，完成对政府的工业化政策与西方市场经济片面移植而成就的畸形繁荣的凝视和反思。因此，"漂流"于上海的鲁迅，选择"横站"的人生姿态，对抗性地面对各方面的文化势力以清正其作为知识分子的"良心"和独立品格。面对纷纭复杂、险象环生的都市上海，以"一个也不宽恕"的偏激和决绝否定虚饰后的种种假象，对普通民众尤其是知识阶层的不同形式的奴化和奴从深恶痛绝，对他们的异化状态和奴隶命运进行了淋漓尽致的勾勒和描述，对其精神弱点加以毫不留情的揭露与批判，呼唤"真的猛士出于人间"，追求"彻底走出'人的奴隶时代'，扫除对人的一切形式的奴役、压迫，还原属于人的精神独立与自由"①。同时，鲁迅也把审视的目光投注于以"弄堂"为代表的底层社会，在对上海日常生活的描述过程中，为都市上海的镜像描写以及上海文化心理的深入刻画，增添了新的维度、新的面相。鲁迅以"油滑"之法揶揄古人，以批判之心对待今人的"油滑"，在"古今杂糅"之中绵密了历史和现在，在"浑然一体"的时空描述中，将都市语境下的今人今事、古人古事一一调侃，一一嘲弄，直面文化劣败之下的生命本相和所有徒劳无益的挣扎，并加以深邃的反思和韧战黑暗、韧战绝望与虚妄的反抗。这也许正是鲁迅在晚年时期所能抵达的地方，深度抵抗的地方。

即使在"势利之区"上海，即使在病中，鲁迅尤能感到"无穷的远方，无数的人们，都和我有关"，最刻骨的憎和最强烈的爱总是混融在鲁迅的精神世界之中，为深度的描写和深入的反思提供着情感的支撑和智慧的泉源。鲁迅将生命的最后十年留给了上海，上海成为他审视文化、审视人性最易触及、最为切近的窗口，鲁迅也将自己成熟

---

① 钱理群：《鲁迅与二十世纪中国》，引自一土主编《21世纪：鲁迅与我们》，人民出版社2001年版，第353页。

而丰富的人生体验和生命感悟夹杂在有关上海的镜像描写中，提供了一种崭新的极富创造性的城市文本，增加了上海描写的风骨和质感，使斑驳难辨物理意义的上海具有了延展的意义。鲁迅思想的维度也因 20 世纪 30 年代的上海而更富有锋芒，更富有痛击丑恶现实的韧性和力量，并随同乡土中国的城市化、现代化完成一名现代知识分子过渡与转型的"同构"过程。"人与城"，鲁迅与上海之间，无疑具有一种举足轻重的关系和意义。

参考文献

一 著作类

1. 刘再复：《鲁迅美学思想论稿》，中国社会科学出版社1981年版。
2. 张静庐：《在出版界二十年》，上海书店1984年版。
3. 中国社会科学院鲁迅研究室：《鲁迅研究学术资料汇编（1913—1983）全5卷及索引分册》，中国文联出版公司1985年版。
4. 解志熙：《美的偏至》，上海文艺出版社1985年版。
5. 王富仁：《中国反封建思想革命的一面镜子》，北京师范大学出版社1986年版。
6. 周国伟、彭晓：《寻访鲁迅在上海的足迹》，上海教育出版社1987年版。
7. 刘再复、林岗：《传统与中国人》，生活·读书·新知三联书店1988年版。
8. 陈平原：《中国小说叙事模式的转变》，上海人民出版社1988年版。
9. 刘中树：《鲁迅的文学观》，吉林大学出版社1989年版。
10. 赵园：《城与人》，上海人民出版社1991年版。
11. 章清：《亭子间：一群文化人和他们的事业》，上海人民出版社1991年版。
12. 刘中树：《五四文学革命运动史论》，吉林大学出版社1992年版。

13. 张福贵：《惯性的终结——鲁迅文化选择的历史文化价值》，吉林大学出版社1992年版。

14. 李书磊：《都市的迁徙——现代小说与城市文化》，时代文艺出版社1993年版。

15. 陈平原：《小说史：理论与实践》，北京大学出版社1993年版。

16. 熊月之：《西学东渐与晚清社会》，上海人民出版社1994年版。

17. 吴福辉：《都市漩流中的海派小说》，湖南教育出版社1995年版。

18. 马逢洋：《上海记忆与想象》，文汇出版社1996年版。

19. 薛毅：《无词的言语》，学林出版社1996年版。

20. 王乾坤：《由中间寻找无限——鲁迅的文化价值观念》，陕西人民教育出版社1996年版。

21. 王晓明：《二十世纪中国文学史论》，东方出版中心1997年版。

22. 严家炎：《二十世纪中国小说理论资料》，北京大学出版社1997年版。

23. 孙郁：《百年苦梦》，群言出版社1997年版。

24. 鲁迅：《北人与南人》，中国人事出版社1997年版。

25. 钱理群：《压在心上的坟》，四川人民出版社1997年版。

26. 王晓明：《王晓明自选集》，广西师范大学出版社1997年版。

27. 孙郁：《鲁迅与周作人》，河北人民出版社1997年版。

28. 鲁迅等：《北人与南人》，中国人事出版社1997年版。

29. 费孝通：《乡土中国·生育制度》，北京大学出版社1998年版。

30. 杨义、中井政喜、张中良：《中国新文学图志》（上、下卷），人民出版社1998年版。

31. 刘纳：《嬗变——辛亥革命时期至五四时期的中国文学》，中国社会科学出版社1998年版。

32. 陈平原：《中国现代学术之建立——以章太炎、胡适为中心》，北京大学出版社1998年版。

33. 钱理群、温儒敏、吴福辉：《中国现代文学三十年》，北京大学出版社1998年版。

34. 旷新年：《1928：革命文学》，山东教育出版社1998年版。
35. 陈漱渝：《鲁迅论争集》，中国社会科学出版社1998年版。
36. 孙郁：《一个漫游者和鲁迅的对话》，新疆人民出版社1998年版。
37. 申丹：《叙述学与小说文体学研究》，北京大学出版社1998年版。
38. 王晓明：《批评空间的开创：二十世纪中国文学研究》，东方出版中心1998年版。
39. 刘中树：《〈呐喊〉〈彷徨〉艺术论》，吉林大学出版社1999年版。
40. 王富仁：《中国鲁迅研究的历史与现状》，浙江人民出版社1999年版。
41. 王学谦：《自然主义与二十世纪文学》，吉林大学出版社1999年版。
42. 陈方竞：《鲁迅与浙东文化》，吉林大学出版社1999年版。
43. 王乾坤：《鲁迅的生命哲学》，人民文学出版社1999年版。
44. 李今：《海派小说与现代都市文化》，安徽教育出版社2000年版。
45. 王吉鹏、于九涛、荆亚平：《鲁迅民族性的定位——鲁迅与中国文化比较研究史》，吉林人民出版社2000年版。
46. 汪晖：《反抗绝望——鲁迅及其文学世界》，河北教育出版社2000年版。
47. 杨兹举：《荒原野狼——鲁迅》，中国国际广播出版社2000年版。
48. 邱存平：《现代人的呐喊——鲁迅的人生探求》，解放军出版社2000年版。
49. 程致中：《寻找精神家园—思想者鲁迅论》，学苑出版社2000年版。
50. 范伯群：《中国近现代通俗文学史》，江苏教育出版社2000年版。
51. 赵家璧：《编辑生涯忆鲁迅》，河北教育出版社2000年版。
52. 邱存平：《现代人的呐喊：鲁迅的人生探求》，解放军出版社2000年版。
53. 张梦阳：《中国鲁迅学通史》，广东教育出版社2001年版。
54. 郑家健：《被照亮的世界——〈故事新编〉诗学研究》，福建教育出版社2001年版。
55. 黄子平：《"灰阑"中的叙述》，上海文艺出版社2001年版。

56. 一士：《二十一世纪：鲁迅和我们》，人民文学出版社2001年版。

57. 张梦阳：《中国鲁迅学通史》，广东教育出版社2002年版。

58. 李长莉：《晚清上海社会的变迁——生活与伦理的近代化》，天津人民出版社2002年版。

59. 李长之：《鲁迅批判》，北京大学出版社2003年版。

60. 杨联芬：《晚清至五四：中国文学现代性的发生》，北京大学出版社2003年版。

61. 陈思和：《中国现当代文学名篇十五讲》，北京大学出版社2003年版。

62. 王富仁：《中国文化的守夜人——鲁迅》，人民文学出版社2003年版。

63. 钱理群：《鲁迅作品十五讲》，北京大学出版社2003年版。

64. 陈平原：《中国小说叙事模式的转变》，北京大学出版社2003年版。

65. 李泽厚：《中国近代思想史论》，天津社会科学院出版社2003年版。

66. 曹文轩：《二十世纪末中国文学现象研究》，作家出版社2003年版。

67. 姚玳玫：《想象女性——海派小说（1892—1949）的叙事》，中国社会科学出版社2004年版。

68. 陈越：《越文化视野中的鲁迅》，百花文艺出版社2004年版。

69. 钱理群：《心灵的探寻》，河北教育出版社2005年版。

70. 林贤治：《午夜的幽光——关于知识分子札记》，广西师范大学出版社2005年版。

71. 杨义：《中国现代小说史》，人民文学出版社2005年版。

72. 魏朝涌：《民国时期文学的政治想像》，华夏出版社2005年版。

73. 陈平原、王德威：《都市想象与文化记忆》，北京大学出版社2005年版。

74. 余英时：《现代危机与思想人物》，生活·读书·新知三联书店2005年版。

75. 张静庐：《在出版界二十年》，江苏教育出版社2005年版。

76. 蓝棣之：《现代文学经典：症候式分析》，人民文学出版社2006

年版。

77. 朱崇科：《张力的狂欢—论鲁迅及其来者之故事新编小说中的主体介入》，上海三联书店2006年版。

78. 周海婴：《鲁迅与我七十年》，文艺出版社2006年版。

79. 李怡：《现代性：批判的批判——中国现代文学研究的核心问题》，人民文学出版社2006年版。

80. 林贤治：《鲁迅的最后十年》，东方出版中心2006年版。

81. 陈漱渝：《颠覆与传承——论鲁迅的当代意义》，福建教育出版社2006年版。

82. 杨东平：《城市季风》，新星出版社2006年版。

83. 王瑞华：《殖民与先锋：中国痛苦——三位女性对香港的文学解读》，社会科学文献出版社2006年版。

84. 郑智、马会芹：《鲁迅的红色相识》，文物出版社2006年版。

85. 许纪霖：《帝国、都市与现代性》，江苏人民出版社2006年版。

86. 彭晓燕：《存在主义视野下的鲁迅》，北京大学出版社2007年版。

87. 孙逊、杨剑龙：《阅读都市：作为一种生活方式的都市生活》，上海三联书店2007年版。

88. 杜心源：《城市中的"现代想象"——对20世纪20、30年代上海"现代主义"文学及其都市空间的关系的研究》，中国福利会出版社2007年版。

89. 曹聚仁：《上海春秋》，生活·读书·新知三联书店2007年版。

90. 周作人：《中国新文学的源流》，江苏文艺出版社2007年版。

91. 傅国涌：《鲁迅的声音》，珠海出版社2007年版。

92. 王晓渔：《知识分子的"内战"——现代上海的文化场域（1927—1930）》，上海人民出版社2007年版。

93. 郝庆军：《诗学与政治：鲁迅晚期杂文研究（1933—1936）》，文化艺术出版社2007年版。

94. 许纪霖：《近代中国知识分子的公共交往（1895—1949）》，上海人民出版社2008年版。

95. 周海波：《现代传媒视野中的中国现代小说》，中华书局 2008 年版。

96. 李怡：《日本体验与中国现代文学的发生》，北京大学出版社 2009 年版。

97. 上海鲁迅纪念馆编：《纪念鲁迅定居上海 80 周年学术研讨会论文集》，上海社会科学院出版社 2009 年版。

98. 冯雪峰：《一九二八至一九三六年的鲁迅·冯雪峰回忆鲁迅全编》，上海文化出版社 2009 年版。

99. 孙绍谊：《想象的城市——文学、电影和视觉上海（1927—1937）》，复旦大学出版社 2009 年版。

100. 邢海榕：《外国文化名人在上海（1919—1937）》，文汇出版社 2009 年版。

101. 忻平：《从上海发现历史——现代化进程中的上海人及其社会生活（1927—1937）》，上海大学出版社 2009 年版。

102. 王吉鹏：《鲁迅与中国报刊》，（香港）中国窗口出版社 2009 年版。

103. 山东师范学院聊城分院：《鲁迅在北京》，山东师范学院聊城分院 1978 年版。

104. 山东师范学院聊城分院：《鲁迅在上海（一）（二）（三）鲁迅史料丛刊》，山东师范学院聊城分院 1979 年版。

105. 鲁迅：《鲁迅全集》，人民文学出版社 1981 年版。

106. 《中国新文学大系》，上海文艺出版社 1981 年版。

107. 沈从文：《沈从文文集》，花城出版社 1984 年版。

108. 严家炎：《新感觉派小说选》，人民文学出版社 1985 年版。

109. 凌宇：《沈从文传》，十月文艺出版社 1988 年版。

110. 蒋光慈：《蒋光慈文集》，上海文艺出版社 1988 年版。

111. 严家炎：《中国小说流派史》，人民文学出版社 1989 年版。

112. 钱理群：《周作人传》，十月文艺出版社 1990 年版。

113. 张爱玲：《张爱玲文集》，安徽文艺出版社 1992 年版。

114. 王晓明：《无法直面的人生：鲁迅传》，上海文艺出版社 1993 年版。

115. 孙郁：《鲁迅：20 世纪中国最忧患的灵魂》，群言出版社 1993 年版。

116. 施蛰存：《沙上的脚迹》，辽宁教育出版社1995年版。

117. 茅盾：《茅盾全集》，北京人民文学出版社1996年版。

118. 施蛰存：《施蛰存七十年文选》，人民文学出版社1996年版。

119. 张爱玲：《流言》，花城出版社1997年版。

120. 鲁迅：《鲁迅全集》，人民文学出版社1998年版。

121. 杨义：《中国现代文学流派》，人民出版社1998年版。

122. 林贤治：《人间鲁迅》（上、下），花城出版社1998年版。

123. 鲁迅博物馆等编：《鲁迅回忆录》，北京出版社1999年版。

124. 曹聚仁：《鲁迅评传》，东方出版社1999年版。

125. 钱理群：《心灵的探寻》，北京大学出版社1999年版。

126. 李何林主编：《鲁迅年谱》，人民出版社2000年版。

127. 周晔：《伯父的最后岁月——鲁迅在上海（1927—1936）》，福建教育出版社2001年版。

128. 许寿裳：《亡友鲁迅印象记》，上海文化出版社2006年版。

129. 周海婴：《鲁迅与我七十年》，文汇出版社2006年版。

130. 许寿裳：《鲁迅传》，东方出版社2009年版。

131. ［德］马克思、恩格斯：《马克思全集》，人民出版社1982年版。

132. ［日］竹内好：《鲁迅》，李心峰译，浙江文艺出版社1986年版。

133. ［美］罗兹·墨菲：《上海——现代中国的钥匙》，章克生等译，上海人民出版社1986年版。

134. ［美］林毓生：《中国意识的危机——"五四"时期激烈的反传统主义》，穆善培译，贵州人民出版社1986年版。

135. ［美］R. E. 帕克：《城市社会学》，宋俊岭等译，华夏出版社1987年版。

136. ［美］王德威：《众声喧哗——三〇与八〇年代的中国小说》，（台北）远流出版社1988年版。

137. ［美］约瑟夫·弗兰克等：《现代小说中的空间形式》，秦林芳编译，北京大学出版社1991年版。

138. ［德］瓦尔特·本雅明：《发达资本主义时代的抒情诗人》，王才勇译，江苏人民出版社2005年版。

139. ［美］费正清：《剑桥中华民国史（1912—1949）》，中国社会出版社1994年版。

140. ［日］丸尾常喜：《"人"与"鬼"的纠葛》，人民文学出版社1995年版。

141. ［美］杜维明：《现代精神与儒家传统》，生活·读书·新知三联书店1997年版。

142. ［美］王德威：《想象中国的方法：历史·小说·叙事》，生活·读书·新知三联书店1998年版。

143. ［德］黑格尔：《历史哲学》，王造时译，上海书店1999年版。

144. ［美］李欧梵：《铁屋中的呐喊》，尹慧珉译，岳麓书社1999年版。

145. ［美］爱德华·W. 萨义德：《东方学》，王宇根译，生活·读书·新知三联书店1999年版。

146. ［法］福柯：《规训与惩罚》，刘北成、杨远婴译，生活·读书·新知三联书店1999年版。

147. ［日］伊藤虎丸：《鲁迅与日本人：亚洲的近代与"个"的思想》，李冬木译，河北教育出版社2000年版。

148. ［英］迈克·费瑟斯通：《消费文化与后现代主义》，刘精明译，译林出版社2000年版。

149. ［美］李鸥梵：《上海摩登——一种新都市文化在中国（1930—1945）》，毛尖译，北京大学出版社2001年版。

150. ［美］马泰·卡林内斯库：《现代性的五副面孔——现代主义、先锋派、颓废、媚俗艺术、后现代主义》，顾爱彬、李瑞华译，商务印书馆2002年版。

151. ［美］爱德华·W. 萨义德：《知识分子论》，单德兴译，生活·读书·新知三联书店2002年版。

152. ［美］爱德华·W. 萨义德：《文化与帝国主义》，李锟译，生活·读书·新知三联书店2003年版。

153. ［美］苏珊·桑塔格：《疾病的隐喻》，程巍译，上海译文出版社

2003年版。

154. [美] 爱德华·W. 苏贾：《后现代地理学——重申批判社会理论中的空间》，王文彬译，商务印书馆2004年版。

155. [美] 本尼迪克特·安德森：《想象的共同体——民族主义的起源与散布》，吴叡人译，上海人民出版社2005年版。

156. [美] 马克·里拉：《当知识分子遇到政治》，邓晓菁、王笑红译，新星出版社2005年版。

157. [美] 王德威：《被压抑的现代性——晚清小说新论》，宋伟杰译，北京大学出版社2005年版。

158. [美] 夏志清：《中国现代小说史》，刘绍铭等译，复旦大学出版社2005年版。

159. [美] 赫伯特·马尔库塞：《爱欲与文明——对弗洛伊德思想的哲学探讨》，黄勇、薛民译，上海译文出版社2005年版。

160. [美] 勒内·韦勒克、奥斯汀·沃伦：《文学理论》，刘象愚等译，江苏教育出版社2005年版。

161. [德] 瓦尔特·本雅明：《发达资本主义时代的抒情诗人》，张旭东、魏文生译，江苏人民出版社2005年版。

162. [美] 本尼迪克特·安德森：《想象的共同体——民族主义的起源与散布》，吴叡人译，上海人民出版社2005年版。

163. [美] 鲁思·本尼迪克特：《菊花与刀——日本文化的诸模式》，孙志民等译，九州出版社2005年版。

164. [美] 赫伯特·马尔库塞：《单向度的人——发达工业社会意识形态研究》，刘继译，上海译文出版社2006年版。

165. [美] 史书美：《现代的诱惑：书写半殖民地中国的现代主义（1917—1937）》，何恬译，江苏人民出版社2007年版。

166. [美] 鲁思·本尼迪克特：《菊花与刀——日本文化的诸模式》，孙志民、马小鹤、朱理胜译，九州出版社2007年版。

167. [日] 厨川白村：《苦闷的象征》，鲁迅译，人民文学出版社2007年版。

168. ［英］巴特·穆尔－吉尔伯特：《后殖民理论——语境 实践 政治》，陈仲丹译，南京大学出版社 2007 年版。

169. ［美］刘禾：《跨语际实践——文学、民族文化与被译介的现代性（1900—1937）》，宋伟杰等译，生活·读书·新知三联书店 2008 年版。

二 论文类

1. 王尔龄：《鲁迅最后十年为什么定居上海》，《徐州师范大学学报》1979 年第 4 期。
2. 古远清、高进贤：《鲁迅与电影》，《电影艺术》1979 年第 5 期。
3. 曾明秋：《鲁迅与电影》，《电影评介》1981 年第 9 期。
4. 陈鸣树：《鲁迅：上海时期的社会思想》，《鲁迅研究月刊》1987 年第 12 期。
5. 陈改玲：《〈故事新编〉的总体构思和多层面解读》，《鲁迅研究月刊》1991 年第 9 期。
6. 吴福辉：《洋泾浜文化·吴越文化·新兴文化——海派文学的文化背景研究》，《中州学刊》1991 年第 3 期。
7. 王少杰：《现代都市文学与文学现代化进程——现代都市文学研究之一》，《新疆大学学报》1991 年第 1 期。
8. 朱晓进：《鲁迅对杂感文的偏爱及其主要原因》，《南京师大学报》1993 年第 4 期。
9. 薛毅：《论〈故事新编〉的寓言性》，《鲁迅研究月刊》1993 年第 12 期。
10. 吴福辉：《老中国土地上的新兴神话》，《文学评论》1994 年第 1 期。
11. 严家炎：《鲁迅与表现主义——兼论〈故事新编〉的艺术特征》，《中国社会科学》1995 年第 2 期。
12. 姚馨丙：《鲁迅的电影情结》，《武汉教育学院学报》1996 年第 1 期。
13. 朱晓进：《论三十年代文学杂志》，《南京师大学报》1999 年第 3 期。

14. 张承志：《再致鲁迅先生》，《读书》1999 年第 7 期。

15. 杨扬：《城市空间与文学生产空间的转变》，《哈尔滨师专学报》1999 年第 3 期。

16. 张林杰：《文化中心的迁移与 30 年代文学的都市生存空间》，《北京大学学报》2000 年第 6 期。

17. 王富仁：《时间·空间·人（一）鲁迅哲学思想刍议之一章》，《鲁迅研究月刊》2000 年第 2 期。

18. 王富仁：《时间·空间·人（二）鲁迅哲学思想刍议之一章》，《鲁迅研究月刊》2000 年第 2 期。

19. 王富仁：《时间·空间·人（三）鲁迅哲学思想刍议之一章》，《鲁迅研究月刊》2000 年第 3 期。

20. 王富仁：《时间·空间·人（四）鲁迅哲学思想刍议之一章》，《鲁迅研究月刊》2000 年第 4 期。

21. 张鸿声：《都市与知识者——对中国现代小说的一种考察》，《华中师范大学学报》2000 年第 4 期。

22. 吴福辉：《中国左翼文学、京海派文学及其在当下的意义》，《海南师范学院学报》2001 年第 1 期。

23. 王德威：《文学的上海——一九三一》，《上海文学》2001 年第 4 期。

24. 李肆：《鲁迅在上海的收支与日常生活——兼论职业作家市民化》，《书屋》2001 年第 5 期。

25. 孙郁：《鲁迅眼里的北京》，《鲁迅研究月刊》2001 年第 7 期。

26. 李新宇：《1928：新文化危机中的鲁迅》，《中国现代文学研究丛刊》2001 年第 2 期。

27. 李新宇：《鲁迅：启蒙路上的艰难持守》，《齐鲁学刊》2001 年第 3 期。

28. 张旭东：《上海的意象：城市偶像批判与现代神话的消解》，《文学评论》2002 年第 5 期。

29. 吴立昌：《论 20 世纪 30 年代"京""海"之争》，《南京师范大学学报》2002 年第 2 期。

30. 钱理群：《最后十年——鲁迅的锋芒所向》，《天涯》2002 年第 2 期。

31. 陈思和：《论海派文学的传统》，《杭州师范学院学报》2002 年第 1 期。

32. 朱伟一：《去上海看鲁迅》，《中国新时代》2002 年第 5 期。

33. 许道明：《"乡"与"市"和中国现代文学》，《南京师范大学学报》2002 年第 1 期。

34. 朱晓进：《政治化角度与中国 20 世纪 30 年代文学论争》，《南京师范大学学报》2002 年第 4 期。

35. 栾梅健：《社会形态的变更与文学转型——对中国文学史由古典到现代的思考》，《复旦大学学报》2002 年第 2 期。

36. 李继凯：《著书亦为稻粱谋——物质文化视镜中的鲁迅与茅盾》，《海南师范学院学报》2002 年第 5 期。

37. 李新宇：《1928—1929：新文化运动的两场保卫战》，《社会科学论坛》2003 年第 10 期。

38. 卜立德、黄乔生：《转变中的鲁迅：厦门与广州》，《鲁迅研究月刊》2003 年第 2 期。

39. 吴福辉：《多棱镜下有关现代上海的想象——都市文学笔记》，《湖北大学学报》2003 年第 4 期。

40. 李欧梵、季进：《现代性的中国面孔》，《文艺理论研究》2003 年第 6 期。

41. 周海波：《文化传播视野中的鲁迅文学创作》（上、下），《鲁迅研究月刊》2003 年第 1 期。

42. 陈惠芬：《"文学上海"与城市文化身份建构》，《文学评论》2003 年第 3 期。

43. 赖斯捷：《略论报刊出版对鲁迅杂文创作的影响》，《中国文学研究》2003 年第 3 期。

44. 李浩：《都市憧憬与乡村羁绊——海派文化视野观照下的鲁迅三十年代文艺活动》，《鲁迅研究月刊》2004 年第 7 期。

45. 代田智明：《1934：作为媒介者的鲁迅》，《鲁迅研究月刊》2004

年第 2 期。

46. 朱寿桐：《论作为中国现代文学中心的上海》，《学术月刊》2004 年第 6 期。

47. 张同铸：《半殖民中国语境下的"启蒙"与"现代性"》，《新疆社会科学》2004 年第 5 期。

48. 张立波：《后殖民理论视域中的东方民族文化身份》，《广东社会科学》2004 年第 5 期。

49. 吴静：《〈现代〉杂志与上海文化》，《东方论坛》2004 年第 3 期。

50. 程光伟、孟远：《海外学者冲击波——关于海外学者中国现当代文学研究的讨论》，《海南师范学院学报》2004 年第 3 期。

51. 旷新年：《另一种上海摩登》，《中国现代文学研究丛刊》2004 年第 1 期。

52. 王本朝：《中国现代文学的生产体制问题》，《文学评论》2004 年第 2 期。

53. 姜异新：《徘徊于文本内外的"现代性"——北京时期的鲁迅与鲁迅的文学北京》，《鲁迅研究月刊》2005 年第 7 期。

54. 陈平原：《分裂的趣味与抵抗的立场——鲁迅的述学文体及其接受》，《文学评论》2005 年第 5 期。

55. 邹贤尧：《殖民语境中鲁迅与马华文学》，《鲁迅研究月刊》2005 年第 11 期。

56. 李金涛：《"反讽"与〈故事新编〉的思想内蕴》，《河南教育学院学报》2005 年第 1 期。

57. 李金涛：《"反讽"：打开中国现代小说精神空间的另一把钥匙——以对鲁迅〈故事新编〉的解读为例》，《中山大学学报》2005 年第 5 期。

58. 杜积西：《鲁迅杂文的新闻传播特性与民意表达》，《廊坊师范学院学报》2005 年第 1 期。

59. 李永东：《人与城的对话：鲁迅与租界化的上海》，《湘潭大学学报》2006 年第 5 期。

60. 刘晓：《浮动的都市蜃景——试论鲁迅〈故事新编〉后期作品与上海都市生活》，《鲁迅研究月刊》2006年第11期。

61. 李新宇：《雾海中的灯塔——鲁迅在世纪之交的中国文坛》，《西南民族大学学报》2006年第8期。

62. 钱理群：《鲁迅和北京、上海的故事》（上篇），《鲁迅研究月刊》2006年第5期。

63. 钱理群：《鲁迅和北京、上海的故事》（下篇），《鲁迅研究月刊》2006年第6期。

64. 王琼、王军珂：《咖啡馆：上海二十世纪初的现代性想象空间》，《粤南风》2006年第4期。

65. 吴建华：《鲁迅收入与消费考据》，《求索》2006年第9期。

66. 古大勇：《"全球化"文化语境下的鲁迅》，《云南社会科学》2006年第6期。

67. 张鸿声：《重估现代中国文学的批评概念：中国的"公共领域"及其他——兼论现代城市文学研究的本土化》，《首都师范大学学报》2006年第6期。

68. 姜异新：《鲁迅的1933》，《鲁迅研究月刊》2006年第10期。

69. 李永东：《人与城的对话：鲁迅与租界化的上海》，《湘潭大学学报》2006年第5期。

70. 林贤治：《鲁迅：四城记》，《书屋》2007年第4期。

71. 梁伟峰：《被"浪子"反抗的"浪子之王"——论鲁迅与亭子间文化》，《上海师范大学学报》2007年第1期。

72. 梁伟峰：《上海文化视野中的左翼文化》，《中国现代文学研究丛刊》2007年第3期。

73. 吴福辉：《关于都市、都市文化和都市文学》，《上海师范大学学报》2007年第2期。

74. 王羽：《"一种借尸还魂的东西"——四十年代海派"故事新编"小说对鲁迅〈故事新编〉的继承》，《鲁迅研究月刊》2007年第4期。

75. 钱旭初：《论鲁迅小说与现代都市及城镇意象》，《江苏广播电视大学学报》2007 年第 1 期。

76. 曹清华：《论 1927 年以后鲁迅的"思路"》，《深圳大学学报》2007 年第 2 期。

77. 李永东：《租界化体验对现代小说创作的影响》，《江海学刊》2007 年第 1 期。

78. 梁伟峰：《上海文化视野中的左翼文化》，《中国现代文学研究丛刊》2007 年第 3 期。

79. 张鸿声：《从启蒙现代性到城市现代性——中国新文学初期的上海叙述》，《郑州大学学报》2007 年第 4 期。

80. 宫爱玲：《现代性的开端——〈故事新编〉新论》，《湖北大学学报》2007 年第 1 期。

81. 梁伟峰：《透视鲁迅与北新书局的版税风波》，《鲁迅研究月刊》2008 年第 1 期。

82. 许凤才：《郁达夫与鲁迅在上海的共事与合作》，《中州学刊》2008 年第 2 期。

83. 王晓初：《多元文化语境中的鲁迅——论鲁迅的生成与意义》，《鲁迅研究月刊》2008 年第 10 期。

84. 梁伟峰：《论上海租界对鲁迅的"堑壕"意义》，《徐州师范大学学报》2008 年第 10 期。

85. 易晖：《现代主义："进化"与"被殖民化"的双重书写——读史书美所著〈现代的诱惑：书写半殖民地中国的现代主义（1917—1937）〉》，《中国现代文学研究丛刊》2008 年第 4 期。

86. 陈方竞：《新兴都市上海文化·报刊出版·新小说流变——清末民初上海小说论》（上），《福建论坛》2008 年第 9 期。

87. 王海燕、曾超：《"偏是谋生忙"——漫谈〈故事新编〉中的"吃"》，《襄樊学院学报》2008 年第 4 期。

88. 杨扬：《城市空间与文学类型——论作为文学类型的海派文学》，《学术月刊》2008 年第 4 期。

89. 郝庆军：《"国学热"背景下"五四"传统的存续问题——鲁迅的

抵抗方式》,《文艺理论与批评》2009 年第 2 期。

90. 王传习:《前现代梦魇中的市民空间——论鲁迅小说中的城市书写》,《贵州师范大学学报》2009 年第 2 期。

91. 梁伟峰:《鲁迅上海文化观的历史启示初探》,《常熟理工学院学报》2009 年第 1 期。

三　学位论文

1. 张勤勇:《鲁迅后期杂文与都市文化》,硕士学位论文,山东师范大学文学院,2000 年。

2. 魏绍华:《"林中路"上的精神"相遇"——鲁迅与克尔凯郭尔比较研究》,博士学位论文,复旦大学文学院,2003 年。

3. 李生滨:《晚清思想文化与鲁迅》,博士学位论文,复旦大学文学院,2005 年。

4. 李永东:《租界文化与三十年代文学》,博士学位论文,山东大学文学院,2005 年。

5. 潘颖:《自由撰稿人与后期鲁迅的精神特征》,硕士学位论文,山东师范大学文学院,2006 年。

后　　记

在我的读书经验中，先看后记再翻看正文，是一种常态，甚至已经成为一种习惯。在我看来，后记是联接点，将书内的世界和书外的人生绵延成一片，近距离地展现作者写作的过程、人生的经历和精神的面影。在那些感性的体验和理论的阐释之外，对接着甘苦自知的心得以及一个个令人动情的生活细节，从而找到沟通的路。我曾以无比期待的心情憧憬着这个时刻的到来，而今，当这本历经着无数个日夜的"产品"摆放在面前，书写本书的后记，则是静对自己的时刻，也是记忆复苏、感慨、感谢之情渐浓的时刻。

本书是在我的博士论文的基础上修订完成。所以，我首先将深深的感激之情献给我的导师刘中树教授。追忆过往，一切都历历在目，就像刚刚发生过的一样。当年的论文初稿还放在案头，见证了恩师为我的成长付出的心血和努力。每一页上几乎都留下了老师审阅过的痕迹，诸如观点的清楚表述，文字的润色和进一步地斟酌、推敲，注解、版本，甚至是标点符号的正确使用，但凡有错漏和不当之处，老师都用铅笔清楚而规范地标识出来，并耐心地加以讲解和指导，这些均给我留下了极其深刻的印象，也带给我极大的震撼和鞭策。此外，对我异地读书的诸多不易，老师始终抱以宽容和理解之心，在生活和工作上也给予了较多的关心和帮助。受教于老师的四年中，我收获到的不仅仅是知识和方法，还有做人、做事、做学问所应秉持的态度和准则，也由此获得了面对现实、面对未来的信心和勇气，在此再一次将诚挚的谢意敬献给尊敬的刘老师。

　　吉林大学文学院自由、宽松、活跃的学术氛围对我影响深远，吉林大学一流的科研环境为本书的顺利撰写提供了便利的条件。文学院授业的张福贵老师、王学谦老师、靳丛林老师、王桂妹老师使我获益颇多，他们精彩纷呈的专题讲授、深入敏锐而又不乏轻松自如的座谈、讨论，提升了我的"问题意识"，帮助我开启了一扇扇思维之门，充实并温暖着我的读书生活，在此向他们表示深深的感激和真诚的谢意。

　　感谢大连民族大学的各级领导，他们的理解和支持使我很好地协调了工作和学业的关系。感谢中文系各位同事的关心和帮助，他们是我工作上、学业上的榜样，也是我生活上可以侃谈、互助的朋友。作为中央高校自主科研项目的阶段性成果，本书同时得到大连民族大学学术出版资助，在此一并表示感谢。

　　感谢同门师姐付兰梅，师弟马研、张丛曎，师妹孙静、姬蕾的关心和帮助，与他们在吉大的学习时光让我终生难忘，愿友谊长存。感谢郝军启学长、我的小老乡韩文淑、同屋室友王雪、"芳邻"修磊，与他们在一起的日子充实而愉快，在吉大的学习生活因为他们的存在而分外富有神采。

　　在本书撰写过程中，我的学生韩福娜、杨明、韩晓琴、郑天琦，在本书的资料收集、格式编排、校对修正等方面付出了辛勤的劳动，为拙著的顺利撰写提供了切实的帮助，在这里向他们致以诚挚的谢意，并由衷地祝福他们学业、事业有成。

　　家人的鼎力支持和默默付出使本书的顺利完成成为可能，家人的关爱和理解值得我另起一段向他们致以深深的谢意。我的爱人孙晓文先生，不仅为我分担着生活上的负担，倾力为我提供轻松舒适的生活环境，而且在精神上始终支持我，是他的鼓励和善解人意帮助我顺利度过整部著作艰苦的写作过程。我的父母、公婆、姐妹始终关心着本书的撰写，他们为我免去了大部分的后顾之忧，他们殷切的期待与含笑的祝福使我倍增信心和勇气。爱女瑞萌活泼懂事、勤勉善思，是我最为相得的小友，她带给我很多欢乐，也让我收获了许多精神上的成长。她的人生正在自己的奋斗、希冀和感恩中展开，祝福她并瞩目她。

生命的意义多源于这一份份沉甸甸的情谊，恰如甘霖一般，滋润并温暖着我平凡、快乐而丰盈的人生。感谢岁月所有的馈赠，感谢天地间所有灵性的美好。愿岁月聚辉，美好永驻！

丁　颖
2017 年 4 月
初春时节，玉兰花开，大连